创造者之路

鲁松庭

张道才述

张道才 迟宇宙 著

红旗出版社

永远的创造者——张道才

· |三花常青文化树（2024版）| ·

【使命愿景】
发展智能低碳经济
营造绿色品质环境

【战略】
通过专注、领先的技术，打造全球气候智能控制王国，
引领世界行业发展潮流

【三花内涵】
管理之花、科技之花、人才之花

【经营理念】　　　　　　　　　　**【经营方针】**
专注领先，创新超越　　　　全球化、高科技、高质量、专业化、数智化

【三花精神】　　**【核心价值观】**　　**【三花作风】**
精益求精，追求卓越　　创造客户价值　　迅速反应，立即行动
　　　　　　　　　　守正创新
　　　　　　　　奋斗担责，多元共享

【人才理念】
"树根理论"（企业是树，人才是根，根有多深，树有多盛）

目 录

序言　市场机制和企业家精神造就繁荣
　　　吴敬琏 / 1
绪论　永远的征途 / 5

第一篇　三花是什么？ / 001

要理解三花，首先要回答"我是谁"的灵魂之问：三花是什么？我们用马斯克的第一性原理思维来探求三花的本质，并以此对三花进行准确、清晰的定义。

第一章　我的创造者之旅 / 003
　　　我们这代人的创业路 / 005
　　　我的创业"前史" / 008
　　　时间开始了 / 016
　　　我来了，我看见 / 022
　　　三花的产品主义 / 026

01

十年磨一战 / 028

多元化之路 / 036

遇见未来 / 041

创造者之路 / 046

第二章　三花是什么？／047

三花是时代的三花 / 048

三花是市场经济的三花 / 052

三花是探索者的三花 / 056

三花是世界的三花 / 058

第二篇　三花为什么？／079

想清楚了"三花为什么"，我们就能解决三花"从哪里来"的问题，也能启示我们思考三花"到哪里去"的灵魂之问。

第三章　三花为什么？／081

给"电装之问"一个答案 / 082

三花做对了什么？ / 084

三花为什么？ / 095

第四章　三花的"管理"是什么？／098

一场大火烧了起来 / 098

千里之行，始于管理 / 100

管理之花的绽开 / 107

"三花式管理"的精髓 / 109

"产品力"体系的创新 / 112

第五章　三花的"科技"是什么？／114

突然得到一个大奖 / 114

目 录

  我所经历的三次工业革命 / 120

  三花的科技之路 / 123

  什么样的科技是好科技？ / 126

第六章 三花的"人才"是什么？ / 131

  企业是树，人才是根 / 134

  人才之花怒放 / 137

  重新定义人才 / 144

  根有多深，树有多盛 / 147

  连利连心，才能根深 / 149

第七章 三花需要什么样的中央研究院？ / 153

  三花为什么要成立中央研究院？ / 155

  三花中央研究院研究什么？ / 159

  如何避免踏入"成功者陷阱"？ / 164

  影响三花历史的"旧金山会议" / 166

  三花需要什么样的中央研究院？ / 169

第三篇 三花常青 / 181

  高瞻远瞩公司创业时，没有几家拥有伟大的构想……就像龟兔赛跑的寓言一样，高瞻远瞩公司起步时经常步履蹒跚，最终却赢得长距离的竞赛。

            ——《基业长青》

第八章 三花是棵什么样的"常青树"？ / 183

  三花是棵"常青树" / 184

  因为长期，所以常青 / 188

  三花要成为一棵与时俱进的常青树 / 193

03

第九章　三花的创新与企业家精神　/　200
　　　　企业家精神就是"天命"　/　203
　　　　三花的创新之旅　/　207

第十章　我与三花的老师们　/　214
　　　　三花的老师们　/　215
　　　　三花如何去学习？　/　218

第十一章　我的"活法"　/　227
　　　　我的"活法"　/　228
　　　　什么是真正的财富？　/　233

结语　我想为三花留下什么？　/　240
附录　张道才创业与经营思想精粹　/　252

· |序　言| ·

市场机制和企业家精神造就繁荣

肇始于 20 世纪 70 年代后期的改革开放，把亿万中国民众的创造性的创业热情从旧体制的束缚中解放出来，开启了中国经济长达数十年的高速增长的新时代。在这个新时代中，企业家群体承担了推进改革和发展的重要主力军的角色。

本书的传主张道才先生就是一位在改革开放大潮中涌现出来的优秀企业家。我是 1998 年 7 月在浙江调研时认识张道才先生的。当时由于受到亚洲金融危机的冲击，中国经济发展遇到了 GDP 增速下降、企业亏损增大的困难。这时占主流地位的对策建议是由宏观经济当局通过扩张性的财政和货币政策"放水"来拉动经济增长。但是，我在调研过程中接触到的浙江省领导干部和不少企业家持有另外一种观点，就是依靠改革开放去激发民间的创新精神，朝野共度时艰。

在当地的招待所里，当时担任一个不大的乡镇企业厂长的张道才先生造访我，向我讲述了自己的创业史，尤其是如何瞄准空调制冷制热的转化技术的关键零件——四通换向阀，并组织物质资源，特别是知名科技专家的人力资源，奋力攻关，终于使原来一无所有的企业于 1996 年在市场上站稳了脚跟，赢得了国际竞争对手的尊重。他善于抓住机遇，顺应时代大势，拓展出新的机遇，给我留下了深刻的印象。

在浙江矢志改革的领导干部和企业家的启发下，我给国务院领导写的《对经济形势的估量和放手发展中小企业的对策建议》的报告得到采纳。根据时任国家总理朱镕基的指示，国务院研究室《决策参考》在转发这份调查报告时加上了这样的编者按语："吴敬琏同志到浙江省的绍兴、台州、温州、义乌调查研究，实地看了一些工厂、商场，同各级领导干部和企业家作了广泛交谈。他反映这个地区中小企业已成为国民经济的主力，它们在技术升级、产品换代、国际营销能力等方面的优异表现令人鼓舞。中小企业所蕴含的巨大的和有待开发的潜力，显然是克服当前困难、走向新的高涨所应当依靠的力量。这使我们更加坚定了对我国经济发展光明前景的信心。我们应当在继续抓紧大企业改革和改组工作的同时，更加明确地提出放手发展中小企业的方针，采取更加全面和有效措施来扶持和引导它们的发展。"[①]

正是在朝野的共同努力下，中国通过切实有力的市场化改革，解除了一系列制约民营经济发展的障碍，使得民营企业迅速发展壮大。经济增长速度下滑的趋势得到遏制，2000 年 GDP 实现了 8% 的增长。随着社会主义市场经济初步框架在世纪之交建立起来，再加上 2001 年中国成功加入 WTO，中国经济再次迎来高速增长，GDP 总量在 2010 年超越日本，成为世界第二大经济体。

2013 年，我第一次到三花集团公司调研，了解了三花在研发上高强度投入，设立前瞻性的研发中心，布局了很多战略性的产品开发的发展历程。我高兴地看到，三花作为一家技术驱动、创新驱动的新兴公司，在制冷与暖通细分行业已经成为全球市场新的一位领跑者。

从张道才和三花集团的创业历程中也可以看到，企业家创新精神的发挥除了企业家的内生动力，还需要许多外部的条件。从宏观角度看，提高我国经济

---

① 《吴敬琏改革文选》，上海三联书店 2021 年版，第 439 页。

效率的根本途径，无疑在于通过改革建设统一开放、竞争有序的市场体系，使市场能够在资源配置中发挥决定性作用。这就需要通过改革更好地发挥政府的作用，放弃过度的行政干预和财政补贴等"倾斜政策"，改善宏观调控的机制，为包括企业家在内的各类创新者营造公平竞争的市场环境，坚持平等保护产权，维护各类市场主体在市场准入和退出、参与市场竞争、平等适用生产要素等方面的权利，防止和制止滥用行政权力、滥用市场支配地位等限制竞争的行为，使他们的创新和创业才能得到充分发挥。

三花集团即将迎来成立40周年的庆典，并开启新的征程。祝愿张道才先生和三花集团继续坚持宝贵的创新精神，积极进取，为改革开放事业、为经济社会发展作出更多更大的贡献。

吴敬琏
二〇二〇年九月二十九日

· |绪　论| ·

永远的征途

　　每当我回顾走过的大半生，或是整理创业 40 年得失，我的脑中总会出现一条路。它的起点是细心坑村，向外延展，到西郊公社，到新昌县城，到省城杭州，到上海、北京，又从那儿向远处延伸，到丹麦、德国、波兰，到日本、韩国、越南、泰国，到美国、墨西哥，到南极和北极……

　　那条路上一直有一个身影，一步步往前走着，从少年走到中年，从中年走向老年。他时而呼朋引伴时而孑然一身，时而轻装健步时而负重前行。那个身影时而清晰时而模糊，但我知道那正是我；那条路正是我花费大半生走出浙东山区成为企业家的路，也是三花走出新昌成为"世界三花"的路。

　　那条路就像是一本书，翻一页就是我的经历，折一角便是三花的故事。那条路上有很多岔口，我在岔口上遇到过很多人，有一起走出新昌的金彪、胡柏藩等同乡企业家，也有杭州的鲁冠球，有青岛的张瑞敏、杨绵绵，有深圳的任正非、王传福，有丹麦的雍根·柯劳森，有日本的横山隆吉、山本薰，还有美国、德国、英国……很多我喊不上名字的外国人。

我在最近的一个岔口上碰到的人是特斯拉的马斯克。我向他挥了挥手，想表达对特斯拉的敬意。三花与特斯拉在气质上有截然不同的一面，马斯克天马行空、特斯拉恣意张扬，而三花低调内敛；三花与特斯拉也有极其相似的一面，都追求极致创新、超快速反应，对行业产生了颠覆式冲击。

当然，特斯拉的理解比三花更深刻，做得也更极致。自从汽车工业开始进入新能源智能时代，三花就一直在向特斯拉学习，努力将创新推向极致。

特斯拉的超快速反应，与三花作风的追求极为相似。在20世纪90年代，我们就确立了"迅速反应、立即行动"的三花作风，以客户为中心，以市场为导向，以最快的速度响应客户需求，以强有力的执行力解决实际问题，力求"日事日清，日清日高"。

最让我感慨的是特斯拉对汽车工业带来的颠覆式冲击。马斯克多次强调他的所有创业成果都要归功于第一性原理的思维方式。他说：我们运用第一性原理，而不是用比较思维去思考问题，这是非常重要的。我们在生活中总是倾向于比较，别人已经做过或者正在做的事情我们也去做，这样只能产生细小的迭代发展。第一性原理的思想方式是用物理学的角度看待世界，也就是说一层层拨开事物表象看到里面的本质，再从本质一层层往上走。

在我的理解中，马斯克所坚持的第一性原理，就是探知到事物本质，重新思考该怎么做。马斯克用第一性原理思维逐一解决了电池、驱动、自动驾驶等核心难题，用互联网思维重组了企业工业的生产流程，实现了颠覆式创新。这让我想起了经济学家常用的两个词：创造性破坏和破坏性创新。马斯克在特斯拉身上，实现了这两个概念。

特斯拉对三花的影响是深刻的。大约从10年前开始，三花开月度例会，几乎每次都会谈到特斯拉和马斯克，我也时常将这两个名字挂在嘴边。马斯克也深刻地影响了他在三花的很多"迷弟",最有名的一位是三花汽零[①]总经理(后转任该公司董事长)、三花中央研究院院长史初良。

全三花都知道史初良是"马粉",也是三花的"马粉头子"。他非常认同马斯克的那个论断:技术进步不会自然而然产生,都是被人主动推动才发生改变;要有英雄去主动推动整个技术基础,技术才可能真正进步。

无论是作为三花汽零总经理还是三花中央研究院院长,史初良都觉得自己有必要与特斯拉保持技术方向上的学习交流。他有一次去参加特斯拉一款新车的发布会,在现场激动不已,直接在微信朋友圈给特斯拉做广告:"设计非常地简洁,但是功能非常强大,M3你值得拥有。"

在我脑海里的那条路上,在一个岔口处,马斯克和我都步履匆匆,我还没来得及表达我的敬意,只是与他对视了一眼便擦肩而过。我们曾在新能源汽车上"确认过眼神",在新能源汽车热管理上达成了共识,未来在机器人领域特斯拉也极可能是引领着新行业前进的那道身影。

三花在热管理产业越走越远,技术也向纵深发展,在本行业探索到了无人区,这使我在那条路上看到的身影越来越少。这是探索者的无奈,也是探索者的荣耀。

有些身影原本是常伴身边的,突然之间就不见了。时间是最无情的利器。最近几年发生了很多事,全球工商界风云变幻,企业家浮浮沉沉。一些老朋友、老兄弟也在这段时间相继辞世,浙商里面就失去了鲁冠球、冯根生、郑永刚、宗庆后等人。

他们的离去是让人悲伤的。时代失去了杰出的企业家,社会失去了优秀的人,但就他们个人而言,却是幸运地践行了自己的诺言:

---

① 即浙江三花汽车零部件有限公司。

> 奋斗者的终点是坟墓。
> 做创造历史的勇敢者。

我回过头去，还能清晰地看到他们的笑容。他们在挥手，示意我和三花继续往前走，带着他们的鼓励和祝福，带着他们"奋斗者""创造者"的身份标签，不忘初心、勇敢前行。

每当我回想往事时，脑海中出现一条路的形象，我就会越来越多地开始思考一些问题：

> 人的生命是有周期的，企业有没有生命周期？
> 如果企业有生命周期，它能否突破生命周期，实现基业长青？
> 人的生命靠血脉传承，企业的生命靠什么延续？

我想给这条自己想象出来的路起个名字。那是我大半生走过的路，是三花从小作坊发展成现代企业的路，是我们作为创造者探索出来的路。

这时候，我会想起鲁冠球。在我的记忆里，他生前说的话中，一个关键词是"奋斗者"，另一个是"勇敢者"。历史是勇敢者创造的，事业是奋斗者创造的。一切的目标都是创造。奋斗者和勇敢者的目标都是创造，他们或创造事业、创造财富、创造价值，或创造历史、创造文明、创造传奇。

创造是什么？

在我的理解中，创造就是从无到有。在企业经营中，它是从0到1，也是从1到100。创造就是提供增量价值。社会进步的历史就是不断创造增量价值的历史。

放眼全世界，三次工业革命的历史，就是激发创造性、释放创造力的历史，机械工业、汽车工业、电子产业、信息产业中很多赫赫有名的大公司，都是三次工业革命的产物。

回看中国改革开放的历史，同样是激发创造性、释放创造力的历史，是增量价值巨富增长的历史，也是商业文明大幅进步的历史。改革开放为中国带来了巨大的变化，中国开始令世界瞩目。

创造者是什么？

我们小时候都学过，劳动创造了人本身。能够制造和使用工具从事生产劳动，是人和动物的本质区别。说穿了，人是具有创造性的，是创造者。

老祖宗说，天地是万物父母，人是万物之灵。人，为创造而生，小时候通过消费创造GDP，长大后通过劳动创造财富，通过思考创造观念，通过文明创造传承。创造，是人类与其他生命的最大区别。

企业也是创造者，因为企业是由人建立的组织。

企业家呢？

企业家的定义是：从事组织、管理并承担经营风险的人。企业家是企业价值创造的集合与代表，也是企业理念的载体，是更大商业价值的创造者。"创造"，是企业家身上最鲜明的标签。

管理学家德鲁克[①]在《创新与企业家精神》中说："成功的企业家，无论他们个人的动机是什么——为钱、为权、猎奇或追求名誉——试图去创造价值或有所贡献。不过，他们的目标非常高。他们不满足于只是对已有事物加以改善或修正，他们试图创造出新颖、与众不同的价值和满意度，试图将'一种物质'转换成'一种资源'，或将已有资源组成新颖、生产力更大的结构。"

创造是很多优秀企业家的共识。我记得任正非在2016年的全国科技创新大会上的发言中说："从科技的角度来看，未来二三十年人类社会将演变成一个

---

① 彼得·德鲁克（Peter F.Drucker，曾译：彼得·杜拉克，1909年—2005年），现代管理学之父，其著作影响了数代追求创新以及最佳管理实践的学者和企业家们，各类商业管理课程也都深受其思想的影响。

智能社会，其深度和广度我们还想象不到。越是前途不确定，越需要创造，这也给千百万家企业公司提供了千载难逢的机会。我们公司如何去努力前进，面对困难重重，机会危险也重重，不进则退。如果不能扛起重大的社会责任，坚持创新，迟早会被颠覆。"

越是前途不确定，越需要创造。这是创造者的使命，也是创造者赢得未来的路径。

与很多企业家一样，我真正的创造者之路是从1984年开始的。那一年，我开启了自己的事业，开始真正执掌一家企业，走上了企业家的旅程。也是在那一年，三花真正开始拥有了自己的骨架，最终成长为有血有肉、有梦想、有情怀的三花。

有的企业生而为创造者，却没有创造者基因，它们因此被时代淘汰。三花生而具有创造者基因。

1984年，我执掌三花之初就提出了"稳定提高，革新创造"八个字。"创造"从一开始就融入了三花的血脉。

我翻看我在三花40年来的会议资料，发现使用最多的一个词就是创造，创造、创造力、创造性……创造是我对三花最深刻的理解，也是我对三花最深切的期望。

创造者的本质是自我实现者，通过创造来实现自我价值。当我重新回顾三花走过的40年，重新回忆我曾经历过的人与事，顺着历史的轨迹切入时代的脉络中，我意识到——

企业家的自我实现，意味着企业家接受了市场的领导，接受了市场规则的领导。企业家从来不是独自实现自我价值的，而是通过经营实践来实现自我价值的。

企业经营实践可以理解为一个领导者（企业家）与追随者（管理团队、员工）互相影响的过程，如果是正向的影响，他们就会表现出相互激励，共同提升；如果是反向的影响，企业就会走向失败，继而分崩离析。

这种情况其实以三花为例更容易解释。1984年我以承包的方式执掌了三花的前身新昌制冷配件厂。那时候我的企业领导者身份是暂时性的，也是不稳固的，成败对外取决于我能够带领冷配厂创造多大的价值，对内则取决于冷配厂内部对我有多大程度的认可与信任。

这不是一种指令式关系，而是交互式关系——我如果带领他们创造更大价值，他们就会更信任我、支持我；他们信任我、支持我，我就可能带领他们创造更大价值。这种交互的关键，是相互激励，各自对对方产生正向影响。

我和三花都很幸运，三花当时的创业者们也很幸运。我们在相互激励中将三花变成了更好的创造者，从西郊乡的一家社队经营企业成了如今热管理细分领域的全球龙头企业，从"新昌制冷配件厂"变成了"世界三花"。

回顾三花走过的40年，回顾我的创业历程，我时常感慨：我们与这个时代相互成就，时代成就了我，也成就了一批优秀的民营企业家，我们回报给这个时代的是巨大的热情和创造力。统计数据显示，民营经济在全国GDP中的比重已经超过了60%，贡献了50%以上的税收、70%以上的技术创新成果、80%以上的城镇就业、90%以上的企业数量，被通俗地称为民营经济的"56789"。

我与三花之间也是相互成就。三花是我作为创造者实现价值的平台，是我探索创造者之路的载体。因为有三花，我才得以施展自己的创造力和经营才华，才可以将自己所学所悟运用到企业经营实践当中。反之亦然，三花因为我的带领，在战略定位、市场趋势、经营管理、企业文化各方面，都作出了与自身资源极度适配的选择。我们彼此接纳、相互扶持，成就了一名企业家，也成就了一家优秀的制造企业。

这个世界上的万事万物都有因果，改革开放是大因，我们是小果。三花与我也互为因果，我们彼此努力，共同创造，善因结出善果。

今天我回忆往事，回顾创业历程，总结得失经验，努力将其固化为可借鉴、可依赖的企业文化，就是为了延续善因，使未来的三花能够结出更多、更大的善果。

我是一名企业家，是创造者，我探索的道路是创造者之路。

三花是创造的三花，是创造者的三花。创造，是三花的初心，是三花这么多年来不断成长、不断进步的唯一动力，也是三花能够追求基业长青的唯一理由。

三花的一切努力，产品开发、技术进步、市场拓展、管理创新、人才培养、专注领先等等，都是为了激发更多的创造力，创造更大的商业价值和社会价值，成为更好的、更有能力的创造者。

一切努力，皆为创造。

每当我回顾走过的大半生，或是梳理三花 40 年的得失，我的脑中总会出现一条路。我为这条路起了一个名字：创造者之路。

创造者之路，是三花永远的征途。

第一篇

三花是什么？

要理解三花，首先要回答"我是谁"的灵魂之问：三花是什么？我们用马斯克的第一性原理思维来探求三花的本质，并以此对三花进行准确、清晰的定义。

第一章
我的创造者之旅

要理解三花和我的创造者之路,就要回答几个问题:

三花是什么?

三花为什么?

三花要成为什么?

如果把三花当作一个生命来对待,这三个问题就是著名的"灵魂三问"——

我是谁?

我从哪里来?

我到哪里去?

在正式回答这三个问题之前,我先概述一下我的创业历程,以期有助于读者对三花与我的创造者之路有更立体的了解,对我在三花成长过程中形成的思想体系有更好的背景认知,同时也算是回答了"我是谁"的问题。

从某种意义上说，我的人生是从 1984 年开始的。那一年，我开启了自己的事业，开始真正执掌一家企业，开启了作为企业家的旅程。也是在那一年，三花真正开始拥有了自己的骨架，最终成长为有血有肉的三花，并逐渐有了自己的梦想和情怀。

我的创造者之路，也是从那时候开始的。那一年我提出的"稳定提高，革新创造"八个字，从一开始就给我和三花烙印上了"创造者"的标记。

有时候我回想自己的创业历程，难免会感到时间线的巧合。

1984 年，是中国的"公司化元年"，某种程度上也是"中外合资元年"。

那一年 7 月，北京天桥百货股份有限公司成为共和国第一家股份制公司。5 个月后，上海飞乐音响公司发行了价值 40 万元的股票。这是改革开放以来中国首次发行正式股票，中国企业全面进行股份制改造的苗头初现。

外资也纷纷进入中国。在阔别中国市场 35 年以后，花旗银行又悄悄返回上海。10 月 10 日，中国与联邦德国大众汽车公司在北京人民大会堂签订共同生产汽车的计划。这是中国汽车工业首度与外国合资。很多人并不知道，这是 1978 年 11 月经邓小平批示的中国对外开放第一个合资项目。这个项目的实现，使"桑塔纳"成为中国轿车的一个时代标志。

很多后来名噪一时的企业也在那一年诞生。柳传志创立了联想，王石创立了万科，张瑞敏执掌了海尔，李东生创立了 TCL，鲁冠球打报告要求 1967 年就成立的万向实行股份制没获得批准，就土法上马搞内部职工入股……

也是在那一年，拥有世界上最多万向节专利的美国舍勒公司代表在广交会上相中万向，下了 3 万套万向节订单。那是中国汽车零部件第一次出口美国。5 月 21 日的《浙江日报》头版以《鲁冠球成功之路》为题进行了报道：

他，一个有胆有识的农民企业家，不搞偷工减料，不兴以次充好。在质量就是生命，效率就是金钱的口号下，以现代企业的经营手段，在短短的几年里竟使一个社办小厂一跃而为当今国内品种最多、产量最高、成本最低的万向节专业厂。它的产品博得了全国一千三百多家用户的一致称道，甚至引起了一些国外企业家的注目。鲁冠球的成功，被誉为乡镇工业之光。

更传奇的是，1984 年给万向下订单的美国舍勒公司在 2000 年 10 月被万向收购。这让我想起了曾经要收购三花的美国兰柯，最终其四通换向阀业务也是被三花反向收购。

我们的三花，也是在那一年开始绽放的。

40 年过去，我回想往事，有时候也会忍不住感慨：我们是那么幸运，竟然在那么重要的历史时刻登场，见证了改革开放的伟大历程，参与创造了一段中国民营企业成长的历史，走上了一条创造者之路……

要理解我们这代人，就先要了解我们这代人为什么要创业的历史大背景。

我们这代人的创业路

我为什么要创业？

我们为什么要创业？

答案只有一个字：穷。

浙江的第一代民营企业家，像鲁冠球和我，以及南存辉、李书福，大都生于农村，文化程度普遍不高，没有背景也没有资源。娃哈哈的创始人宗庆后先生倒是城里人，但是他在农场里干了十几年，吃的苦、受的累比"泥腿子"还多。

所以我们这代人的创业故事，与国外那些大企业家的"传奇"不同，大都平平无奇，没有波澜壮阔，只有与时代共振的"润物细无声"。我们的故事没有那么多的戏剧性，而是像农村田间地头娓娓道来的家常。

很多年轻人已经不知道，我们浙江曾经是中国最穷的省份之一。改革开放前，浙江没什么拿得出手的工业，那时候全国的国有固定资产投资额，浙江省是最少的。

穷，是改革开放前整个浙江的现实。工业穷，农业更穷。浙江人多地少，七山一水二分田，人均耕地只有0.68亩，不及全国平均水平的一半。

浙江穷，新昌更穷。新昌的地貌特征是"八山半水分半田"。在山区农村，人多田少，单纯靠种田是养活不了一家人的。要想吃饱饭，过上好日子，就只有想办法搞点儿"副业"。浙江的第一代民营企业家，就是那时候冒出来的；新昌的第一代民营企业家，也是这样冒出来的。

有人曾把新昌分为东西两片，西片地区田地相对较多，东片地区可耕种田地较少。新昌县有领导曾通过观察发现，新昌的大企业家大多出自生活状况更为贫困、忍饥挨饿更为严重的东片地区。他感慨：这说明一个道理，条件好容易使人不思进取，条件差就只能靠拼搏改变命运。

我们从20世纪80年代末90年代初的全省次贫县变成现在的小康县，实现了历史性的跨越，奋斗动力就是因为穷。这个问题怎么看呢？我的理解是穷则思变，改变命运的动力更加强，党委政府和民间企业双方一直高度重视、配合，想要拔掉这个穷根。八山半水分半田，饭都吃不饱，就得首先解决温饱问题。温饱问题比较好的解决办法就是做工商业经济。一穷二白，没任何基础，我们就靠思想、靠精神。所以说，我们那代人创业，并不是真有什么雄心壮志，就是因为穷，就是想一家人能吃饱肚子、过上好日子。

为了过上好日子，鲁冠球他们搞了农机厂，先修理、制造农具，慢慢发展起来。也有一些人组织泥瓦匠搞了建筑队，后来走进了房地产行业。我们三花，也是从农机厂转折而来，最终走出了一条自己的路。

在探路的过程中，诞生了浙商这个群体，也出现了浙商的"四千精神"——走遍千山万水，想尽千方百计，说尽千言万语，吃尽千辛万苦。

我有时候回想自己的创业路，真的是对"四千精神"感慨万千。我们这代浙商，那是千真万确，就是靠这种精神，靠拼搏奋斗，靠冒险闯荡而发展起来的。所谓"千辛万苦"，在当时的我们看来也根本不算什么，一来原本就很苦了，二来那时候年轻不怕苦。

最大的苦是冒风险，冒很大的风险。创业过程是大浪淘沙，一批批起来，又一批批倒下。所以任正非就讲，下一个倒下的会不会是华为？有的人有思想，就会始终把困难想得比较多，把战略思考得比较重，把问题考虑得比较周全，不去乱冒险，而是看准了值得冒的风险，大胆去闯，勇敢尝试。用现在的说法，就是冒合规的、高性价比的险。

我也是在这种背景下开启了自己的"创业史"。我于1950年出生在新昌县巧英乡的雪头村，3岁时被过继给了邻村细心坑村的张贵金。他是我舅舅。这种亲上加亲的环境，使得那时的生活虽然千辛万苦，却还是让我得以幸福快乐地成长。

我养父生性乐观，喜唱绍剧，是村里唱戏班的成员。他的这个爱好，深刻地影响了我，让我一度准备将绍剧作为自己的毕生事业。

我养母性情温润，与人为善。她的性格也影响了我，使我拥有了善良、和气、宽容等一些良好的品质，这对我后来的创业历程至为关键。

贫穷是我们那代人共同的主题。我小的时候，经历过"三年经济困难时期"，天天饥肠辘辘，看不到一丁点儿希望。我记得六七岁的时候，有一次去食堂买六谷糊，半路上丢了饭票，怕回家挨打，就躲在驴棚里，吃用来喂驴的菜籽饼充饥。

饥饿影响了我们一代人，让我们对温饱变得充满渴望，对一切可能改变生活、改变命运的东西都视若珍宝。我们从小就学会了挣钱，有人说这是我们的商业天赋，德鲁克在自己的回忆录《旁观者》里的说法是：

绕着金钱打转的秘密与压抑——通常又称作"穷人的精神官能症"……"穷人的精神官能症"所显现的，就是常常害怕有一天会身无分文，老是担心赚得不够，不能达到社会、家人甚至邻人对自己的期待。

1968年，我18岁的时候，村子里组建了一个"柘蚕饲养小队"，8个人，我是之一。如果那也算创业，那就是我第一次创业。那次创业并不成功，起初大家干劲十足，快要成功时遭遇了鼠灾鸟患，最终平淡收场。

"柘蚕饲养小队"解散后不久，也是"文革"高潮过去的时候，我已年过18岁，但我还是重返学校去读高中。毕业后，因有高中学历，我就成为村里的民办教师。虽然民办教师工资不高，但闲暇可以顾及田间农活儿，倒也很适合我。

我喜欢这份工作，喜欢被人称作"小张老师"。那时候我年轻，除了正常授课，音乐、体育都能来一手。最关键的是，与书本的接触，让我拥有了更多的时间思考：未来该怎么走？

那时候是看不到未来的。对于细心坑村的农民来说，他们最大的世界就是绍兴，那是遥远的大城市，近的是县城和周边的县城。通常来说，我们生活的全部世界就是细心坑村和附近的村子。要想走出细心坑，到外面更大的世界闯荡，我们都需要一个机会。

我的机会是在1974年到来的。那一年莒根公社农机厂急需一名业务员，公社书记王相铨看中了我，调我过去跑业务。这是我人生路的转折点，也是我真正事业的起点。

我的创业"前史"

我在莒根公社农机厂的工作在一开始并不顺。

进厂没几天，我就外出跑业务。我去的地方是河南开封、安徽芜湖。我做业务的启蒙老师是堂兄董伯舒，他给我介绍了开封肉联厂的娄颜龙和芜湖冷冻厂的汤家志，他们都订了一些标准件业务。

我到开封时正值初冬，已是寒风呼啸。当时条件不好，出差补贴也低，我住在一家条件很差的旅社，依稀是叫天封旅社。结果业务还没跑成，反而先跑出来个急性支气管扩张，咳出了血。那时候我身体底子不大好，还很瘦，去当地小医院看病，打了一针，趁身体状态稍好时，又急忙赶火车去上海。

当时我怕家里担心，一直没敢告诉家人自己的情况。后来我在上海国棉五厂工作的老乡家住了几天，不见咳血了，就赶往安徽芜湖跑业务。待和他们签订了一些生产加工五金件的业务合作协议后，我才写了一封信给同事张相庆，请他转告家中自己生病咳血的事。其实作为家中的顶梁柱也好，作为企业的顶梁柱也好，很多时候你得学会自己咬紧牙关扛着，因为除了你之外，没有人能替你扛。

在上海治好了病后，我又去了趟安徽芜湖，为厂里谈下了一个为芜湖冷冻机厂生产加工五金件的订单。到此，这趟波折的业务旅程，才算是结束了。

没多久，我在莒根公社农机厂的工作旅程也结束了。当时农机厂不像是一家真正意义上的企业，厂领导思考的不是如何发展壮大，而是自己的位置和地盘。我"呕心沥血"谈下的订单，被以"路途远""利润低"的理由给否定了。这在当时让我深感挫败。但为了信用，我将两地的订单，通过转到宁波的一些企业去加工，这才完成了我在莒根农机厂的任务。

经过这番波折后，我觉得莒根公社农机厂不是一个干事的地方，便心生去意。当初介绍我来农机厂工作的公社书记王相铨，一直看好我。他给了细心坑村6000元补助，说服大队支书与村主任，把我要回细心坑开办小五金加工厂。灵龟庙作为工厂的厂房，工厂由大队支书、大队长掌权，我负责具体工作，主要精力用来跑供销。

当时的办厂条件之艰苦，远超现在创业者的想象。公路不通，材料、设备便无法运输，都得人来抬。我想方设法从宁波聘请了一位名叫陆柏年的老师傅到厂子里担任技术负责人。现在想来，那样的山村，居然能从宁波请来老师傅，这难度一点儿不比从硅谷请个专家到新昌低。

我觉得这才算得上我真正意义上的第一次创业。后来有人评价说，我初次显露了自己重视人才的企业家特质，并切身感受到了做生意是怎么回事。这次创业算不上失败，也谈不上成功。我后来曾在采访中回忆过：

在这个地方创业，艰苦是可想而知了。但是搞了几年，还算不错，年利润挣到6000多元。可是大队支书、大队长掌握着厂内大权，当时聘来的两个宁波师傅也有矛盾，还把宁波师傅间的矛盾对准了我，因为宁波师傅是我聘来的，压力都在我这里。我当时的体会是，在自己家的山村创业，精神压力更大，有时整夜睡不着觉。但是在那几年的创业历程中，也积累了创业的经验，培养了对市场的敏感性。

张道才开办小五金加工厂的灵龟庙现貌，2024年摄

在艰难中度过的那几年，某种程度上成就了我，也让我意识到，真正做企业需要注意的各种细节。我那时候算是一边走一边看，等待一个新的机会。

这个机会最终竟然是一个时代的大机会。1978年12月，中共十一届三中全会召开，作出把党和国家工作中心转移到经济建设上来、实行改革开放的历史性决策。接下来，中美建交，农村联产承包责任制试水，知青返城，冤假错案的干部得到平反，长途运输兴起，合资企业的法令颁布……中国进入了一个新的时代——改革开放的时代。

1978年的十一届三中全会提出要大力发展社队企业，1979年的十一届四中全会正式通过的《中共中央关于加快农业发展若干问题的决定》提出："社队企业要有一个大发展，逐步提高社队企业的收入占公社三级经济收入的比重。凡是符合经济合理的原则，宜于农村加工的农副产品，要逐步由社队企业加工。城市工厂要把一部分宜于在农村加工的产品或零部件，有计划地扩散到社队企业经营，支援设备，指导技术。对社队企业的产、供、销要采取各种形式，同各级国民经济计划相衔接，以保障供销渠道畅通无阻。国家对社队企业，分不同情况，实行低税或免税政策。"

这是一个巨大的时代机遇，对于所有人来说都是一样的。莫樟贵时任新昌县西郊公社党委书记、管委会主任，杨玉昌是副书记、副主任。他们想借助这样的时代机遇将已经徘徊不前12年的西郊公社农机厂发展起来。他们委托在新昌县喷灌机厂的朋友陈伯铭师傅为农机厂推荐一位供销人才，陈伯铭因为已与我打了多年交道，就把我推荐给了莫樟贵和杨玉昌。

陈伯铭是我的伯乐，他很了解我。从1974年起，我在乡、村农机厂跑业务，至1979年时，我已在市场上摸爬滚打了6个年头，其间也为喷灌机厂帮了很多忙，帮陈师傅购买了大批铝锭，从西安、宝鸡等地运回新昌。那时是计划经济时期，分配工业原材料要靠计划指标，只有国营的大企业才能分得到，县级企业是很难分配到的。陈伯铭觉得我是一个会办事又踏实能干的人，所以把我推荐给了莫樟贵。

莫樟贵也是我的伯乐，他办事魄力大，非常看重人才，在1979年10月把我作为"引进人才"聘为西郊公社农机厂供销科科长，这一年，西郊公社农机厂更名为"新昌县西郊制冷配件厂"。这一年，我虚岁30，正所谓"三十而立"。

莫樟贵为了引进我，与杨玉昌等领导商议，给我开了每月80元的工资，外加25元出差补贴，还给我批了块地盖房子。这在当时算是高待遇了，厂长的月薪也只有我的一半多。我后来曾回忆说："那是我一生中感觉最好的时候，因为之前我一直只是以每天记工分的方式创业的穷小子，现在一下子给了这么高的待遇，人走出去，胸都挺起来，人都好像高了几厘米。""但我心里明白，人家的钱不是白给的，可见我的压力有多大，要是做不出业绩，什么都不用说了。"西郊农机厂虽说是西郊公社的骨干企业，但农机厂没有自己的产品，已经连续亏损多年。我也感觉压力很大。如果说以前不辞辛劳跑业务靠的是拼搏的精神，那么现在又多了一份责任，要考虑这个厂以后要做什么产品、路往何处去的问题。

我后来又去宝鸡跑业务，争取的第一笔订单价值4000多元，为陕西宝鸡叉车厂提供配件。没多久我又在西安冷冻机厂拿到一个几万元的订单。这两笔"巨额"订单在西郊公社成了轰动事件。当然背后辛苦，如人饮水，冷暖自知。

"我从农村可以走出来，能够在新的环境中打拼。在当时，我认为有这种机会给到我，感觉是再苦也是福祉，再苦也是甜的。有这种激情，有创业的精神！"这是我在当时的认知。在农村里吃过了太多的苦之后，这样的苦对我们这代人来说，已经算不上苦了。

销售人员拿下订单，这不代表工厂就有能力生产。从那时起，我再次意识到了主动出击抓市场商机、创造条件把业务做起来的紧迫。当时，我看到的商机是农机厂应该转型做冰箱里的制冷配件。

这是我在跑业务的途中发现的商机。那时候农村开始包产到户，种田之余，人们开始活跃地搞多种经营，切实地感觉到，计划经济正缓慢过渡，一种更有活力的东西正慢慢向我们这代人走来。

正是在这种转变中，街头出现了大大小小的"马路饭店"，供应餐食给长途司机和我们这种不断赶路的业务人员。开饭店就需要一些储放肉、鱼等食物的冷冻设备，当时管这些都叫厨房冰箱。我就此判断制冷配件是市场紧缺产品。而且厨房冰箱最简单的零部件是冰箱铰链：两片叶子一个锁，所有铜匠只需投入一只炉子的成本就可制作。

厂里采纳了我的提议，农机厂转型制冷零部件的机会由此到来。**如果说我有什么商业天赋的话，那么通过市场细节看到市场机遇，算是我的一种天赋吧。**

计划经济时期，全国的厨房冰箱产业主要由商业部下属的多家商业机械厂生产，简称"商机厂"。改革开放后，上海、江苏的乡镇企业，也开始进入全国各地的厨房冰箱市场。

从西安，我拿到了一笔几万元的订单。很快，我们有了更多的冰箱铰链订单。转型当年，厂里就实现了 7.09 万元的产值，不仅扭亏为盈，还实现了 2.5 万元的利润。接下来，江西商业机械厂、广州冷冻机厂、武汉冷冻机厂、上海制冷设备厂、宁波冷冻机厂、江苏泰州商机厂、衡阳商机厂、湖南医疗器械厂、上海环球冷冻机厂……接踵而来的订单验证了我的判断，虽然制造能力不算突出，但一款产品一旦在市场上供不应求，西郊农机厂也就有机会在市场上取得一席之地。

在我们新昌，地方国营企业有柴油机厂、轴承厂、喷灌机厂、制药厂等。柴油机厂的前身南明机械厂生产经营制冷设备、热力膨胀阀、扳手等产品。西郊制冷配件厂的崛起就从对南明机械厂的学习开始，而南明机械厂的逐渐式微，也正是从西郊制冷配件厂站稳脚跟开始。

制冷配件里的热力膨胀阀和截止阀，在 20 世纪 80 年代的中国，只有两家工厂能生产：上海恒温控制器厂和南明机械厂。膨胀阀是制冷系统中的一个重要部件，它能使中温高压的液体制冷剂通过其节流成为低温低压的湿蒸汽，然后制冷剂在蒸发器中吸收热量达到制冷效果，通过蒸发器末端的过热度变化来控制阀门流量。热力膨胀阀由阀体、感温包、平衡管三部分组成，是制冷系统四大部件之一。

膨胀阀虽然小，但它在整个系统里是个"大件"了，算是个核心产品；没有膨胀阀，制冷系统就不完整了。

南明机械厂在浙江新昌，上海恒温控制器厂在上海离人民广场不远的一个弄堂里。这两家工厂是计划经济年代国家机械工业部的定点企业，也只有它们可以参加部里的会议，民营企业在计划经济末期还无法进入这个"笼子"，国家在计划"笼子"内分配原材料，民营企业拿不到钢、铜的分配指标。

当各地的需求方争相向这两家采购热力膨胀阀时，常常需要用铜材的指标换取采购机会。在我经常跑业务的陕西西安，热力膨胀阀更是属于稀缺产品。

我从南明机械厂买来热力膨胀阀产品作研究，开始在厂里开发这种产品。通过董伯舒的介绍，我又从嵊县请来了老师傅陈祖培、周嘉霖，从奉化请来了董善根，与厂里的技术人员王明生、王长生一起研究开发。

当时，判断热力膨胀阀的稀缺性并不像如今成熟市场环境下那样复杂。南明机械厂周围长时间住着来自全国各地的采购人员想要买热力膨胀阀。他们带着支票和电解铜指标，来到新昌住下来，目的就是排队买到东西。但就算如此折腾，最后热力膨胀阀能不能到手也还是个未知数。

一次偶然的机会，我跟着几个工业局的朋友去南明机械厂参观，看到了热力膨胀阀的样本册。朋友问我想不想要这个样本，我自然想看一看，就拿了回来，后来以这个样本为基础，去推销当时自己已经开发出来的膨胀阀产品。后来南明机械厂感到不满，觉得被我们沾了光，就层层告状，直至告到了工业局。

当时新昌的县委书记王贤芳思想开放，富有创新精神，在新昌任职之前是

1984年,中共新昌县委书记王贤芳来三花调研

浙江温州市的组织部部长。他是新昌公认的改革开放、经济发展的大功臣,直到现在我们新昌人民还会怀念他。

王贤芳一以贯之的想法是:新昌县这个地方没有什么地域优势,一无农田资源,二无靠海的地理优势,要想让寻常百姓富起来,必须大力发展乡镇企业。因此,本应被政府关照和照顾的国营企业南明机械厂反而被王书记教导:新昌的企业要共同发展,你们国营大厂要有气度,一个乡办企业的农机厂,能够知道要学习你们的产品已经很不容易了,你还要弄他们?不要搞事情了,要包容和帮扶!

我时常在想,三花能有今天,要感谢这个改革开放大时代,感谢新昌的改革开放"小气候",也要感谢南明机械厂这样的"老大哥"的包容与帮助。

在开放思潮的帮扶下,西郊制冷配件厂不断扩充自己的产品种类:铰链、热力膨胀阀、截止阀、电磁阀、手动阀……因为业务能力突出，我也升任为副厂长，负责厂里的经营工作。

更高的位置意味着更大的责任，我有义务为西郊制冷配件厂探索出一条属于自己的路。

时间开始了

1984年8月28日，我被任命为新昌制冷配件厂厂长，原厂长王耀才转任党支部书记。那一年我近35岁。后来，1984年被认定为"三花元年"。

那一天，新昌县西郊乡的党委会上，杨玉昌提出任命我为厂长的提议。陈庆阳等党委领导一起研究通过了新昌制冷配件厂[①]的领导班子名单，经全体员工选举通过后，报西郊乡党委决定并下发文件，由我担任厂长，并签订了5年的承包合同。

我前面提到过，1984年的中国发生了太多值得兴奋的事。整个国家都洋溢着改革开放的浓厚气氛，每个人都觉得未来充满希望。改革开放的大气候越来越好，第一代民营企业家开始集体出场。

新昌改革开放的小气候也变得越来越好。王贤芳书记在新昌推进改革的力度很大，对乡镇小企业提供了非常多的帮助和保护。他过世后被不少企业家怀念。因为他的思想和理念是解放思想、实事求是，在改革开放的形势下努力想办法让新昌老百姓通过努力奋斗，都能富起来，一起改变新昌这个贫困县的落后面貌。所以他在新昌推进了一系列改革，取得了显著成效，得到老百姓认可，大家都称他是一位为民办实事的好书记。

关于选择我当厂长这个决定，多年后西郊公社党委书记、管委会主任杨玉昌回忆起自己的职场生涯时是这么说的："我担任这个职位没有失职，我做了我

[①] 1985年2月，厂名更改为"浙江省新昌制冷配件总厂"，后文简称"冷配厂"。

应该做的事。如果不选张道才做厂长,那我就是失职了,我对不起西郊一万多人。乡镇企业那时候喜欢过安稳日子,不求发展,但张道才他不局限于小发展,他要大发展。"

我不是西郊乡本地人,是外来户,是"女婿"。重用"女婿"当厂长,轻待了"儿子",很多人心里不舒服。原厂长王耀才不愿意接受组织决定,要将原来的一个分厂拿去自立门户开办冷气机厂,还把厂里的几个骨干带走。杨玉昌书记担心冷配厂,找我谈话。我向杨书记表态,只要他们愿意走,就走,全由他们自己选择。

很多企业骨干离开了,但是王德锋没有离开,负责财务的任金土也没有离开。他们后来都成为三花的元老。他们也没想到三花后来会成为世界级的三花。王德锋说:"人各有志,你只要在一个地方把事情做好就可以了,为什么要走来走去呢?而且当时厂里已经有了自己的产品和市场,我说我要跟张道才厂长干

张道才在办公室工作学习

的。不过那时候我也没想到张道才厂长能把企业做到后来这么大。"

从1984年开始，三花迎来了自己的快速发展时期。人们都充满干劲儿，我也开始学习如何从一个"能人"转型成为一个"企业家"。

这样的转型是美好的，也是痛苦的，因为你必须面对各种各样的外部压力。1986年，有一段时间市场出现波动，冷配厂经营遇到了一些问题，新昌城内也议论纷纷，我的压力非常大。正好去绍兴市开会，与徐丹之老师住在一屋，徐老师给我写了张纸条：

张道才厂长：

群众的眼睛在注视着你的一举一动，对你的评价往往不是在企业经营的兴盛时期，而是在企业或企业中的某一部门发生困难的时刻。

你的勇气和信心，往往决定着企业的成败，你必须以自信、乐观、无畏的精神迎击任何挑战。

企业经营的成功，总是属于那些对"今天"的变化作出迅速反应，并对"明天"和"后天"作出科学决策的经营者。

徐丹之

张道才与徐丹之在开会

一直到今天，我对徐老师的真情所言都充满感激。他的古道热肠、热心鼓励，给了我太多温暖。徐老师先后任职新昌县人民政府、二轻工业局、计划经济委员会和乡镇企业局。他是会计专业出身，水平很高，头脑清晰，对市场经济、企业管理都有自己精辟的理解。

我当时就给徐老师回了一封信,这封信代表了我的经营理念,迄今也没有改变。

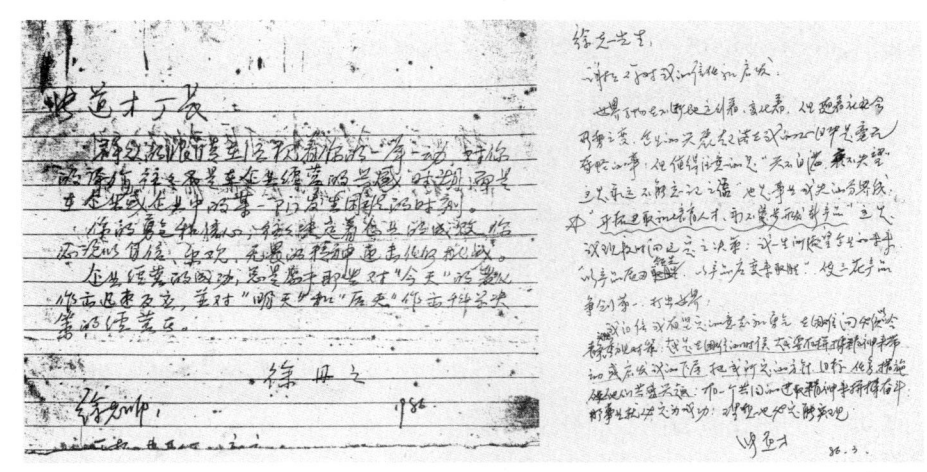

徐丹之写给张道才的信以及张道才给徐丹之的回信

徐老先生:

谢谢你对我的信任和启发。

世界万物在不断地运行着,变化着,但随着社会形势之变,企业的兴衰起落在我的心目中是毫无奇怪的事!但值得注意的是"兴不自满,衰不失望",这是永远不能忘记之语,也是事业成失的分界线。"开拓进取和培育人才,永不停步开发新产品",这是我现阶段已定之决策,我一生所祈望企业的未来,以"产品质量领先,以产品应变来取胜",使我们的产品争创第一,打出世界!

我自信我有坚定的意志和勇气,在困难间必须以冷静头脑重视对策!越是在困难的时候,越要有拼搏精神,来带动或启发我的下属,把我所定的方针、目标、任务、措施,使他们共感兴趣,有一个共同的进取精神来拼搏奋斗!那事业就必定会成功,理想也必定能实现。

张道才

后来总结出的"管理、科技、人才"的"三朵花"理念，也正是从这封信中孕育而出。

在接下来的日子里，冷配厂走上了"产品质量领先，以产品应变来取胜"，"使我们的产品争创第一，打出世界，成为全球细分市场第一"的征途。

产品，成为我所谋划的重点。

三花究竟要选择什么样的产品呢？

那时候我想到了几句话：小商品、大市场、高技术、专业化。这十二个字是三花前十年发展的战略，在不断的探索后也最终成为三花长期的发展战略。

那时候我已经清醒地意识到，三花是一家诞生于新昌的小企业，不是那些产业巨人，但三花可以走一条"小型企业巨人化"的道路——如果不能成为大产业的巨人，那就成为产业细分市场的巨人，直到有一天，我们把细分市场变成大产业。

"小商品、大市场、高技术、专业化"不是凭空出现的，是我们基于现实的思考，也是不断摸索和总结的成果。

三花初创时，各种企业资源匮乏，规模小、人员少、资金匮乏、技术落后。最重要的是，市场需要的各种"大产品"都被国营大厂把控着，民营企业，尤其是我们这些当时被叫作"社队企业"的乡镇企业，既没有能力也没有机会去生产、销售这些"大产品"。我们只能做适合我们的产品、占用企业资源少的小商品。

小商品是现实的选择。新昌当时的交通状况也不好，如果是大件，光运输就能难倒一批"英雄汉"。小商品避免了这些麻烦，是最适合三花的路。

小商品必须拥有大市场，否则这条路就是条狭路。市场空间太小，是没有成长空间的。三花当时已经开始通过冰箱铰链和干燥过滤器等产品的开发生产，参与到冰箱产业中。这是个大市场。继续向这个产业的纵深发展，既节省资源，也能找到足够的发展空间。

向产业纵深发展，而不是搞简单的横向拓展，这是三花的选择。这也就有了高科技和专业化的选项。

三花从 1984 年开始了自己的故事。一开始我们只是埋头赶路，后来我们慢慢地总结、梳理得失，作出了自己的选择。

1990 年，我在与时任新昌县县长蔡德麟交流时，提出了"坚持以国内外市场为依托，加强各项管理为基础，以科技进步为先导，提高产品质量为主线"的企业发展的系统思路。

我跟蔡县长汇报说："必须在经济效益和企业素质上下功夫，寻求新的高度，以高起点、高标准、高质量、高效益为准则，继续开展多种形式的横向联合，在改革中求发展，在竞争中取胜，坚持走小而专、高水平和小商品、大市场的道路。争取在八五期间跨入国家二级企业行列，产品进入国际市场。"

那时候，三花才创业 6 年。我于 1989 年首次出国考察，1990 年的时候我们的产品还没有出口，"进入国际市场"对我们来说是个大目标。这个大目标，今天已经变成了"世界三花"。

在接下来的几年里，我们不断摸索总结。1992 年，我写下了《新昌制冷配件集团公司发展思路之我见》一文，提出：

我的设想，"公司"的发展指导思想应是：以国家产业政策为依据，以国内外市场为依托，加强整体管理为基础，以科技进步为先导，提高产品质量为主线，在提高经济效益和企业素质上下功夫，坚持走小而专、高水平和小商品、大市场、小型企业巨人化的道路，向企业集团化、生产专业化、管理科学化、产品系列化、经营国际化迈进。

最终在 1994 年，我们确立了**"小商品、大市场、高科技、专业化"**十二个字作为三花的发展战略。它们从此开始成为挂在三花上方的指路明灯，一直指引着我们探索、创造的方向。

关于这"十二字方针"作为公司战略的形成逻辑与重要性分析，我在接下来还会进行详细描述，此处先不赘述。

总之，在三花创业之初，我们探索出了一条路，先是选择了与冰箱相关的产品切入，然后以新型热力膨胀阀作为突破口。

1986年，我们研制出了带等过热特性的混合充注式热力膨胀阀，改变了国内热力膨胀阀性能差、体积大的现状，一举达到国内制冷行业的领先水平，接近国外同类产品的同期水平，当年就通过了省级鉴定，填补了国内空白。

接下来的几年中，我们的新型热力膨胀阀产品不断批量生产、更新迭代。1987年的新产品 RF-H 热力膨胀阀获得了浙江省计委颁发的优质产品证书、绍兴市科技成果三等奖。因该产品与上海交通大学（简称"上海交大"）联合开发，该项目还被国家教委列为国家级重大科技成果项目。

1986年12月，新型热力膨胀阀省级技术鉴定会召开

三花"小商品、大市场、高科技、专业化"的战略路径就这样一步步清晰起来了。

我来了，我看见

1989年6月1日，我第一次出国。当时我与上海交通大学的陈芝久教授和工厂总工程师汪钦尧组成了一个三人考察小组，对丹麦的丹佛斯、德国的奥托埃格霍夫、赫里昂和瑞士亨席柯公司进行考察。

这段历史对于三花的未来极为重要，它是我和三花的第一次"睁眼看世界"。我在欧洲考察时看到了更先进的产品和技术，也看到了中国未来巨大而充满生机的市场，更坚定了三花"小型企业巨人化"的道路。

我也是在那次出国之后，开始有了模模糊糊的全球化意识，并且萌生了一个"东方丹佛斯"的梦想。这个梦想如今已经变成了现实，三花不只是"东方丹佛斯"，更是"世界的三花"。

当时我出国的时候，脑子里带了三个产品：高端家用电冰箱使用的二位三通电磁阀、家用及商用空调使用的四通换向阀和汽车空调热力膨胀阀。

我们的第一站是丹佛斯集团。丹佛斯创立于1933年，位于丹麦的诺德堡。从年限上看，丹佛斯如今也还没到"百年企业"。丹佛斯的创始人叫梅兹·柯劳森，创立丹佛斯的时候才28岁。

柯劳森创业前在一家冰箱厂工作，平时喜欢研究改进冰箱用的膨胀阀。丹佛斯后来以阀类起家，最终在制冷配件领域建立了自己的"产业王国"。这条路看起来充满诱惑，与三花的"小商品、大市场、高科技、专业化"产业的路径不谋而合。

在丹佛斯一个多星期的考察中，我一直在寻找二位三通电磁阀的身影，却始终没有看到。后来在丹佛斯一家全自动温控厂的角落里，我见到了有工人在

1989年6月，张道才（中）与陈芝久（左）、汪钦尧一同出国考察，首站来到丹麦丹佛斯集团

装配二位三通电磁阀。我上前跟他们交流，他们告诉我，电磁阀的设计是丹佛斯做的，零件加工是在外面代工完成的，最终装配则又回到丹佛斯的车间。我记得最终装配非常简单，就是温控机旁搞了一个总装装置，完成最终的装配。

丹佛斯很慷慨地满足了我的要求，提供了二位三通电磁阀生产线中的检测专用技术资料和报价单、电磁阀专用焊机资料和报价单，以及其他相关资料。他们的慷慨也让我感受到了大企业的气度。

二位三通电磁阀对我来说充满诱惑，我知道它是三花未来的奠基产品。如果能引进这个产品，哪怕只是引进制造设备，对三花都是一次脱胎换骨的提升。受制于当时的条件，以及国际上当时对中国的态度，引进计划最终没有成功。

我也是在那一刻，开始有了将三花发展成为"东方丹佛斯"的梦想。考察结束后，我有一次感慨说：

"看了丹麦的丹佛斯，真是大开眼界，与他们的膨胀阀、温控器、电磁阀、压缩机、截止阀等产品生产现场相比,我们的反差实在太大了。他们组织生产的产品都是着眼全球经营的;每个产品都是采用自动化加工设备,现代化技术设计和管理手段。而我们的技术设计、生产工艺和装备落后,管理也不科学,因为是单个生产,以手工操作为主,单产品生产一年只有几百个、几千个,能有几万个已是不得了了。我们的产品根本没有考虑进入国际市场,而是小批量作坊型生产,能在全国市场上供货,好像已经了不起了。"

那一次出国,我们还重点考察了德国奥托埃格霍夫公司。奥托埃格霍夫以生产膨胀阀尤其汽车空调膨胀阀见长,其核心产品占当时欧洲80%市场份额,是真正的"小型企业巨人化"。我们考察了奥托埃格霍夫生产的全过程,还参观了研究实验室,并且与总经理进行了对话。我们探讨了在汽车空调膨胀阀领域的合作前景。

在丹麦和德国的考察,除了先进的技术和生产线令我大开眼界之外,更重

1989年6月,张道才(右一)与陈芝久(左二)、汪钦尧(右二)出国考察的第二站来到德国奥托埃格霍夫公司

要的是，我看到了与新昌、与浙江、与整个中国不一样的生活场景和社会风貌。与改革开放才十来年的中国相比，这是一个"未来世界"，一个"新世界"。

这个"新世界"，让我看到了未来中国的样子，看到了未来的中国市场——家家都有空调，户户都有汽车。

这是一个多么大的市场啊！造空调、造汽车需要大资本，我们没这个条件，但我们可以生产空调和汽车的配件啊。如果每一台空调、每一辆汽车都有我们的产品，我们也就可以实现"小型企业巨人化"的梦想了。

高度决定视野。要看得远，就得站得高，要站得高就得格局大。我后来又多次到日本、美国考察，每次都有新的收获，有时候会看到产品，有时候会看到市场，有时候会看到未来。

一次次地走出去，开阔了视野，我更加确信中国的未来，也更加确信，只要三花愿意沉下心来，沿着"小商品、大市场、高科技、专业化"的道路走下去，踏踏实实、扎扎实实，三花就一定会成为与丹佛斯、奥托埃格霍夫并行的公司。

三花的产品主义

我前面说过，我是带着常常在脑子里转的三个产品，即家用冰箱二位三通电磁阀、热泵空调四通换向阀、汽车空调热力膨胀阀，去德国和丹麦考察的。

现在的很多创业者已经无法理解，我们这代人为什么对某个不起眼的小产品那么着迷，甚至称得上是一种执念。毕竟时代已经发生了巨大变化，互联网时代，人们常说的是产业、赛道和未来想象空间，不大容易执着于一个个具体的实体产品。

我们这代创业者，算是改革开放后的第一代民营企业家，干的事情，用今天的说法，就是从"0"到"1"。

从"0"到"1"与从"1"到"100"都是创造，也都创造了增量价值，它们最大的区别是什么？

其实很好理解，"0"就是无，"1"就是有，"0"到"1"就是无中生有，从"1"到"100"就是从有到大有。

有趣的是，"大有"是《周易》六十四卦之一。已经过世的曾仕强先生说，把同人卦颠倒过来，就变成大有卦。同人卦，就是说少数志同道合的人结合在一起，他们有共同的理想，同心协力，这样做出来的效果就会使得别人愿意和你一起工作或合作，因为他们认同你了；因此你就可以获得很多的东西，我们把这个状况叫作大有。大有就是同人的最佳的效果，最大的收获。因此，大有可以解释成大获所有。我的理解就是，从"0"到"1"靠创始人个人能力和机遇多一些，从"1"到"100"靠团队力量、管理力量、文化力量多一些，"同人"共同努力，才会"大有"。三花走到今天，就是一步步从"同人"走向"大有"的旅程。

接着说回产品。

三花是靠产品起家的。中国民营制造企业，大都是靠产品起家的，一个核心拳头产品，带出一个充满希望的未来。这一方面说明，制造业必须有自己的拳头产品，另一方面也说明，在中国改革开放的前十年、前二十年，市场活力被激发了出来，需求空前旺盛，只要你方向不太差，好好做产品、抓好产品质量，就能找到出路。

三花早期有三大产品：冰箱用二位三通电磁阀、热泵空调整机用四通换向阀和汽车空调热力膨胀阀。这三个产品让三花创业早期能够可持续地成长起来，就像金庸武侠小说《倚天屠龙记》中武当派的"梯云纵"，我们一脚接一脚地往上跳。

这三个产品，其实不只是三个产品，而是代表了三个产业：二位三通电磁阀代表了冰箱产业，四通换向阀代表了空调产业，汽车空调膨胀阀代表了汽车产业。当然，它们最终在三花这儿都汇聚成了一个产业：制冷部件产业。然后经过几十年发展，演变成了热管理产业。

三花的发展道路，某种程度上就是从产品主义到产业主义的道路。以前代表三个产业的三个产品，后来的商用控制阀件业务、微通道业务，再后面代表新能源汽车的电子膨胀阀、电子油泵水泵、板式换热器、热泵热管理集成模块构筑的汽零业务，都是从产品出发，逐步在产业领域建立了影响力，但最终百川汇聚，还是回归到了冷热交换与智能控制的技术路线，回归到了三花40年来一直在干的事情：热管理。

也就是说，三花通过40年专注于这个产业，而且每一年不断创新与迭代，对每一个环节追求极致，使一个个产品在一个个细分产业领域内建立了自己的"话语权"，也最终形成了自己的一家家产业公司，同时三花也通过自己的一个个产品、一家家产业公司、一道道"话语权"，形成了三花自己的细分产业群。

我觉得这才是三花40年在制造业取得的最大成绩。以"小商品"的形态进入产业的"大市场"，这是方向的选择；三花最终要走的路，还是依托高科技、专业化"，创造出自己的产业。

在三花发展的时间线上，产品主义也是贯穿其中：二位三通电磁阀影响了第一个10年，四通换向阀影响了第二个10年，汽车空调膨胀阀、电子膨胀阀和热泵控制部件与集成模块、子系统，影响了三花接下来的一个又一个10年，未来还将继续产生影响⋯⋯

因为一个产品引领了一个时期，三花就形成了自己的产品主义，张亚波现在推行的产品力，正是三花早期产品主义的凝练与升华。他自己说过，三花的产品力不是无中生有，是从三花诞生的那天就拥有的基因。

也因为产品主义，三花开始走"一个核心产品进入一个核心产业"的发展路径，产品主义最终进化为产业主义。在这条探索者之路上，三花的经验可以提供路径依赖，但更多的却是在作路径创造。

这是三花的选择。

十年磨一战

在三花的历史上,有一桩横跨了整整10年的收购案,熟悉三花的朋友们应该都知道,那就是三花与美国兰柯之间的收购与反收购案。这桩收购案从1998年开始,到2007年收官,正好10年。

这桩收购案对三花和我个人都产生了极大的影响。

我一生中讲过最多的故事,是关于兰柯收购与反收购的故事。我的同事说,有一次我一天讲了4次,开会的时候讲过一次,接受访问时讲过一次,两次接待中各讲过一次。而在不同的接待交流中,他们都听得很专心。这个故事也因此被外界誉为反映浙商韧性、闯劲、图强精神的经典国际并购案例。

我为什么这么爱讲这个故事?

因为这是三花历史上最关键的时刻,也是漫长的企业经营中最有价值的历练。如果我们当时没有足够定力、勇气和信念,三花就不可能成为今天的三花。

另外还有几个重要原因,其一是,在这个故事中四通换向阀是主角,它奠定了三花在空调控制部件产业的地位。

其二是,1989年我第一次出国考察的时候,就有了全球化的想法。那时候我对三花的"全球化"的设想比较简单,就是产品进入国际市场,说穿了就是能够出口将产品卖给跨国公司。随着三花的发展,我对"全球化"的理解也越来越深刻,与兰柯的十年收购故事,本质上也是三花"全球化",成为"世界三花"的一个标志性事件,三花从产品全球化,走到了产业全球化。

其三是,这个故事结束之后,我提出了"从成本领先转向技术领先战略"的观点,开始了三花新发展的起点。这是三花的产业发展逻辑,也是三花"十二字方针"中的"高科技、专业化"之路。

四通换向阀是三花第二个10年最核心的产品,迄今为止它在三花产品史上的位置不可动摇。

在我还没正式创立三花之前，四通换向阀就是我的一个梦。

在20世纪80年代初的一个夏天，我跟董伯舒一起出差去上海。我们入住的是上海的新昌宾馆，位于西藏路与新闸路交叉口，靠近南京路的第一百货商场，靠北京路的那边有一家五金百货店，当时的工业用品都是在那里购买。

第一代四通换向阀产品

天气炎热，我们俩就很自然地讨论起了空调。当时上海浦东有个燕牌空调，江苏泰仓也有个空调机厂，这两家都早于后来知名的春兰和华宝空调，今天的空调巨头美的、格力、海尔等，当时都还没有发展起来。那时候我心里就明白，空调市场非常大，以后一定要做一款空调的核心产品。

我对四通换向阀的执念正是从那一刻开始的。后来我开始研究空调，寻找空调部件中最适合三花的那一个产品。我选择了四通换向阀。

我通过上海空调机厂，拿到了两只空调整机上拆下来的已经破旧的空调四通换向阀。四通换向阀的形状很独特，我们经常开玩笑说它像一只小龙虾。它有两条龙虾须（接线），眯着眼看，看久了，就是一只趴着的小龙虾。

那时候我还只是副厂长，受限于职权、资金、研发等实力，我只能把四通换向阀当成一个愿望沉淀在心里。

但是"小龙虾"实在充满了诱惑，时不时地从心底跳出来抓我两下。我正式创业后，在1989年出国考察时，心里就专门装着这只"小龙虾"。在丹麦和德国，我们没有发现特别的机会。回国后，经过反复思考，我最终还是在1991年下定决心搞四通换向阀。

也正是在那时候，我在笔记本上写下了一段话：

任何事物成熟的同时，也预示着衰亡的开始。产品在畅销之后，才是最可怕的时刻，你必须同时进行四个过程：生产一代，试制一代，研究一代，构思一代。

这段话既是我对三花当时产品的沉思，也是对未来产品的期待。

四通换向阀，就是当时的未来产品。

第一个四通换向阀研制团队由王长生、陈宝祥等人组成。他们从零开始，通过对实物进行解剖、测绘、试制、试验，拿出了最初的小批样品出来。三花把自己的"小龙虾"拿到宁波空调器厂、广州市胜风电子机械工业公司等几家空调厂免费让客户试用，去看测试效果。

早期产品的测试效果很一般，这是新开发产品的通病。开发的过程也是一波三折，主要是技术难度太高。项目组经常会遇到问题，经营班子里也对开发四通换向阀没信心。我就给他们开会，苦口婆心向他们解释，四通换向阀关系到冷配厂的生死存亡，没有四通换向阀就没法往前发展，大家一定要有信心，更要有决心把四通换向阀开发出来。

1992年，三花的四通换向阀被列入浙江省科委新产品试制计划项目。1993年模仿制成的SF-7型四通换向阀通过了浙江省科委的鉴定，经上海通用机械技术研究所测试，达到要求，其主要技术达到了机电部标准的规定，客户反映良好，可靠性强，正式批产。第二年获得了国家级新产品称号。SF-7型四通换向阀的主要完成人员是陈雨忠、陈宝祥、王长生、潘新法。

这个型号的四通换向阀被上海通用机械技术研究所认证为20世纪80年代末国际同类产品的先进水平，填补了此类产品一直以来的国内空白。

自从1957年美国兰柯公司发明了四通换向阀以来，兰柯就掌握了四通换向阀的先机。兰柯发明的四通换向阀让空调有了制冷和制热的双重功能，兰柯也因四通换向阀走进自己的"黄金时代"，在接下来的40年间，全世界大部分的空调用的都是兰柯的四通换向阀。这是领先者的回报。在这个领域，兰柯是当仁不让的霸主。

三花的四通换向阀项目走得晃晃悠悠，不是很顺。SF-7型四通换向阀仿制成功后，我在1993年向新昌县计委提出四通换向阀节能技术改进项目建议书，项目总投资为1500万元，拟建规模为年产30万套，自筹资金800万元，向国家经济委员会申报项目款700万元。

三花的四通换向阀开始了批量生产，但这是一条充满诱惑也充满艰辛的磨砺之路。

1995年，三花的四通换向阀已被国内多家空调整机厂配套装机使用，部分已出口到韩国，以及南非、中东等地区，生产能力处于远远不能满足国内外市场需求的阶段。

我们对四通换向阀项目进行了扩建，投入大量资金进口先进设备扩大生产

1995年4月，引进四通换向阀生产线竣工典礼

线，其中投资200万美元引进四通换向阀阀体加工专机、阀块加工专机、滑块注塑等关键生产设备和检测设备，之后又投入百万美元引进瑞士全自动高精度十二工位芯铁、封头加工专机等设备。

到1996年底，三花四通换向阀的年产量突破了10万套，但这远远不够。市场需求太旺盛了，竞争者又少，全世界大多数阀件制造商对四通换向阀的研究工作尚处于实验试制阶段，市场几乎是被美国兰柯和日本鹭宫垄断着。

1996年开始，三花跟上海交通大学合作研究四通换向阀，这是三花四通换向阀的第三代开发。这一次，又是陈芝久教授。1998年，三花四通换向阀年产量达到了55万套。

在我的设想中，三花的四通换向阀能够大干快上，大步奔跑往前冲。但理想很丰满，现实很骨感，我们的产品，问题一大堆，始终解决不了。

最大的问题就是产品稳定性和一致性，说穿了就是质量不够好，容易出状况。最要命的是，我们是配件企业，我们产品出了问题，就意味着整台空调出了问题。消费者找空调厂商，厂商找我们。我那时候经常处于焦头烂额中。

技术不成熟、产品不稳定的问题困扰了三花好几年，有时候今天测试好用，明天再测一下就不行了。四通换向阀生产事业单元先后调换四批生产与技术团队连续攻关，前后持续了好几年。这意味着我这个焦头烂额的厂长也当了好几年。

产品技术和质量问题，直到1998年10月之后才得以解决。王大勇、史初良在那时候接手了新一轮的四通换向阀开发和生产任务。他们带领开发团队找到了质量不稳定的原因，并通过改善装备来保证产品质量，彻底解决了四通换向阀质量不稳定的问题。三花自此赢得了一个产品，一个产业，也赢得了一个未来。

正是在三花四通换向阀即将走出泥淖迎来新生的前夜，新昌来了五个生面孔。那是1998年9月，美国兰柯高管带队前来新昌考察三花，表达出了收购

1999年3月,张道才陪同美国兰柯高管游览新昌大佛寺

三花四通换向阀业务的强烈意愿。他们对三花发出了邀请,希望我带队去美国考察、谈判,共同探索合作的可行性。在后续的谈判中,他们又来过多次。

作为东道主,也出于对四通换向阀领域前辈的尊重,在一次接待中,我穿上了西装,带着工程师,一起陪着几个美国人游览了新昌的大佛寺。我们的留念合影,现在就挂在三花的历史展馆中。

三花档案中记载,收到兰柯对我们发出的访美邀请的当天下午两点半,我召开了总经理班子会议,我和汪钦尧、吕增海、吕正勋、倪晓明、王大勇、史初良、张钢共8人出席。我们商量后决定受邀赴美,不管同意与否,先去美国考察考察。

次年1月,我们组成三花团队,一行五人赴美。考察回来,再次召开了总经理班子会议,介绍最新的谈判情况:兰柯公司欲收购三花四通换向阀80%股权,给出的条件是1999年三花四通换向阀预期销售毛利的5倍,即兰柯愿出资 1 亿元人民币（时价 1000 万美元），并希望能在当年的 6 月底完成收购工作。当时三花已有年产 200 万套四通换向阀的能力。三花方要价 3 亿元人民币，双方僵持 3 个多月后，兰柯又将出价抬高至 2500 万美元，近 3 亿元人民币。

我们最终拒绝了兰柯的收购邀约。1999 年 5 月 20 日，三花集团召开常委会[1]，我在会上作出了一个关键决定：四通换向阀的关键是解决产品质量的稳定性。解决了这个问题，我们在产品性能上就能达到美国兰柯的水平，发挥我们的成本优势，将四通换向阀打入国际市场。能让我和三花产生如此底气的，是王大勇、史初良团队带来的产品质量改善的好消息，是中国庞大的空调市场对四通换向阀的需求；更重要的是，兰柯越着急、出价越高，就越证明三花四通换向阀的价值。

在这个过程中，我也曾动摇过。毕竟 3 个亿，我们三花从来没见过那么多钱。但是我也忧虑：如果把四通换向阀卖了，三花还能找到一个像四通换向阀一样的产品吗？

在我的计划当中，汽车空调膨胀阀应该是与四通换向阀一样充满未来感的。三花在 1994 年与日本不二工机合资成立了三花不二工机，其目的就是以市场换技术。

根据我们合资时的约定，三花不二工机年生产截止阀 200 万套，汽车空调膨胀阀 55 万套。截止阀是那时候我们最赚钱的业务，加入了合资公司，以此为代价，我们希望能获得不二工机汽车空调膨胀阀的技术。

然而，在接下来多年的合作中，日方始终没有将汽车空调膨胀阀的最新技术提供给三花不二工机，合资公司的文化碰撞也从未间断。最终，这段"联姻"

---

[1] 三花于 1995 年 11 月成立浙江三花集团公司管理委员会，简称"管委会"，并在管委会内设委员和常委，作为公司经营管理的决策机构。1996 年 11 月下旬，因管理需要，撤销公司管理委员会和常务委员会。1998 年 11 月再次设立管理委员会，同时管理委员会设委员和常委。

无疾而终。

因此，如果在 1998 年，三花集团卖掉了四通换向阀业务，就会面临着核心产品断代的危机。一家制造企业怕什么？怕的是没产品。产品没了，市场也就没了，队伍自然也就散了。

鉴于四通换向阀对三花未来的重要性，鉴于王大勇、史初良团队很可能带来的生产与技术突破，我选择了拒绝兰柯收购，与兰柯在正面战场硬碰硬。

技术和质量问题解决后，三花四通换向阀业务进入了超高速发展。那时候四通换向阀的利润率很高，一个产品为三花带来了想象不到的巨额利润。

此后，我们又通过设计、工艺、制造过程的持续创新，以成本领先的优势快速占领市场，无论在国内市场还是国际市场，都逼得兰柯节节退后。

2007 年 9 月 20 日，这场竞争迎来了终局。三花控股集团与英维思集团同时向全球发布讯息：三花斥资 1600 万美元，收购英维思旗下兰柯公司的四通换向阀全球业务，收购范围包括美国兰柯和日本兰柯的资产及市场，中国常州兰柯的全部股权，以及兰柯在四通换向阀领域的品牌及人才。

收购兰柯之后，三花承接兰柯的技术优势，成为四通换向阀领域品种最全、专利最多、生产线自动化程度最高、检测能力最强的企业，在四通换向阀领域的全球市场份额也由 50% 直接提升至 60% 以上。

这场硬仗打完后，我重申了 2004 年就提出的"从成本领先向技术领先战略升级"课题，为三花的新发展定调。那时候我时常想，如果我之前卖掉了四通换向阀业务，三花还会是三花吗？

幸运的是，我们抗住了诱惑，坚持了初心，十年磨一战，一战定乾坤。那是我一生中最得意的一战，是我的远见之战。它的标的金额虽然没多么高，但却包含了足够丰富的企业成长内涵，对我来说，对三花早期那些创业者来说，那是伟大的一战。

多元化之路

在三花的发展历史上，诱惑很多。我们就像是在赶路，时不时地会出现一条岔路，景色看起来更美。我们究竟是坚持走下去呢，还是开始新的探索？

三花在探索未来之路的过程中，有成功的经验，也有失败的教训。多元化的探索，在我看来，是三花必须要进行的探索，但在探索过程中所遭遇的那些挫折值得复盘，所犯下的错误，更是值得我们总结反思。

很难说三花的多元化念头是从什么时候开始的。1994年6月，我在谈集团战略思路时，谈到以专业化为方向，重"点"突破，实现从制冷配件到制冷设备的产业调整，跨越成"线"，向国际化多元化经营公司发展，自成一"面"，立体拓展。

那是我所能查到的我第一次谈到"多元化"的时间。尽管那个"多元化"，更像是一个纯粹字面意义上的多元化，但"实现从制冷配件到制冷设备的产业调整"却表现了三花和我当时的野心。也许从那时候开始，三花就有了"做大"的冲动。

我在后来与客人交流的时候，曾经表达过，"如果当初做了整机，三花的销售收入可能早都上几百亿了"。当然，历史不能假设，我也表达过"做整机做到几百亿，利润和我做配件做到几十个亿差不多，还要得罪客户、与客户竞争，我为什么要去做整机？"

"做大"的念头肯定冲击过我，使我一度在多元化的道路上走了很远。但我始终认为，三花的多元化不只是为了做大，还有一个更重要的目的——探索，探索未来的方向、未来的产品和未来的路径。

其实在三花的四通换向阀业务领先于竞争对手，但还没并购美国兰柯业务的时候，四通换向阀业务的天花板就已经越来越清晰。全世界的空调产能就那么多，即使三花拿到全部市场份额，总量也就是那些。

国内外的制冷空调市场发生了很大变化，价格战愈演愈烈，产品利润率也越来越低。四通换向阀的技术也越来越成熟，寄希望于产品技术的革命性创新并不现实。这时候，三花该往何处去？

就在我开始思考和探索的时候，中国民营企业出现了一股多元化热潮。大部分多元化都没有成功，但也未必都是失败的。专业化和多元化本就没有绝对的对错，都有成功和失败的例子。鞋子舒不舒服，只有脚知道；哪条路适合自己，只有走过的人才知道。

三花也是多元化热潮的参与者之一。我记得21世纪刚开始时，我就将多元化提上了日程，并将其定义为自己创业的第三个阶段。

2001年三花正式提出：第一，三花的主业制冷空调控制元器件，必须在巩固国内市场的同时，加大向国际市场进军的力度，不仅主导产品要成为世界冠军，而且三花要成为"全球制冷空调部件王国"；第二，要抓住机遇，向其他产业适度拓展，也就是由制冷行业向汽车零部件、房地产、电子信息产业拓展；第三，由目前单一的商品经营向资本经营跨越。

我后来反思过，**多元化尝试本身并没有错，这是一家企业正常的探索。三花的经验和教训都是，多元化应该有边界，这个边界就是自己擅长的领域。多元化必须与企业的战略保持一致**。三花的战略是什么？"小商品、大市场、高科技、专业化。"但是在2001年，"经营多元化、生产专业化、市场国际化"取代了"十二字方针"。这相当于三花在自己还没足够强大的时候搞了一场"大跃进"式的发展，跑步进入多元化。

三花一开始的多元化是成功的，因为三花多元化的第一步是房地产。那几年正是房地产红利期，三花开发的项目赚了不少钱。多亏了这些"快钱"，三花才没有被那些失败的多元化项目套牢，依旧有足够的钱投入主业的战略研发当中。

但"快钱"终究是高风险的。我一向对风险比较敏感，虽然企业家精神中包含冒险精神，但我做事希望将风险保持一定的可控度。

在三花房地产业务最红火的时期，我们进行了业务收缩，宏观调控和政策调整都没有影响到三花房地产业务，但三花投资的南望集团，却是另一种命运。

南望是三花惨痛教训之一。我时常回想起三花经历过的挫折与失败，其中最惊心动魄的，也最令我惋惜心痛的，是"南望事件"。

南望前身是浙江南望图像信息产业有限公司。资金链断裂之前，它的主营业务远程图像监控设备，已占据全国约三分之一的市场份额，杭州市区主要公共场所的监控摄像头均由他们生产。2007年底那次宏观调控的背景之下，已经被房地产利润冲昏头脑的南望创始人张健遭遇资金链危机，完全多元化的南望在2008年初破产。

在那之前，张健在杭州的浙江大学附近、北京的丰台科技园接连盘地，资金未回笼便紧接着一项新的投资。2005年他又在云南大理投资8000万元建水电站，第二年又通过旗下的广赛科技成为浙江国信典当拍卖行最大股东，花费近5000万元。南望资金链断裂之时，张健本人已经连自己公司的账都算不清了。怎么投资了那么多不相干的产业？他自己也说不上来。

我跟张健是同乡，南望资金链断裂前，张健有段时间几乎天天都去我办公室讲自己的产品有多先进。在他各种游说下，我借给张健5000万元，并在银行为其公司担保贷款近3亿元。三花还在那之前投资了南望的微电子产业。后来作为债权人，三花是第一个还清担保贷款的互保企业。在那之后，我真正知道了担保的利害，挨个取消了公司绝大多数的对外担保关系。

浙江民营企业曾经靠民间信用维系着彼此的合作关系，互保就是信用实现。在经历过一场场互保危机后，民间信用最终在浙商中不再流行，彼此之间回到了现代企业应该有的相互关系——法律关系上。

对于"南望事件"，张健后来反思说："投资过程中太多没有经过科学的决策和管理，本来为防范危机采取的措施反而引发了危机，还闯了这么大的祸，

三花在内蒙古阿拉善建立的太阳能光热发电八碟项目

早知道这样，还不如专心一点，实际上安防行业的利润也能超过25%啊！"

我的评价是，一定要专注经营，他就是想挣快钱，不专注，北京买一个楼，杭州弄一块地，钱是有限的，都是靠向银行借款，银行一收紧，就出事了。我后来给三花提出了"专注领先"。为了得到这个答案，我与三花都算是甜过苦过，如人饮水，冷暖自知。

在探索未来的道路中，三花也尝试过投资高清电视、汽车车桥和轮毂、太阳能光热发电等业务，都没能取得成功。这些探索，其中的大部分说多元化也是多元化，说专业化也算专业化，譬如汽车轮毂业务，就与三花涉足的汽车产业相关；太阳能光热发电业务与三花绿色、低碳的方向极度匹配……

尽管我也在三花多元化的过程中不断反思，2004年11月，我甚至在浙江省经营管理研究会的年会发文《从专业化迈向多元化》中还说，我们品尝了多元化发展硕果带来的喜悦，也因多元化的闪失而感到十分惊讶。但是三花最终还是付出了非常大的代价，才深刻收获了"专注领先"这四个字。

"专注领先"，是三花多元化尝试的最大思想收益。我在内部会议和对外交流都多次讲过：

当三花集中精力专注主业经营的时候，三花事业的发展就比较顺利，经营团队和全体员工付出的努力就能得到应有的回报，而且全球市场的竞争能力越来越强，行业地位越来越高，发展道路越走越宽。而如果三花偏离了专注主业经营的路线时，多数时候三花的尝试与探索就没有取得预期的成功，甚至是挫折和失败。三花之所以幸存到现在，并且保持着越来越蓬勃进取的发展态势，不可或缺的原因，也正是在于专注主业，不受或少受诱惑，把握着主业稳定与风险尝试的战略平衡。"南望事件"是三花早期多元化的一个缩影，是我们在探索未来方向上所必须缴纳的学费；当然如果我们能力够强、够聪明，我们也可以少缴或免缴学费。

多元化的沉痛教训，"专注领先"的出现，让三花重新开始聚焦主业，也开始重新定义主业——热管理。

热管理才是三花的主业。三花曾经的主业是阀类产品，用我早期的观点，就是一个个的"点"，是汪洋中的一座座岛屿。如今三花的主业还是热管理，但已经成为系统，是"线"和"面"以及它们的结合，是那些岛屿连成一片。热管理是产业，也是领域，是点线面的总和，是立体的。

三花走过的探索者之路，是如何找到更多的创新点，开辟三花新的未来。我们在南望上失败了，在三花科特上失败了，在沈阳都瑞上失败了，在太阳能光热发电项目上没有取得预期成功。这些失败其实不算真正的失败，而更像是不断地试错，最终正确汇集到了热管理这个焦点上。

这才是三花的未来。

遇见未来

三花是幸运的，在每一次发展的关键时刻都能遇见未来，即使是我们在进行多元化探索、遭遇挫折的时候，未来也能向我们招手。

譬如在内蒙古的太阳能光热发电项目中，我们收获了邹江、鲍俊峰这支能打硬仗的技术团队。这个团队在三花未来的新能源汽车热管理部件和系统开发中，起到了重要的作用；而新能源汽车热管理业务，构建了三花实打实的未来，我称之为"再造一个新三花"。

与新能源汽车的一次关键相遇，始于2008年。

2008年9月6日，我带两名助手一起赴萧山宁围镇万向集团总部，例行拜访了鲁冠球先生。他是我的老朋友，也是我尊敬的兄长。我们定期会进行交流。

那一天，我们交流了在中国加快转变经济发展方式的大背景下，企业如何转型升级的思考与实践体会。我们谈起了新能源汽车。

我告诉鲁冠球先生，三花未来5到10年，要从"成本领先"走向"技术领先"，从机械类部品为主的开发向电子、电控为主的子系统集成开发提升，力争成为全球行业内新兴的领导者。

鲁冠球说，万向一直想搞汽车整车。在传统燃油汽车领域，欧美和日本的技术已经很成熟，中国企业很难追上；新能源汽车采用清洁能源，有利于环境保护；不烧油，对国家的能源安全有帮助，所以"要搞就搞新能源汽车"。电动汽车是新能源汽车的未来主流，核心是电池、电机、电控三大系统。鲁冠球着重介绍了万向未来在电动汽车产业链的布局和抢占新能源发展制高点的战略路线图，还叫人搬了块公交大巴电池过来，给我介绍万向在电池上的布局和突破。

鲁冠球的思考打开了我的思路。我当时已经决定，三花要往绿色低碳、节能减排的方向发展，这是社会发展的大趋势。但是具体战略路径怎么走，找到

张道才（左）拜访万向集团董事局主席鲁冠球（右）

需要快速散热。所以，新能源汽车的热管理要求远大于传统汽车，是个有较高附加值的大市场。

那一天，我从交流中获益匪浅，更加坚定了三花冲入新能源汽车热管理领域的信心。我后来一直把那一次拜访当作三花新能源汽车业务的起点。就像在1989年我出国看到了"新世界"一样，在那一天，我遇见了未来。

我后来再次与未来相遇，是在2010年1月初的以色列之行。那时候我带着一个考察团去ICG（以色列绿色控股公司）进行商务洽谈。ICG拥有以色列最大的海水淡化公司，还投资了一家叫Better Place的电动智能充电装置公司，并且刚刚在中国与奇瑞一起成立了一家发展电动车的合资公司。

在ICG总部，我看到了一辆漂亮的电动小跑车，是一位ICG高管的新座驾。车很漂亮，我感到好奇。那人告诉我，跑车叫Roadster，出自美国特斯拉公司。这款车从2008年2月开始交付，车主名单包括谷歌的拉里·佩奇与谢尔盖·布林，ebay（易贝）的杰夫·斯科尔等人。2008年10月第一批量产Roadster下线并开始交付。

那是我第一次听说特斯拉，也是我第一次见到一辆续航里程可以达到300公里的电动车。我被深深触动了。这与我心中一直在寻找的三花未来产生了奇妙的撞击。

在我的创业历程中，这种撞击发生过几次，就像是那种突然遇到未来的感觉，譬如第一次看到"小龙虾"（四通换向阀），第一次出国看到了"新世界"，与鲁冠球讨论新能源汽车，以及这一次，我看到了Roadster。

探索未来，先要选好方向，矫正好身位。我坚定地相信新能源汽车的未来，而特斯拉在恰当的时间中支持了我的未来。

那一刻我意识到，新能源汽车热管理产品的开发已经刻不容缓了。Roadster的出现意味着技术上的突破已经出现，电池续航将不再成为问题。新能源汽车很快就会像风暴一样席卷整个世界。三花必须提前做好准备。

中国的新能源汽车风暴来得比世界更早，更出人意料。所幸的是三花提前做足了功课，三花汽零公司和中央研究院的产品储备、技术储备，迅速成为新能源汽车热管理市场中当仁不让的领先者和领导者。

在国内市场，自吉利、比亚迪开始，蔚来、小鹏、理想、小米，每一家大型新能源汽车制造商，都与三花建立了战略级合作。国际市场上，三花突破得更早，瞄准北美某智能电动汽车企业为代表的行业标杆，在电子膨胀阀领域产品可谓一枝独秀，电子水泵、电子油泵、水冷板、板式换热器、热泵集成模块……先于国内市场而成为国际大客户的标配。

这不只是产品领先，更是技术领先的案例。三花整体的技术积淀，是我们在新能源汽车热管理领域异军突起、一枝独秀的保障。举例来说，电子膨胀阀技术原先是应用在房间空调领域的，是变频空调系统的标配核心控制部件，以系统节能著称。后来延伸到车用领域的开发，一开始还没有引起重点汽车客户的关注。但正是三花汽零这款从空调领域"跨界"创新出来的产品,荣获了2017年度美国《汽车新闻》PACE大奖,即全球汽车供应商杰出创新贡献奖。这是汽车工业中的"奥斯卡",拿到了这个奖,意味着在"创新"领域,三花汽零已经是全球汽车部件供应商中最重要的玩家之一。

这便是所谓的"桃李不言,下自成蹊"吧。

又比如,我们虽然觉得三花的中央研究院很不错,但还是没觉得它已经成为像电装研究院这样的行业"高峰"。但2017年5月,"纯电动汽车空调与热管理系统技术国家地方联合工程研究中心",却是在三花中央研究院大楼正式揭牌的。三花在新能源汽车热管理上的创新能力,得到了国家级的认可。

三花不断地通过前瞻性的产品创新、技术创新赢得国际品牌客户的满意与

"纯电动汽车空调与热管理系统技术国家地方联合工程研究中心"在三花中央研究院大楼正式揭牌

认可，始终与最优秀的行业头部客户在一起，与技术和市场的未来发展趋势"同频共振"，不断推动行业进步，不断探索和跨越无人区，未来，也就自然而然地到来了。

就像我与未来的多次邂逅一样，再次遇见，也许就在明天的某个地方。

这不仅仅我要去"遇见"未来，新的经营团队更要去"遇见"未来。这是他们所承担的时代使命，也是他们必须肩扛的重任。

创造者之路

有时候，创始人回顾创业史，往往会先把自己给感动了。等坐下来，平心静气想一想，又不过如此。

三花的创业史，其实没什么惊心动魄的故事，更像是我的半生自述。如果有什么确切的价值的话，那就是：

我们亲历和见证了一个伟大的改革开放时代，而三花是一家时代的企业，没有改革开放时代，就没有包括三花在内的这些优秀的民营企业。

我们既是时代的幸运儿，也是时代的弄潮儿，最终成为企业家。

企业家和企业要有所成就，必须成为真正的创造者。

我认为自己和三花都是真正的创造者。

我始终坚信，唯有基于市场的、创造价值的未来才是可靠的未来，针对未来市场创造价值，是三花之路，也是创造者之路。

创造，是三花一切故事的缘起，也是我"半生自述"的逻辑所在。

第二章
三花是什么？

每当我回想往事时，我的脑海中就会出现一条路。那是我与三花的创造者之路。在路上，我一直在探求一些问题的答案。第一个问题就是：三花是什么？

用马斯克的第一性原理思维来看，我探求的是三花的本质，并以此对三花进行准确、清晰的定义。

我之所以思考这个问题，是因为企业创始人通常被问得最多的问题就是：你是如何带领公司走到今天的？

在我一贯的认知中，企业家毫无疑问是企业的最核心资源，是企业发展的发动机。经济学大师约瑟夫·熊彼特认为，企业家带领企业实现着"创造性破坏"。企业家最核心的作用在于提供一种经营思想。

从三花的历史经验来看，我是赞同熊彼特的观点的。企业家各自行为不同，但能带领企业持续走下去的，一定拥有自己的经营思想，否则就会被时代潮流淘汰。

企业家通常分为三种类型：创始人、老板和超级职业经理人。创始人、老板这种类型的企业家我们都好理解；超级职业经理人，其实就是类似于美国的杰克·韦尔奇、中国的王石。中国的企业家身份比较复杂，譬如王石，他既是超级职业经理人，也是企业的创始人。造成这种"复杂"的原因是我们经历的那个大时代。

所以，每当有人问我如何带领公司走到今天的，我都要首先感谢这个改革开放的时代。三花也好，三花的那些国内客户，美的、格力、海尔、吉利、比亚迪，都是时代的企业。

没有一个改革开放的时代，就不会有这些时代的企业。

所以，当我开始思考"三花是什么"的时候，我想到的第一个答案就是：三花是时代的企业。

三花是时代的三花

我记得海尔的张瑞敏说过一句话，"没有成功的企业，只有时代的企业"。他的意思是，所有企业的所谓成功，都是因为踏准了时代的节拍，但"你不可能永远踏准时代的节拍，因为我们是人，不是神"。

中国企业和企业家，尤其是民营企业家，深深地根植于这个时代。是这个改革开放的时代创造了我们，选择了我们，成就了我们，让我们成为改革开放大潮的"弄潮儿"。

可能有人会不理解我为什么说时代造就了我们。我前面讲过，我生在一个极端贫穷的年代，物质极其匮乏。

现在的孩子感受饥饿叫"体验生活"，我们这些经历过经济困难时期的人，饥饿是伴随我们一生的记忆，甚至已经深入我们的骨髓里，直到今天还在影响我们的思维和行为。譬如电子支付如今已经非常发达了，可是浙商不少老一代企业家出门，口袋里还是要带点儿现金。

其实某种程度上，企业家经营企业，跟农民种田差不多。农民要想有好收成，全靠"天地人"：天就是天时，得风调雨顺；地就是地利，土壤得好，不能板结、不能缺墒等等；人就是人和，得一心种好田，齐心种好田，不能当懒汉，也不能扯后腿。

这时候，一定会有种田能手出现。他们会搞科学种田，会总结耕种收的规律，用相同的投入获得更大的产出。他们甚至会进行组织创新，建立协作小组，实现更大收成。这些种田能手，就是"企业家"。粮食相当于企业的资金，手中有粮，心中不慌；种子、肥料、农具，是生产资料，一切生产行为，都为了创造最终价值。所以，企业或者企业家手里有没有钱，本质上跟农民手里有没有粮是一样的。

这是打个比方。

我们接着说回三花。三花是改革开放"种"出来的。可以这么说，改革开放之前，我们这些农村人看不到出路，感受不到希望，仅有的快乐也是"苦中作乐"。贫穷与艰苦是常态，所以后来有人问我创业苦不苦的时候，我说创业的苦跟我们在农村吃的苦比起来，根本算不得苦。我们浙商的"四千精神"中有一条"吃尽千辛万苦"，跟我们最初做农民时吃的苦比起来，也算不得什么苦。

吃苦不是最重要的，贫穷也不是最重要的，最重要的是看不到希望。娃哈哈的创始人宗庆后，在绍兴的农场里干了15年，从城市少年变成了青年农民。他三十好几也没有结婚，变成了大龄青年。为什么呢？在农场里看不到希望。

希望是突然到来的。改革开放了。

宗庆后后来说，磨难是青春的开始。在他看来，因为有了改革开放，磨难变成了历练。

我们这代人对改革开放充满了欣喜、感激等太多无法言表的情绪。2018年10月25日，《浙江日报》以《40年印迹丨三花控股集团董事局主席张道才：勿为浮云遮望眼》为题刊发了我的去信。我在这封给企业家朋友们的信中说：

回想1984年，三花创业之初，那时候对什么是企业、什么是市场经济，大家一概不知。那些日子，也会有迷茫，但心中未曾有过退缩，更没有恐慌。因为我们这一代人，什么困难没见过呢？改革开放之后，才有机会创办企业，改变人生。所以，我们对国家的未来，始终抱有信心。

改革开放给了我们这代人巨大的希望，让人们被压抑的创造力释放了出来，让我们对国家、对未来充满了信心。

浙江民营经济活力的突然释放，也有自身传统原因的推动。浙江自古就有做生意的传统，生意不论大小，只要去做，浙江商人就会努力把它做好。所以我们浙江古代出了很多大商人，改革开放后也出了很多知名企业家，以小制造业为主也出了很多"隐形冠军"。

三花也是做小制造业起家的。我从创业之初就开始梳理、总结"小商品、大市场、高科技、专业化"的战略理念，在1994年将这12个字正式确定为公司战略，尽管公司战略后来变成了"专注领先、创新超越"，但本质上依旧是"小商品、大市场、高科技、专业化"的进化与延伸——其中的"小商品"，越做越多，也越做越"大"，似乎不"小"了，但终究还是中间部品，是为整机厂配套的产品，坚持的理念也始终是"小商品"。

现在这12个字大家提得不多，但一提起来，都说它简洁、清晰、有力，是公司战略最好的表述形式，因为公司战略就是要让大家都看得懂、执行起来不出偏差。战略不能太玄乎，太玄乎了糊弄的是自己。

我们接着说回改革开放。改革开放给中国带来的最大变化是什么？是正常了。中国变正常了，中国人变正常了。什么是正常？国家的正常是政治稳定、经济发展、社会进步；人的正常是生活幸福，精神饱满，对未来充满希望，对事业充满干劲儿。改革开放之后，人们的精神状态明显高扬了起来，觉得每一天都在发生好的改变，自己的努力会让这个国家变得更好。按照企业经营的说法，这是双向激励。

改革开放带来的另一个重大变化，是社会和人的活力被释放出来了。这个变化其实也与时代变正常了有关。社会一旦正常了，就会以经济建设为中心；人一旦正常了，就会有所追求，努力工作，奋发图强，去实现自己的理想。

活力首先是从农村开始被释放的。

1978年11月24日，小岗村18户农民按下了18个手印，搞起家庭联产承包责任制，揭开了中国农村改革的序幕。小岗村从而成为中国农村改革的发源地。小岗村按手印的那18户农民，在当时是冒着巨大风险的。所以我一直认为，他们虽然不是严格意义上的企业家，身上却不乏企业家精神中的冒险精神。

农村改革很成功，带来的变化很大，主要是当时最缺乏的活力被激发了出来，联产承包后农民是为自己在种地，不偷懒、不敷衍、不浪费，对土地、庄稼都很友好，也不寅吃卯粮。

然后，改革就不再局限于农村，而是转移到了城市，政策方向上也开始强调增强企业活力、发展社会主义商品经济、政企分开等重大问题。

1984年成为中国"公司化元年"，正是这种潮流推动的结果。前面有第一家股份制公司诞生，是实践的创新；后面就有方针、政策的出现，还提出了"社会主义商品经济"的概念。这种理论与实践的互动，给第一代民营企业家提供了方向。

三花是在1984年正式创业的，是被时代潮流推动而诞生、成长和壮大起来的。没有时代的潮流就不会有三花，三花也不会从一家社队企业变成乡镇企业，继而变成集团公司，拥有合资公司、上市公司，并购国际产业巨头，最终成为行业的领导者，也成为浙江制造业的优秀代表之一。

我们常说，时势造英雄。没有改革开放的时势，就不会出现一批批、一代代的优秀民营企业家，自然也不会出现一批批优秀的民营企业。有改革开放的大时势，即使当初没有三花，也一定会出现四花、五花这样的企业。

在企业层面，每一位优秀的企业家，都是从商业竞争中搏击出来的，都是造就自己企业内部小时势的英雄。正因如此，我们才会说企业家是企业最核心的资源。

我很幸运，能够遇到一个改革开放的大时代，能够在这样的时代里施展一番拳脚，创造一番事业。同时，我们也深刻地意识到，企业是时代的企业，三花也是时代的企业，被时代创造和塑造。同时，三花也是创造者，用自己创造的增量价值，一起创造了时代。

时代的企业，就意味着我们必须踏准节拍。

张瑞敏说过："你不可能永远踏准时代的节拍，因为我们是人，不是神。"他的这句话，其实讲的是狭义的"节拍"，是产业变革的机遇，譬如房地产机遇、互联网机遇、新能源机遇等等。真正的节拍来自大时代，对于我们民营企业家来说，改革开放、经济发展、国家进步就是最好的节拍。

只要踏准了这样的节拍，对未来充满希望和信心，瞄准正确的方向，不断创新创造，包括三花在内的这些优秀民营企业，就既不会被时代潮流冲走，更不会被抛弃。因为这是创造者的梦想，是时代的产物，是时代的一部分。

三花是市场经济的三花

我的第二个答案是：三花是市场经济的三花。

我们这些土生土长的民营企业家，没有资源禀赋，缺乏管理实践，一路探索走出来，靠的是什么？

我们第一靠的是大环境。改革开放为我们提供了最大的可能性，也提供了一个真正的"大市场"。改革开放初期，我们提的都是商品经济，商品经济是产品流动，可以进行市场交易，主体是商品。1992年之后，我们提的都是市场经济，市场经济的主体是企业，所以大家努力建立现代企业制度，追求可持续发展。

天时对于所有民营企业家来说都是一样的，为什么有的人成功了，有的人失败了呢？归结起来，原因不外乎三点。

第一点是各地的区域环境有所差异，有的地方改革开放推进得比较好，有的地方进展得缓慢一些。譬如浙江省，改革开放政策落实得就比较好，浙江省干部的共性特征就是坚持改革开放，维护商品经济、市场经济发展，保护民营企业创新进步。改革开放后浙江民营企业异军突起，出现了鲁冠球、宗庆后这样的领潮者，是与浙江省的"地利"分不开的。

三花诞生于新昌。新昌县的改革开放小环境，在整个浙江都独树一帜，这是老书记王贤芳等县领导思想解放、实事求是，以经济建设为中心，坚持"发展才是硬道理"的结果。他们给我们提供了发展的小环境，让我们能够获得良好的成长空间，所以王贤芳书记虽然已经故去，但他对民营经济发展的支持，新昌县的企业家们永远不会忘记。

第二点就是运气。运气这东西说起来虚无缥缈、玄之又玄，但它又客观存在。同样的市场、客户，同样的产品，有的人能赚钱，有的人刚做就出了事情，比如遇上了产能过剩或政策调整，赔了钱，经营不下去了。

第三点就是企业家的能力。企业家能力体现在哪些地方？我觉得就是四个"抓"——抓产品、抓市场、抓科技、抓人才的能力。三花早期确定的"小商品、大市场、高科技、专业化"本质上就是这些能力的体现。这四个抓，务实来说是企业经营的核心工作，务虚来看则是考验企业家的认知水准。

抓产品、抓市场，体现的是企业家的定位能力。战略的本质就是定位，定好了位，时机与位置适配了，企业的发展壮大就会比较顺畅；抓科技、抓人才，其实也是定位问题，是企业在长期主义与短期主义之间，在可持续发展与小富即安之间作出选择。

我一直说，我引以为傲的两个能力，一个是定产品，另一个就是看市场。比如我定产品的时候，一定会选一个未来市场需求比较大、附加值比较高、成长性比较好的产品；我看市场的时候，也会选择一个容量足够大的可持续的行业，而且是从全球范围内考虑客户。正如我在多个场合都表达过的：

小产品，大市场。虽然做小的（产品），但是一定要看市场容量，所以从我们前面几个产品来看，一直有一个维度：产品是否有足够的成长空间，足够的市场容量。

我刚创业的时候，企业是没有产品的，我首先要做的就是定产品，最后定下了做冷冻配件。为什么？这不是拍脑袋决定的，而是市场给我提供的建议。

就如我在前面就提过的，新昌当时有个南明机械厂，是一家国营企业，生产的冷冻部件产品很多，主要产品是热力膨胀阀，上门采购的人排长队。这是生产端的反馈。在需求端，商品经济开始发展，跑运输的司机、跑业务的销售员多了起来，马路饭店兴盛起来，直接带动厨房冰箱销售快速增长。而我们之前就做过冰箱铰链，客户资源是现成的，开发制冷配件产品，最关键的销售问题提前解决了。

产品定下来之后，剩下的就是跟着市场跑了。我后来为当时处于发展过程中的三花定下了二位三通电磁阀、四通换向阀、汽车空调热力膨胀阀三个核心产品，每个产品深入了一个产业，产品布局由点成线，最终形成了制冷配件的产品面。

在这个过程中，我不断分析市场，对市场、市场经济有了深刻的思考与感悟。

1998年，吴敬琏教授到浙江调研，我专门赶到嘉兴去听他讲课。吴老师当时给我们讲二元经济理论，提出了"什么是最大的市场"这个课题。我当时跟吴老师讨论了各自对城镇化、工业化推动形成中国最大的市场的理解。我们都认为最大的市场就是大量农村劳动力转移到城镇，产生衣食住行各方面的庞大需求，就形成了中国"最大的市场"。这就给了很多企业发展带来了极大的机会，包括三花。

我跟吴老师讨论的问题，其实正是发生在我身上的故事。我从新昌偏僻的农村走出来，而新昌又是浙东山区的贫困县。在我创业之前，新昌基本没什么工业，都是很落后的农业，祖祖辈辈都用古老的生产方式耕作。农民基本上自给自足，没什么消费，自然也就不存在市场。市场都不存在，市场经济自然也不可能诞生了。

所以我坚信中国市场经济的一大前提，就是农村劳动力走出去，成为产业工人，参与城镇化、工业化建设。农村人口向城镇转移，就会形成新的消费市场，自然会诞生新的需求，这就是"最大的市场"；考虑到中国农村人口的基数，这个"最大的市场"不只指中国的最大，还指世界的最大。

农村人口向城镇转移，核心的需求是什么？衣食住行。要住得舒服，吃得方便，冰箱、空调少不了，要行得舒服，汽车少不了，所以冰箱、空调、汽车，就是真正的"大市场"。这是我对市场经济的理解，最终又反馈到了我的"小商品、大市场、高科技、专业化"战略上。**企业家的一个核心能力就是发现市场，这个能力不是无中生有的，一定是因为对市场有深刻认知，相信市场的力量而产生的。张亚波一直说我是一位坚定的市场主义者。我为什么坚定？因为市场给了我产品、订单，给了我成长的机会，更给了我探索和创造的信念与勇气。**

三花是探索者的三花

我前面说过，大环境里，时势造英雄；而具体到一家企业这样的小环境里，又会出现英雄造时势，企业家精神和企业家能力的作用就会体现得比较具体。

以三花为例，很多年来，我一直在思考，三花走了一条怎样的路。我们创业初期，前面是没有路的，走遍千山万水，就是为了寻找一条出路。所以，我们这代1984年创业的民营企业家，说穿了就是探路者。

我们探的是什么路？我觉得正是我回想往事时，脑海里出现的那条路。

我们这些民营企业家走来走去，走的终归是一条探索者的路，一开始是为自己、为企业找出路，后来要探索做强做大的路，再后来想为国争光、找一条参与国际竞争的全球化之路，如今成为全球的行业领导者，更是要为自己、为行业、为社会可持续发展而探索"无人区"，找一条未来之路。

探路，是我们这代企业家的命运，也是使命。

我对任正非2016年5月30日全国科技创新大会上的汇报发言印象深刻，对他提出的"无人区"概念感同身受、念念不忘。

他说华为"正在本行业逐步攻入无人区，处在无人领航、无既定规则、无人跟随的困境"，"前进在迷航中"。

"重大创新是无人区的生存法则，没有理论突破，没有技术突破，没有大量的技术累积，是不可能产生爆发性创新的。"

"华为跟着人跑的'机会主义'高速度，会逐步慢下来，创立引导理论的责任已经到来。"

华为和任正非，是值得尊敬的探索者。他们探索的无人区，能够影响产业格局，甚至影响到大国博弈。任正非以超绝的勇气，不惧风暴，坚定地往前走，即使"华为已感到前途茫茫，找不到方向"的时候，也毫不犹豫，坚定地往前走。他是硬汉。

华为是三花的榜样，也是三花的客户。三花没有华为那样的规模和影响力，但这不妨碍三花希望自己像华为一样，有勇气，有担当，任何时候都能不惧风暴，坚定地往前走。

我这大半生走来，也一直在探索一条适合三花的路，无路时开辟道路，有路时想走得更远。其实，每个企业家都行走在自己的无人区。为什么呢？

企业家往往是企业中作决策的那个人，也是承担最终责任的那个人。俗话说，天塌下来有大个子顶着。企业家就是企业中最高的那个大个子。企业往前走，企业家就是大家心中的一盏灯、一线光亮，大家跟着往前走就行了。

可是企业家自己呢？他其实是没有灯的，也没有光亮，他是在前面深一脚浅一脚地走。前面是孤寂的无人区，但是后面有那么多人踏上了他探索出来的路，他必须得坚持走下去，甚至不能展现出一丝的疲惫和软弱。

我们这代创业者，无论年纪长幼，大都经过了而立、不惑、知天命的过程，与我们祖先所描述的过程极其切合。所谓而立就是创立一番事业，不惑就是找到了事业真正的方向，知天命就是明白了自己的使命，真真切切地知道自己该往何处去。

我曾开玩笑说，三花要"走正道，'傍大款'"。"走正道"就是要合法经营，要成为负责任的企业，要为社会创造增量价值，当创造者。"傍大款"就是要跟紧趋势，与潮流同行。这个世界上真正的"大款"是谁？孙中山说得很清楚，是潮流，"世界潮流，浩浩荡荡，顺之则昌，逆之则亡"。

"世界潮流"是什么？

依旧是创造，创造更好的技术，创造更好的产品，创造更好的生活方式，创造更好的未来。人类之所以为万物之灵，正是因为我们的创造性和创造力。当我们觉醒了"创造"之后，我们就开始与众不同了。

我读到一段文字，大致意思是，企业家与众不同之处就是发现自己能力的最佳使用方式，运用创造力就是我们能力的最佳使用方式。

三花是创造者的三花，我也期待三花人都能发现自己能力的最佳使用方式，共同创造三花能力的最佳使用方式，将三花变成我们所有人创造力的集合，成为一个时代的、世界的三花，成为一个我们所期待的创造者。

三花是世界的三花

当三花从创业之初定产品、看市场就胸怀一个全球市场时，当我在1986年给徐丹之老师回信时信誓旦旦"使我们的产品争创第一，打出世界！"时，我的视野就不再局限于新昌、浙江和中国。那时候我就期待三花成为世界的三花。

三花首先是中国的三花，浙江的三花，这是确切无疑的。三花虽然从来没提出过类似"以产业报国为己任"的口号，但在提升制造业能力、推动绿色低碳经济方面，从来都是不遗余力的。

浙江的民营企业家都不大喜欢喊口号。浙商有这样的传统，低调发展，"闷声发财"。整体而言，企业只要能守法经营，为国家提供利税，为社会解决就业，为市场提供产品，为股东创造利润，保持可持续发展，就是了不起的好企业。

我为什么说三花是世界的三花呢？

答案有两个。一个是"世界三花"一直是三花的梦想，是我们持之以恒的目标追求，也是我对三花的期待；另一个答案是市场的选择，三花要站在世界市场的角度看世界，要做全球化的三花，世界的三花。

中国早期的民营企业，大多起于草根。尤其是浙江的民营企业，十之七八是从当年的社队企业、乡镇企业成长而来。通过不断的努力和积累，也通过科技、管理上的创新，它们能够逐渐成长为行业的领先者，有的甚至是全球的产业龙头。

在这个过程中，大家最初的目标是发展企业，是以效益为第一目标，毕竟生存下去才是根本。企业做到一定规模了，有了积累，企业家就有了选择空间。这时候有的人选择做强、做大，提升规模和研发能力，有的人选择急流勇退享受生活。选择没有对错，但坚持向前探索的企业家值得我们敬佩。

我们大都是在与跨国公司的竞争中逐渐成长起来的，可以说它们既是我们的对手也是我们的老师。我们边打边学，边学边打，活学活用，依靠成本优势，重新拿回了本土市场的主导权。

譬如在我们熟悉的家电领域，一开始主流市场是松下、东芝、夏普，电脑领域主流品牌是IBM、康柏，长虹、联想，这些公司在具备成本优势后，率先发动了价格战，从跨国公司手中拿回了中国市场。

这个过程非常残酷，也算是一场产业整合。我记得当时电视机行业价格战，一轮大战打下来，黄河以北的本地电视机品牌近乎全部消失。电脑行业也是如此，联想通过价格战将IBM从中国市场销量第一的宝座上拉下来，同时也逐渐地使行业集中度提升，小品牌电脑没有了成长空间，慢慢淡出历史舞台。

这是中国制造业成长的第一个阶段，也正是我以前说的"成本领先"阶段。这个阶段持续了10年左右，跨国公司大都认清了现实，中低端市场归你，高端市场归我，大家各自安好。

大家都知道，产业规模主要靠中低端市场，但利润主要诞生在高端市场，所以民营制造业就想办法向高端市场渗透。怎么渗透？首先得把产品技术含量、品质提升起来，再利用成本优势，慢慢打开市场。这就是"从成本领先走向技术领先"的探索。

制造业大都是这么走的，有的走得好，走通了，占领了国内市场后开始开拓国际市场，慢慢地成为全球产业龙头，譬如美的的小家电业务、海信的电视机业务等等。当然，还有我们引以为傲的华为通信设备、福耀玻璃、安琪酵母等，已经成为改变全球产业格局的力量。

我们浙江有不少这样的企业，就像前面提到的各种"大王"，就是"隐形冠军"。浙江这种"大王"最多，声名不显于世，但在某一个领域，绝对是全球产业霸主，任何一个动作，都会影响整个行业。

我们举例来说，打火机行业，有没有技术创新的空间？当然有。当初的一次性打火机几乎完全颠覆了煤油打火机的市场，今天还出现了USB充电的钨丝打火机，比一次性充气打火机更安全。这就是技术创新。

当然也有一些企业没走通"技术领先"，但它们独辟蹊径，横向扩张，用产品覆盖了全球市场，比如那些"皮鞋大王""袜子大王"。

也有很多企业，倒在了探索的道路上，慢慢淡出历史舞台。这些企业，有的是被产业变革的潮流冲走的。譬如波导曾经一度是国产手机的老大，广告都是"手机中的战斗机"，一场智能机浪潮袭来，波导没了踪迹。

也有的企业则属实力不够或是运气不好，在开辟全球市场的道路上，慢慢淡出了人们的视线。

企业家最能够理解企业家。每一个产品的出现都不容易，每一个市场的开拓都是血汗和泪水换来的，甚至是生命换来的。开辟世界市场的征程中，在我看来没有失败者，只有一代代的勇敢者。

也是在开拓世界市场的过程中，中国的制造企业诞生了自己的使命感。大家开始有了产业报国、为国争光、为中国品牌赢得世界尊重、"让世界爱上中国造"这样的意识。这些意识推动着中国制造企业不断地提升产品品质、企业品牌和核心技术，一步步走向更大、更强。

三花是从"新昌三花"成为"世界三花"的。三花的成长历程也证明了浙江民营企业的成长之路，是"出浙江记""出中国记"。时代给了浙江民营企业一个机会，改革开放使浙江民营企业的活力得以释放，一代人的创造力得以发挥出来。

浙江又给了本土民营企业一片可以茁壮成长的土壤。浙江之所以能成为民营企业发展的一个样板省，是与浙江省的改革开放力度分不开的。改革开放以来，历届浙江省领导都着力塑造开明包容的营商环境，使浙江民营企业在获得了一个适合发展的"大气候"时，还获得了一个更适合发展的"小气候"。

浙江是一个地少人多、缺乏资源和工业的沿海省，经济发展压力大，历史包袱却轻。改革开放大潮席卷全国的时候，浙江民营企业各显神通，朝着两个方向发展。一个方向是，制造业集中于轻工产品，大多又是部品配件。用今天的视角来看，这是一个市场化程度比较高、竞争比较激烈的领域，浙江民营企业家依靠着"四千精神"，在充分竞争中成长了起来。

等到后来中国实行社会主义市场经济体制，开始全面市场化之后，浙江民营企业的竞争优势就凸显了出来。张亚波曾经表达过一个观点。他说三花很幸运，所做的产品关联的产业是家电和汽车产业，这是全球化竞争的市场，以产品质量、性能和成本的竞争为主，又可以向全球一流的整机厂客户学习，所以一开始就把我们的理念和文化锻造得很正，注重产品本身，走上了高科技、专业化的道路。

在另外一个方向上，以温州民营企业家为主，浙商们在改革开放初期就开始了"出海"探索，先是做贸易、服务，后来做投资、做产业。"出海"渐渐就变成了浙商的传统。浙商在海外建立的影响力越来越大，相互之间又团结互助，所以国际化道路走得相对比较顺。

这是三花从新昌走向世界的大背景，我们必须有深刻的认知。

三花也是从极其微小的社队企业发展到今天，历尽千辛万苦。我们还算运气比较好，因为拓展业务，要全国各地到处跑，上海、杭州、西安、郑州这样的大城市，让从新昌农村出来的我大开眼界。

对于企业家来说，眼界相当于"信息"，"信息"带来对市场的认知，就是我们当时的核心竞争力，就是我们的订单和利润。打个比方，1989年6月我第一次出国，去丹麦和德国考察，就相当于打开了视野，掌握了市场信息，所以才能够提前布局，尤其在四通换向阀这个产品上百折不挠、百转千回，即使面临后来非常诱人的并购条件也没有动摇。

那次出国，也让我心里播下了"世界三花"的种子。我们当时给自己提了个目标，要成为"东方丹佛斯"，既要有丹佛斯的技术和生产能力，也要有丹佛斯的全球性品牌影响力。

在此之前，我们从来没考虑过进入国际市场。为什么？眼界不够，格局不够，技术能力不够，归根结底，是我们这些民营企业，出身草根，知识积累、技术积累和资本积累都很少，不足以支撑我们诞生宏大的视野和野心。

但去欧洲考察后，我的心就"野"了，一下子打开了。我开始设想一个"世界三花"的样子。那时候它是模糊的，因为清晰的三花还没真正走出新昌，还是一家小企业，顶多算是"新昌三花""绍兴三花"，连称为"浙江三花"都勉为其难。

"世界三花"对创业早期的我们来说，就是产品能够销往整个世界。这个目标，伴随着四通换向阀的发展，经由我们与美国兰柯、日本鹭宫的竞争，迅速得以实现。

空调是世界级的产品，热的地方需要空调制冷，冷的地方需要空调制热，所以我们曾经说，世界上每一个有人类活动的地方都有三花的产品。听起来很宏大，细究下来，也是事实。

竞争对手是最好的老师之一。通过与兰柯、鹭宫的竞争，三花成长为世界级的阀类制造企业，最终在2007年实现了对美国兰柯同类业务的并购，无论产能、销售额与市场占有率，都成为世界第一。

所以，有时候我特别感谢那些强大的竞争对手，因为有什么样的竞争对手就决定了你的竞争层次，跟强大的对手竞争才能提升竞技水平，才会有更大的格局、更开阔的视野，以及更多的市场机会。

在产品层面，无论看产品品质还是市场占有率，三花都已成为"世界三花"。三花的主流热管理阀件类产品，全球市场占有率都达到比较高的份额，很多品类保持在市场占有率第一的位置。

但在公司品牌层面，"世界三花"还有很长的路要走。三花的影响力主要呈现在行业之内，与日本电装、德国博世这样的公司比起来，三花还缺乏全面的世界级影响力。我也经常思考，这是什么原因造成的？

我的结论是：文化。三花的历史不够长，真正拥有世界级产品的历史也只有 20 年左右，而这产品也属于中间部品，是"幕后英雄"，所以很难从公众文化上形成世界级印象。三花作为产业中的"绿叶"，也一直保持低调，"常青树"文化所构建的、强调的都是企业内的管理、科技、人才文化，朴实无华，不大容易引发互联网时代人们的关注。

当然，很重要的一个原因，是三花还是没有足够强、足够大。如果三花能够像电装、博世那样拥有影响所涉及产业的最前沿、最核心的专利技术，拥有它们那样的规模体量，三花的品牌影响力很自然地就会成长为世界级了。

这是很长的一条路，我跟任金土、王德锋一代人走了一段，张亚波跟史初良、王大勇、陈雨忠、倪晓明他们一代人要走一段，后面还会有新的一代创业者，继续走下去。

我说三花是世界的三花，是我希望三花是全球化的三花，要站在世界市场的角度看世界，要有全球化格局，更要有全球化布局。

三花全球化之路的起点，依旧是 1989 年 6 月我出国去丹麦与德国考察，萌生了建立"东方丹佛斯"的念头。

自那之后，三花的第一个目标就是产品能够行销全球。三花产品行销全球有两种方式，一种是直接地出口给国际客户，一种是通过客户走向全球，譬如我们的二位三通电磁阀很早的时候就伴随着海尔走向了全球。两种方式我都很期待，但企业家都希望公司产品能够独立走出国门，形成全球影响力。

三花早期慢慢形成了自己零星的进出口业务，出口的是产品，进口的主要是产线、设备。1990年来到三花的倪晓明是三花进出口业务的开拓者，他大学学的专业是国际贸易，1991年三花成立外经科，他年纪轻轻就担任了副科长，实际上是一个人挑大梁。1994年，三花成立集团公司，设立外贸处，倪晓明成为第一任处长。1998年，公司设立国际贸易部，倪晓明又兼任了部长。

1999年，公司将国际贸易部迁至上海浦东，这是一个大动作，当时很多人难以理解，为什么集团的一个部门要设立在上海？后来就都明白了。

三花不仅要从新昌走向上海，还要走向日本、美国、欧洲，走向全世界。

我们在2001年7月28日成立了"日本三花贸易株式会社"，主营空调部件、制冷元器件的生产销售；2002年5月，在美国俄亥俄州设立"三花（美国）有限公司"，经营制冷空调设备和部件、自动控制元器件、机械设备、汽车零部件、塑料、化工等的销售与采购。

没几年时间，我们就建立起了涵盖中国香港地区、台湾地区，以及美国、德国、法国、意大利、西班牙、土耳其、以色列、日本、韩国、新加坡、马来西亚、泰国、巴西等国家的营销网络。三花产品的行销全球，终于像模像样了。

在国际化营销网络建立的同时，三花在国内进行了合资尝试。第一次尝试是1994年与日本不二工机在新昌成立了三花不二工机有限公司。

合资的想法是我在1992年产生的。当时的改革理念中，外资是推动企业机制转换的重要力量。我也希望三花在设备、技术、人才、管理等各个层面都能提升水平，从新昌的小企业变成一家外向型的大公司，未来能够发展外向型经济与国际市场接轨。

我在1992年7月1日至7月21日带了一支6人考察团，对日本、美国、德国的14家公司进行了访问考察。这一次考察与1989年的考察一样，对我产生了极为深刻、深远的影响，尤其是日本和美国空调、汽车行业的巨大市场，让我们对未来的中国市场产生了巨大的信心。

日本当时几乎家家户户都有空调，我当时想，如果中国有十分之一的家庭拥有空调，就是几千万台的市场空间；如果十分之一的家庭拥有小汽车，就是几千万辆的规模。这样的市场规模在当时是不可想象的，今天都变成了"过去式"。

所以这趟考察，我带着两个目标，一个是寻找未来的汽车空调膨胀阀的合作伙伴，另一个是寻找未来的四通换向阀的合作伙伴。这两个目标，在当时是比较清晰的：汽车空调膨胀阀，主要是跟日本的不二工机和德国的奥托埃格霍夫谈，四通换向阀的主要合作目标是日本鹭宫和美国兰柯。

在日本东京品川五子宾馆，我们跟不二工机株式会社海外营业部部长滨田明夫和海外营业课二课课长岛俊明进行了交流。这是我第一次与日本不二工机接触。

我们出访之前，对日本不二工机做过功课，了解到这家企业成立于1949年，主要生产汽车空调配件、家用空调配件、冷冻冷藏配件三大产品，它生产的汽车空调贮液器和热力膨胀阀在世界市场上占有率很高，是全球著名的家用、商用、车用空调系统电控和机械类阀门制造厂商。

去德国，我是带着与奥托埃格霍夫合资的谈判任务的。奥托埃格霍夫的老板是埃格霍夫。一开始我们谈得挺好，双方都有意向，后来他一句话刺激到了我。他说他跟我们合作，他们占60%股份，我们占40%股份，合资把汽车空调膨胀阀做起来。

讲到后面，他讲到气箱头。这是他们的核心技术。他说这个气箱头技术是永远不会转让到合资公司的，他要把控在自己那里。我一听，感觉就不好了。这相当于我们两个人结婚了，结为一体了，要生儿子了，他却要把核心技术自私地放在自己那里，不与我共同享受。他这个话一讲，我说这个事情慢一点。那天就没签合同。

考察结束后，我们回到了新昌。没过多久，不二工机就派人来和我们谈上了。我记得当时我们还先找过鹭宫，但鹭宫在汽车空调膨胀阀方面没竞争力，在四通换向阀上倒是一个合资的优选项。

1993 年 4 月，我受邀重访不二工机株式会社，这次负责接待的是他们的副社长横山吉一。他陪着我们参观了玉川工厂的热力膨胀阀压力开关，还表示在家用空调膨胀阀、贮液器等方面愿意合作。

经过了几轮谈判后，我们在 1994 年 7 月签署了合资意向书。此时距离我第一次去日本考察，已经过去了两年时间。

中外合资三花不二工机有限公司成立签字仪式

1994 年 8 月 2 日，中外合资三花不二工机有限公司在上海举行了签字仪式，推选我为董事长、山本薰为副董事长，汪钦尧、滨田明夫、横山隆吉、杉本国太郎、郭越悦分别为董事。山本薰后来成为我的好朋友，退休后加盟三花。他 2007 年 11 月的突然离世，让我难过了许久。

因为又一次出国开阔了视野，看到了未来的市场，包括我在内的三花班子成员都意识到外向型、国际化是三花美好的未来。当时中国加速改革开放，国家本身也在推动国际化进程，三花开始迈向国际化，也是乘势而为。

1994 年 5 月，浙江三花集团公司正式成立，"科技之花、管理之花、人才之花"正式成为三花的内涵。

三花的发展思路也正式确立:"股份制、集团化、外向型;高起点、专业化、大生产;实现小型巨人,争取行业和市场领先,创一流企业,使产品早日与国际市场接轨。"

三花跟不二工机的合资,最后因为一些原因没有走下去,现在回过头看,谈不上成功也谈不上失败,彼此都有所得,也都有些遗憾。

类似的一桩合资发生在三花与丹佛斯身上。

2007年3月8日,三花控股集团和丹佛斯集团宣布成立合资公司三花—丹佛斯(杭州)微通道换热器有限公司(简称"三花丹佛斯合资公司")。

丹佛斯于1933年由梅兹·柯劳森建立,1996年,梅兹·柯劳森长子雍根·柯劳森接班,带领公司不断发展并日趋国际化。

1989年我去丹佛斯考察,立下了将三花建成"东方丹佛斯"的宏愿,创始人梅兹·柯劳森就如同是我奋斗前行的企业家目标,丹佛斯则像是当时三花前进道路上追赶的一座丰碑。

三花的"第一桶金",也与丹佛斯有着一定程度的因果关系。我当时出国考察,在丹佛斯待了一周。或许是对方认为中国的乡镇企业对他们构成不了竞

三花—丹佛斯合资项目奠基典礼

争，加上负责出国联络的陈芝久教授与丹佛斯关系很好，所以丹佛斯远东贸易经理德霍姆每天陪同我们参观各地工厂，工厂全面对我们开放。然后我就在丹佛斯某间工厂的某个角落里，看到了二位三通电磁阀的生产现场。这是我脑子里一直带着的三个产品之一。原来他们也没有形成批量化的生产，没有成熟的生产设备，那就意味着我们有机会。

我也是在那时候意识到小商品的力量。我当时就觉得，虽然那时候中国冰箱市场刚刚起来，空调、汽车都还没有起来，但国外市场已经有了，小产品通过全球化经营做大，也是不得了的事。丹佛斯也是做部件的，在丹麦是第二大公司，这就是参照物，如果中国也能像发达国家那样发展起来，我们的市场空间不得了。

可能是因为我对丹佛斯一直保留着某种情结，也可能是双方从一开始就产生了因果，我一直希望能有机会与丹佛斯进行合作。

2006年4月12日，丹佛斯集团CEO雍根·柯劳森一行到新昌考察三花并交流合作机会。那时候三花早已不再是当年的乡镇小厂，而是成为制冷空调控制部件行业的领军者。四通换向阀业务正在对兰柯形成最后的合围，距离完成战略收购事后看已经只有一年多时间。我们双方都感觉有了对话、合作的可能性。

当时是倪晓明和我的秘书莫杨他们去机场接的雍根团队。莫杨后来跟我说，一行人快到我新昌的家时，倪晓明说要绕个路。为什么？因为我家附近有个菜市场，有点儿乱，倪晓明觉得雍根是大老板，怕给人家留下不好的印象，绕的那条路，虽然远一点儿，但又僻静又干净。

他们去接雍根的路上，也在谈论与丹佛斯合资的事。有了与不二工机合资并分手的经历，他们觉得业务方面对与丹佛斯合资没那么热心。而我却是最热心的，可能就有因为当年的丹佛斯情结在里面。

雍根到了新昌后，我在家中宴请了他。

我与雍根谈得很好，双方的谈判也很顺利。我后来了解到，丹佛斯那时候刚刚请麦肯锡做了个全球市场的战略咨询报告，指出中国是非常大的市场，要作为丹佛斯的"第二故乡"，牢牢抓住机遇和加快发展。因此丹佛斯加大了对中国市场的投资，包括寻找战略合作伙伴。

我跟雍根达成了意向后，三花与丹佛斯成立了联合工作组，并达成共识，一起寻找彼此业务中都没有，但行业内有前途的产品标的来共同发展。三花提出将微通道换热器产品应用到空调上，丹佛斯在商业调查之后，决定跟三花一起干。

这件看起来很美的事情，就这么定下来了。

然而，情义并不能解决隐患，因果也并非善因结善果。莫杨后来说起，在那天从新昌出发去杭州萧山机场接雍根团队的路上，他问了倪晓明一个问题：从业务线上看，三花的商用产品如果发展起来，是要跟丹佛斯竞争的；随着三花实力的壮大，那丹佛斯有没有可能成为第二个"不二工机"？倪晓明说：这是个好问题。

这是个好问题，后来还发展成了一个好大的问题。三花与不二工机的合资，最终同床异梦，分道扬镳；与丹佛斯的合资最终也走上了这条路。

这是件很遗憾的事。幸运的是，三花的竞争对手正在发生变化，从当年的新昌、绍兴、浙江的乡镇小厂，变成了全国各地的配件厂，后来变成了不二工机、鹭宫、兰柯这样的国际性企业，再后来就变成了丹佛斯、艾默生这样的国际行业巨头企业。他们在我们心中都曾经是"巨无霸"，曾经我们无法想象有一天会与它们成为竞争对手。但是，企业也好，人也好，成长的过程不正是不断挑战自我、挑战大块头的过程吗？

2007年，三花与丹佛斯的合资公司成立。经过几年的经营，产生一些分歧，2012年底完成拆分，和平分手。三花与丹佛斯，走了一条与不二工机合资一样的路。它打碎了我的一个情结，了结了一桩因果，也可以说是破除了我的"心

2011年6月，张道才（左）陪同雍根·柯劳森（右）游览黄山

魔"。从那以后，三花不再期望成为"东方丹佛斯"，三花要成为"世界三花"。

"买卖不成仁义在。"尽管与丹佛斯和平分手，但我与雍根的友情却始终保持如初。还在合资期间，雍根全家有一次到中国，我陪他游黄山。雍根是典型的北欧人，体型大，体重相当于两个成年男子，实在爬不动，我就请当地人用滑竿抬了上去。两拨人轮流抬，我跟张亚波在旁边爬山作陪。

一边是情义，一边是竞争。我一直觉得，情义的归情义，竞争的归竞争。与丹佛斯拆分后，在原合资公司产品即微通道换热器领域，他们在浙江海盐设立了一家工厂来生产，后来又到墨西哥搞了一个基地。三花继续在杭州生产，2012年并购了美国的 R-Square 公司（简称"R2公司"），2014年我们也在墨西哥设厂。真正的竞争时代就这样到来了。

两次合资尝试都遭到挫折之后，我们把全球化布局调整到了并购和建厂上。并购是扩大产能和市场占有率的选择，建厂是适应竞争和本土化服务的需要。

并购的动作先一步做出，起因是我们在与美国兰柯的竞争中取得了战略优势，兰柯在感觉到三花四通换向阀业务的优势已经无法逆转之后，主动寻求了并购。正如前面所述，2007年9月，三花收购了兰柯的四通换向阀全球业务，承接了兰柯的技术优势，四通换向阀全球市场份额提升了10多个百分点。

这个并购的案值不算高，1600万美元，折合人民币一亿多点，在当时的跨国并购案例中算不上是大案例，但对三花、对新昌、对制冷行业、对浙江制造业来说，这是件大事。

为什么呢？一是情怀使然，当时中国改革开放马上就要到30年了，北京奥运会也召开在即，全体中国人都有着一种国家振兴的荣誉感，一家来自浙东山区的民营企业，经过20多年的努力，成功收购了全球产业龙头，这在当时是一件具有象征意义的事，国家商务部还专门将此列入中国企业国际并购的经典案例。

因为，它意味着中国制造业有能力参与并且领导细分行业的全球化竞争，还意味着中国民营制造业在探索成长之路上取得的新进展。更重要的是三花的身份，这代表着中国改革开放成果的微缩——因为改革开放、因为国家提供的大环境、好政策，一家小小的从乡镇企业起步的民营企业，也可以成长为全球细分产业的龙头。

当然，这个事件能够引发关注，还因为其中足够丰富的故事性和思想性。我反复地讲这个"十年磨一战"的收购与反收购故事，一来它的确是我人生中的得意之作，二来也是通过不断复盘，分析得失，总结经验教训，提炼对三花有价值的思考。

其实早在2004年，英维思集团就开始和三花接触，试探三花的并购意愿。只是兰柯当时仍具备相当大的市场和技术优势，英维思和三花之间就谈谈拖拖，延续了近3年。但三花在北美市场的凌厉攻势，使得兰柯市场份额不断快速下降。最终，英维思集团不得不加快谈判步伐。

2007年，张亚波带领倪晓明等人在三花的杭州黄龙总部与英维思进行了第一轮谈判。在和英维思集团投资并购部内森、兰柯亚太区总裁刘忠泽等人谈判的几天里，双方因价格等问题数度僵持不下，最终不欢而散。亚波甚至放出狠话：你们这次走了，就不要再回来了。

让张亚波去主导谈判，是我的策略。亚波去谈，一次性谈成了固然好；我让他态度强硬一些，谈崩了，我也有回旋余地。谈判就像唱戏，红脸黑脸都要有，亚波主要是去唱黑脸的，年轻人充满锐气，适合干这个。

关于收购兰柯，三花内部当时有不同的声音，认为自己的四通换向阀业务不管是产量还是市场都已经起来了，继续竞争下去，兰柯不是对手，迟早要被三花挤出市场，何必一定要去收购呢？

我当时的判断是，这是三花迅速成为全球细分产业真正龙头的机会，这样的机会稍纵即逝，也不会反复出现。另外，当时也有另一家行业内企业有收购意向，三花再不下决断，就怕夜长梦多。

第二天，任金土出马，以数据有误为由，约定与兰柯继续谈判，带队转战上海。任金土跟我搭班子这么多年，与我相知很深，对三花需求的了解不比我自己差，所以我在幕后把控，由他出马谈，这跟我出面谈，没什么区别。

任金土说，他们谈了差不多两个月，其中最艰难的是第一个月，谈判都是晚上八点钟到凌晨五点钟这个时间段，从天黑谈到天亮，一个多月天天如此。

到了第二个月，就是一些烦琐事务的分歧了，主要涉及价格、专利、专利使用期，美国、日本和中国常州三个工厂的资产交割、客户服务交割、财务数据、盘库，等等。

合约签署，三花最终完成了对兰柯的收购。我有时候会想，为什么兰柯会把四通换向阀业务卖给三花呢？据我所知，有一家公司的最终报价是比三花高的。

我后来总结出来三个原因。第一个原因来自市场，三花已经崛起，在中国市场上优势明显，在美国市场上也对兰柯产生了巨大威胁，这就相当于兰柯开疆拓土没成，基本盘反而出问题了，颓势已经很明显。

第二个原因是我们把谈判机会抓牢了。第一轮谈判破裂后连夜跟对方约好进行第二轮谈判。既然大家重新坐到了一起，肯定希望能够谈成功。尤其是到了后面，谈判谈了两个月，如果谈不出成果，双方都有巨大的时间、人力、财力的损失。把成本变成收益，而不是变成沉没成本，这是商业上的基本操作。

第三个原因，也是我对兰柯保持尊重的原因，是兰柯作为一家行业大公司的责任感。兰柯想寻找的是一个理想的买家，这个买家能把它的四通换向阀业务继续下去，既能延续兰柯的品牌和服务，也是对客户的负责。说句难听的，兰柯希望"兰柯"是卖了而不是死了，得还活着，而且希望它活得有尊严。从这点上来说，他们认为三花是一家重视品质与品牌、对客户负责的企业，跟其他收购方相比，三花是他们更好的选择。

我一直认为，三花40年成长史，其中一半的时间属于四通换向阀，它从三花还没正式诞生的时候就影响了我，影响了三花。它的意义，绝不仅仅是一个产品，一块业务，一部分销售和利润。在它这里还凝结了三花很多创业、探索、发展、人才培养、战略定位、国际化经营的深刻思考和要素沉淀，影响了三花后续很多发展的选择。这就是一种"路径依赖"。三花收购兰柯，不是给这段历史画上了一个句号，而是开启了新的篇章，就像历史书上写的那样，从纷争史进入了统一史。

三花借着收购兰柯的机会，加速实现了自身战略转型，提升了技术水平，丰富了产品线，扩大了品牌影响力，弥补了在美国、日本市场的短板，一跃成为全球四通换向阀的新领导者。

这是三花的新起点，不只是因为它像是"纷争史"走向了"统一史"，更重要的是三花和我都开始了新一场蜕变，即战略思想的新升级。说是脱胎换骨也不为过。

收购兰柯也为三花完善全球化布局提供了一个契机。我们开始意识到，恰当的并购可以是三花成为"世界三花"的手段，但这样的并购不是随意的，必须基于我们自身的产业定位、发展逻辑和产品布局。

2012年，三花股份（现名"三花智控"）完成了亚威科集团（AWECO）的全面并购。我们在一年前收购了它的冰箱电磁阀业务，因为属于同类业务并购，当年收购就实现了当年盈利。而这次以3300万欧元到5500万欧元的价格（含对赌条款）收购了亚威科集团的其他相关资产与业务，以及亚威科国际持有的分布在奥地利、德国、波兰和中国上海等地的10家企业。收购后，三花的业务拓展到冰箱、洗衣机、咖啡机、洗碗机等部件领域，进入全球白色家电一线品牌核心供应商行列。

2013年6月初，张道才（右五）视察亚威科欧洲工厂

接受媒体采访时，张亚波表示：亚威科和我们现在的前十大客户是一致的，比如美的，它有洗碗机业务，也有空调业务，虽然他们不是一个事业单元。再像博西、美诺，既有冰箱，又有洗碗机、干衣机，收购会增加这些业务单元客户的协同性。

此外，德国企业有扎实的作风与工业精神，与崇尚科技、管理、人才的三花一脉相承，如果文化融合好了，可以对三花深度的全球化经营提供经验。

10多年过去了，亚威科的整合与经营没有实现乐观的预期，但整体结果也还在预期的范围内。

三花扎根于中国，地理上可以比较便利地覆盖亚洲市场。收购兰柯之后，加上我们在美国的销售公司，三花在北美形成了全球化布局的落地，但在欧洲，我们却始终是个外来者。收购亚威科，是三花全球化布局在欧洲本土化落地的关键一手棋。

因为收购了亚威科，三花在欧洲扎下了根。后来三花汽零的新能源汽车热管理业务发展起来后，我们跟奔驰、宝马这些公司都建立了战略合作关系。我们在德国斯图加特通过并购一家本地技术测试与服务公司，建立了研发中心，就在市场的最前沿了解需求，就近服务客户。一个亚威科的制造基地，加上新建的研发中心，相当于三花在欧洲有了基本完整的布局，让欧洲客户对三花扎根欧洲有了信心。可能在层次感上，它不如本土公司那么鲜明，但在快速反应上，它们很三花。

在收购亚威科之前，我们在美国还收购了R2公司。我前面说过，三花丹佛斯合资公司的起初合作挺顺利，我跟雍根也建立了很深的个人友谊。但是在2010年雍根退休之后，丹佛斯新任总裁将三花定位为丹佛斯的"全球战略竞争对手"，一夜之间，伙伴变成了对手，接下来火药味儿就出来了。

丹佛斯的这种态度转变，也可以说有其逻辑成因。毕竟双方在某些业务上存在着竞争关系，但并非不可商量。而在双方合资不久便露出竞争面貌，这种事并不多见。这与丹佛斯的新总裁有直接关系。

丹佛斯是家族企业，他们的接班传统是，企业两代人交接班中间，会有一段职业经理人掌控公司的过渡期。我们可以把这个职业经理人团队理解为"看守内阁"。职业经理人追求的利益相对短期，因为股东和董事会对他的考核也是相对短期的业绩，这就决定了丹佛斯的新总裁不会考虑长期利益，比如与三花的战略合作关系，而坚持要跟三花撕破脸，在很多地方制造摩擦。在合资公司内，开董事会、经营层会议，就经常会出现不少"磨擦"，难以达成一致。

磨擦、磨擦，时间久了，情义磨没了，信念也磨没了。2012年，三花丹佛斯合资公司宣布合资结束，进行拆分。拆分后，双方在微通道换热器领域的正面竞争开始了。为了争夺北美市场，丹佛斯在墨西哥搞了一个基地，倪晓明则手疾眼快，为了提前布局北美市场，在美国当地找到了合适的并购标的R2公司。R2公司，位于美国密西西比州的帕克特市（Puckett），是当地一家精密传热系统的制造商，在该行业中已经有多年的生产经营历史，具备健康的业务与良好的团队。倪晓明报告集团后，我们对美国R2公司进行全面考察，启动了收购谈判，并快速决策，在2012年底向美国政府相关部门提交并购文件，在2013年1月18日斥资1000万美元完成全面收购。倪晓明带队介入对R2公司的整合，直接以R2的"美国兵团"与丹佛斯对战，第二年R2公司就实现了较好的盈利。

2013年5月28日，我跟王大勇、黄宁杰和吕虎等人一起考察了R2公司。我对倪晓明他们的工作很满意。在汇报结束后，我告诉他们，要在现有基础上，规划实施在美洲地区"一南一北两个物流基地，中间制造基地为依托"的发展策略，尽快完成规划，提出发展计划，服务于控股集团整个产业在北美新发展的需要，也希望据此能够进一步提升三花品牌的国际知名度，为三花全球化打下更坚实的基础。

根据这一构想，2014年三花在墨西哥投资设厂，扩建北美市场的制造基

2013年5月28日，张道才（右三）赴美国R2公司考察及指导工作

地。后来汽零的新能源热管理业务起来后，也进入墨西哥工厂，投资新的产品产线，更好地服务北美核心客户。三花在墨西哥的工厂不断扩建，发展成为多业务的综合性制造基地，规模越来越大。

当时在我看来，R2公司与亚威科的业务尽管不同，但它们都有着相同的特殊地位，在三花的全球化布局中成为一颗"战略楔子"。

"战略楔子"这个词也是我生造出来的，含义正如字面，是战略性的楔子。R2公司与亚威科是我们在美国和欧洲市场各自钉下的一颗楔子。它们承担着钉住三花在当地完成本土化布局、实现全球化经营的使命，是有战略地位的；同时，它们也是公司业务的重要组成部分，本身也可以创造一块效益。

继美国三花、R2公司和墨西哥工厂之后，随着三花北美业务的壮大，特别是新能源汽车热管理业务的快速发展，2017年、2018年，三花在北美底特律和休斯敦先后成立了两个技术中心，分别面向汽车和家电领域，三花在北美完成了仅次于中国市场的布局。

我们一直说全球化，其实**全球化的本质就是全球生产、全球销售、全球服务、全球管理，它的本质是在大市场中实现本地化。三花的全球化布局，就是牢牢钉住大市场。中国、北美、欧洲，钉住了这三大市场，就钉住了全球化**，三花就有成为"世界三花"的可能性。反之，则毫无希望。

三花是幸运的。因为努力，所以幸运。三花能够在10多年前快速启动全球化布局，并且抓住了过去10年的产业机会，在绿色低碳、环保、新能源领域探索出一条新路，在应对今天的全球化复杂局面时，我们就更多了些主动性的筹码。

过去10年当中，三花在传统的家用（家用空调、冰箱和其他家电类业务）、商用（商用空调、冷冻冷藏、商业冷冻、工业制冷、运输冷链）领域，不断突破"红海"，创造细分化的"蓝海"；在制冷家电、新能源汽车的热管理领域，三花建立起了自己的"护城河"，成为行业龙头性质的领导者；在研发上，三花以三花中央研究院和各业务单元研究所为主体的多层次研发机构，建成了行业有代表性的研发体系，成为行业技术创新的重要源头。

今天的三花，40岁的三花，虽然我有时会谦虚地说，我们离"世界三花"还很远，但事实上它已经成为"世界三花"。我们只是希望，它能成为更优秀的"世界三花"。

第二篇

三花为什么？

想清楚了"三花为什么"，我们就能解决三花"从哪里来"的问题，也能启示我们思考三花"到哪里去"的灵魂之问。

第三章
三花为什么?

2018年,我去日本市场考察。日本三花负责人李逸跟我说,日本电装的高管曾经很认真地追问过他:为什么三花那么早就搞新能源汽车热管理,而且发展那么快?

电装是世界五百强公司之一,也是三花的合作伙伴与对标公司。电装高层们知道三花有过与不二工机合资的经历,在他们眼里三花曾经远远落后于不二工机,后来追到了同一水准线,现在则远远领先于不二工机,原因就是对新能源汽车热管理的超前开发。

李逸说,他尝试着回答这一问题,但明显没能让电装高管觉得满意。李逸还说,包括丰田在内的日本其他客户,也都曾向他问过这个问题。听完李逸的讲述,我笑了。李逸的确没法给出让电装高管满意的答案,因为这一问题的最佳回答者,应该是我。

当然,对这个问题更深层的回答,我也一直在思考。我想用马斯克第一性原理思维来寻找终极答案——

　　为什么？

　　三花为什么？

给"电装之问"一个答案

　　先来回答"电装之问"。

　　2008年，全球范围内爆发了金融危机。在此之前，三花完成了对兰柯四通换向阀业务的收购，明确要从成本领先转向技术领先，战略路线回归专注领先。

　　那时，我深刻意识到中国告别了短缺经济，与之对应的粗放型发展模式无法生存了，于是又想起了1998年与吴敬琏教授探讨的那个课题——"什么是中国最大的市场？"当时我们都认为中国因为改革开放，城镇化、工业化兴起，大量农村人口来到城市，形成衣食住行的基础消费市场，这是中国最大的市场。

　　在这个市场刚启动的时候，什么都缺，生产什么就能消费什么，所以是短缺经济。但现在短缺经济结束了，过剩成为大问题，下一个"中国最大的市场"在哪里？三花该做什么产品？我一直在思考，心里面反复推演。绿色低碳、节能环保这个大方向，是我已经确定了的，这是宏观趋势也是世界潮流。唯一的问题就是找产品、找路径。

　　2008年9月6日，我去万向总部拜访鲁冠球，推心置腹聊了很多。万向在1999年就开始了电动汽车研发和布局，鲁冠球的一贯观点是"传统汽车没有做头，要搞就搞新能源、电动车"。我在前边提过，他认为欧美日燃油车技术已经很成熟，"要自立车系、自创品牌难度太大"；新能源汽车环保，对环境有好处，符合潮流趋势，电动车用的是电，不用油，能减少对石油的依赖，符合国家能源安全战略。所以，搞新能源汽车是方向。

　　我与鲁冠球在绿色环保方面是有共识的，他思考得比我更早，也更深。

1999年他就提出了"天更蓝、地更绿、水更清,空气更清新",2013年他对英国《经济学人》杂志记者说:"清洁能源是一场能源革命,是一种生产力的变革,一定要有许许多多人作出牺牲,坚持到最后的就是赢家。"这应该是他深思熟虑后的结论。

就在这次交流中,我听到了鲁冠球关于发展新能源汽车的战略,思路也被打开了,三花的"下一个市场""下一个产品"开始有了眉目。我一直觉得,中国社会对汽车的未来需求肯定是旺盛的,以后千家万户也都会有汽车,就像冰箱空调市场一样,关键是走什么路线,是传统燃油汽车还是新能源汽车。我认为,新能源汽车应该是中国市场的未来,而从传统汽车空调部件到新能源汽车空调部件,三花有一定基础和实力。所以,我对三花未来方向和路径的判断,就清晰明确起来:新能源汽车就是三花的"下一个市场",新能源汽车空调部件就是三花的"下一个产品"。当然,具体到做什么产品,还需要在实践中探索和寻找。

时间与市场给出的答案是热泵空调。

与传统汽车的单冷式空调相比,热泵空调既制冷又制热还节能。最关键的是,热泵空调与单冷空调不重复,是新的技术路线。这意味着我们在技术和产品上可以另辟蹊径,站在新的赛道上去竞争,而不是走在别人的后边去追赶。

在实际的新能源汽车空调部件开发中,我们一边探索一边前行。首先是坚持车用电子膨胀阀的开发,打开了局面。这是新能源汽车空调中能够实现系统高效节能的关键控制部件。我们从美国通用汽车引进了产品战略专家海睿与空调系统专家埃德温,接受了他们的重要提议,以电子膨胀阀为核心,通过持续研发,开发出了电子水泵、电子油泵、板换等一系列产品,逐渐形成热管理系统的概念。持续研发与市场反馈让我们越来越认识到热泵对新能源汽车热管理的重要性,比传统汽车单冷空调更复杂、更高效,控制对象更多、范围更广,价值也更大。我们又将热泵控制模块作为开发重点，在市场上首创推出了集成模块产品，对整个热管理系统的理解也越来越深刻，并延展到了对 CO_2、R290 这些新冷媒系统的领先开发。

日本电装的高层问：为什么三花那么早就搞新能源汽车热管理，而且发展得那么快？我想电装真正好奇的不是三花为什么"早"，而是三花为什么具有了这么强的创新能力，在行业内对新能源汽车热管理的理解会这么深、这么远。这就好比在燃油车时代，电装是教授，三花和不二工机是本科生；而到了新能源汽车时代，三花在知识路线上另辟蹊径，连续发论文，也评上了同一专业领域的教授，电装怎么会不好奇呢？

电子膨胀阀、热泵空调是"偶然"，也是"必然"。基于世界潮流、产业变革的大背景，基于"下一个市场"，不做别人重复过的事情，三花先行一步，"偶然"找到新能源汽车热管理系统，自然就是必然之事了。

不断地寻找"下一个市场""下一个产品"，是三花独特的基因，也是我作为创始人所赋予三花的特殊能力。

三花做对了什么？

我一直在想，"电装之问"的背后，更深层的逻辑，是"三花为什么"的问题。而要确切回答三花为什么，首先就要回答三花在这 40 年中做对了什么。

三花走到今天，有足够的运气成分，也因为我们在关键时刻作出了正确选择。选择决定了方向，正确的选择让我们走上了正确的路。

三花到底做对了什么？

三花做对的第一件事，就是从诞生之日起，有清醒的战略定位。我用了"清醒"而不是"清晰"这个词，是因为三花的战略定位是基于对自身清醒的认知基础而产生的。

三花在创业早期就确立了"小商品、大市场、高科技、专业化"的战略路径，大致到创业第十年亦即 1994 年前后，以公司战略的形式进行了确认。这条战略路径，既是主动的，也是被动的，是基于自身现状不得不作出的选择。

我在三花内部反复说过，"一无产品、二无资金、三无人才"是三花创业时的现状，我们必须有清醒的认识，既不自卑，也不冒进，要找到一条适合我们发展的道路。

我们分析了当时的"天时""地利""人和"等基本制约因素，认为不宜搞原材料耗用多、产品运输量大的整机，而适合发展精巧轻型的自控元件和配件，所以从实际出发，决定做冰箱、空调生产厂的"配角"，生产制冷配件、空调配件。我们从冰箱用干燥过滤器、手动阀、直角阀、针阀、冰箱铰链、烤漆铰链、镀铬铰链等产品做起，取得了一定的经验，结出了丰硕的果实。

但配角与配角也有不同。我年轻的时候唱过戏，现在也依旧是票友，不少名角儿、大艺术家和我是朋友。唱戏的时候，主角站在戏台中央，配角躲在角落里，一场戏下来，大家谈论的都是故事怎么样、主角演得怎么样，没什么人谈论配角，即便谈论也是谈那些重要配角，譬如鲁肃、蒋干这种，谁会记得曹军甲、吴军乙？所以，当我们选择做"配角"之后，也要头脑清醒，看清现实：既然不能做诸葛亮，那就要做鲁肃这样的重要配角，还要做"最佳配角"。落实到产品上，就要做有较高技术含量和附加值的自控元器件。

所以，我们后来选择了冰箱二位三通电磁阀，选择了空调四通换向阀，坚定投入开发，取得成功，收获了更为丰硕的果实。我当时提出："从大企业与小企业的关系看，**大企业的生命力和竞争力往往存在于小企业之中。没有小企业的高技术、高质量的配件，大企业就会失去生存的基础和竞争活力。**"我们选择做"最佳配角"，是可以有自己的价值和地位的。

所以，可以说我们就是走对了一条路，我们拥有清醒的战略定位、不折不扣的战略执行和冷静专注、富有耐心的战略定力。

2007年,三花收购了兰柯的四通换向阀全球业务,完成了我的一个夙愿。这是对我、对三花清醒的战略定位的褒奖。

当然,在三花成长史上,我们也有不清醒的时候。2000年后,因为看到了制冷阀类业务的"天花板",三花开始在其他领域探索可能性,一头扎进了"多元化"狂潮中,最后结果有得有失,整体上看失比得多,教训比经验多。失之东隅,收之桑榆。我们通过试错找到了未来发展的路径,更加坚定了专业化的经营理念,并收获了进军新能源汽车热管理领域的一支忠诚与优秀的技术团队。

更重要的是,"多元化"探索的挫折让我意识到:"小商品、大市场、高科技、专业化"在实践中不断与时俱进,是最适合三花的路;战略永不过时,专注永不过时,聚焦主业作升级、作延伸,做到最好、最极致,永远是最适合三花的路。

三花做对的第二件事,是坚持"产品主义",形成"产品力"。

我们这代人创业,没有什么"顶层设计",大家大都是"泥腿子"出身,"顶层设计"这个词都没听说过。我们也没有一套套的理论知识体系,一开始靠的就是直觉,去外面看看,市场需要什么、我们现在能生产什么、以后能做什么、什么东西值得我们长期做下去,以及在这个过程中的不断学习和思考,总结和实践……

我们的出身、视野,以及我们的经验,决定了我们对"产品"的偏爱。产品是什么?产品是物质,是有形的资产,是可变现的财富。我们在物质极其匮乏的年代度过了我们的童年和少年时期,骨子里已经对"物质"有着近乎天然的渴求。当我们开始创业,"产品"就成了我们最渴求的东西。

三花一开始选择的产品是冰箱铰链,是个没什么技术含量的小产品,五金件,随便一家小厂都能加工。这个产品,是我从市场上寻找回来的,也可以算是我对当时市场走向和自身能力的一个基本判断。

张亚波说我是一个坚定的市场主义者，我是同意的。我的商业直觉是要靠市场托底的，一切判断的依据都来自市场，同时我也相信市场的力量。

通过冰箱铰链，我们进入了冰箱市场。市场机遇这东西是对市场内的人来说的。你不在市场里，机遇送到你面前你也看不到；而只要你在市场里，机遇总会出现，总有一个你可以抓住。这也是我们现在常说的"赛道"。你要参与竞争，首先得进入"赛道"。

冰箱铰链这么一个五金件，让我们能够生存下去，进入冰箱市场，它在三花历史上的意义就足够大了。当然，它的历史使命也仅止于此。

在此之后，我们慢慢积蓄了一些资金、技术力量，生产设备也有了一定提高，有了带 MOP[①] 新型热力膨胀阀的开发和生产经验，更重要的是，我们通过生产冰箱铰链，与很多电冰箱厂建立了合作关系，这为后来二位三通电磁阀的开发奠定了基础。

我们在 1987 年开始与上海交大成立"星火联合体"，共同研究开发 FDFD0.83/2D 型二位三通电磁阀。这个产品，当时在琴岛利勃海尔直冷式双温双控冰箱上有使用，是核心配件，都是从国外进口的，主要生产商正是丹佛斯。

我们当时判断，直冷式双温双控冰箱是未来市场主流，以国产替代进口，降低制造成本和销售价格，也是市场主流。

二位三通电磁阀是三花的"奠基产品"，这个产品的市场机会能够被三花抓住，是偶然，却也是必然。

我是在参加海尔的一次客户订货会上，向时任海尔副厂长的杨绵绵提出愿意为海尔配套、立项开发二位三通电磁阀。杨绵绵说："小张，你不要看我们生产电冰箱，而电冰箱的主要部件压缩机、控制器件都是从国外进口或外购的，你要做这个二位三通电磁阀可不是一件容易的事，冰箱真正的技术就在这

---

① MOP：英文 maxmum operating pressure 的缩写，表示最大操作压力。

1987年1月，浙江省新昌制冷配件总厂与上海交大成立"星火联合体"

些部件上。你能干得了吗？"我说："杨厂长，我反正不要你的开发费，就让我试试嘛。"我在海尔许了愿，答应为海尔开发这个技术含量较高的产品，杨绵绵同意了。我回厂后就立即组织人马开始立项，这才有了我们跟上海交大的FDFD0.83/2D型二位三通电磁阀研制组。

在研制过程中，我们也获得了多家冰箱厂的支持，它们都提出了明确的技术要求。预研制成功后样机送到海尔，装配到豪华型220L电冰箱实机上，使用后一切正常。

我实现了对杨绵绵的承诺。杨绵绵后来也实现了对我的承诺：我们的二位三通电磁阀为青岛电冰箱全部配套出口，不但在性能指标上达到丹佛斯的产品水准，价格还比同类进口产品低20%以上。

我一直觉得杨绵绵是三花的一位贵人。三花的另一位贵人，当时担任浙江省政府主要领导职务的一位老领导。在我们研制二位三通电磁阀的过程中，他到厂里考察，对我进行了振聋发聩的提点："第一这个产品技术含量很高，很好，要申请专利；第二你要引进国外的设备。"

二位三通电磁阀为三花开启了奠基者之路，让我们有了往前走的方向、勇气和底气，三花的"产品主义"思维，也从二位三通电磁阀身上得以成形。

1989年，受这位老领导的提点，我去丹麦和德国考察，当时脑子里带了三个产品，高端家用电冰箱使用的二位三通电磁阀、家用及商用空调使用的四通换向阀和汽车空调膨胀阀，去考察国外的生产和市场状况。

这三个产品，后来都成为三花的核心产品，尤其是四通换向阀，为三花未来发展拓展了空间。三花通过开发、生产、销售四通换向阀，与兰柯、鹭宫等国际行业巨头进行了面对面的较量，在技术、管理、质量各方面边打边提升，最终形成了对兰柯的优势，完成了对其同类业务的全球并购。

产品主义，迄今依旧是三花的核心竞争力，张亚波对它进行了总结、提炼和升华，形成了现在的"产品力"体系。从这件事上，我看到了三花两代创业者的差异，我们这代人是靠直觉、靠阅历、靠在实践中学习总结，靠时代提供的大机遇走出来的，被时代给选中了；而张亚波他们这代创业者，靠的是现代化的见识、素养、体系、能力。

靠机遇走出来，是能力，也是运气。靠能力走出来，那是硬实力，才能走得长、走得久。这就是我一直对"百年三花""世界三花"充满信心的原因。三花现在已经不是野蛮生长的三花了，早就变成了现代化、系统化的正规军，而且是全球细分产业中最强大的正规军。

我前面说过，我的一个天赋，是会选产品，还能用一个产品贯穿一个产业。这是我给三花确定的"从产品主义到产业主义"的逻辑。我当初脑子里带着的三个产品，二位三通电磁阀代表了进入冰箱产业的端口，四通换向阀代表了空调产业的切入点，汽车空调膨胀阀代表了汽车产业的敲门砖。

后来大的产业格局发生了变化，三花自身也在进步调整，它们最终在三花这儿汇聚成了一个制冷产业，演变至今成为热管理产业。

从阀、管路件到换热器、泵，再从这些产品系列到模块和系统，三花始终坚定的两个方向：一是战略不能跑偏，坚持"小商品"甘心当配角，为主机厂做好配套；二是形成产品力，用产品说话，用质量说话，用实力说话，用客户满意度说话。

时至今日，通过产品力体系，产品主义依旧是三花的核心竞争力之一。制造企业提供的基础服务就是产品，选择什么、开发什么、制造什么、销售什么、研究什么，最终都要看产品。从阀到泵，从热管理系统到机器人控制部件，三花依靠的不是虚无缥缈的大道理，而是实打实的产品、产业布局和产业逻辑。

这是三花的根基所在。

三花做对的第三件事，是始终坚持长期主义、未来主义。

三花的长期主义，说穿了就是不为短期利益所动，追求长期目标。在这个过程中，考验的是企业家的视野、格局，是抵制住诱惑的定力，也是对战略的信心与耐心。

最能体现三花长期主义思维的是两件事。

第一件事，是三花在四通换向阀上的选择。我们为什么在1998年没有卖四通换向阀业务？

是因为我想明白了几个问题。

一是兰柯为什么愿意出这么高的价格收购我们？它收购的不是三花的四通换向阀业务，是中国市场的未来。也就是说，未来的中国市场足够大，大到兰柯愿意在1999年初出这么高的价格。所以，兰柯帮助我确定了四通换向阀这个"小商品"有着"大市场"的判断，他们甚至比当时的我还有信心。

二是我们的四通换向阀业务前景如何？我在1999年5月20日的三花集团

常委会说过，四通换向阀的关键是解决产品质量的稳定性问题，问题一旦得到解决，我们就能发挥自己的成本优势，在产品性能上超过美国兰柯，将四通换向阀打入国际市场。

三是四通换向阀业务如果卖掉，有没有可替代产品支持三花的快速发展？答案是否定的。

综合考量之下，我才下定决心，拒绝了兰柯的收购。三花不能为了芝麻丢掉西瓜，站得高才能看得远，我们的格局要再大一些，看得再长远一些。

当然，其中还有一个个人因素。

以前看戏看赤壁之战，当时曹军势大，张昭他们都主张投降，鲁肃就劝孙权说："我们都可以投降，唯独主公您不可以投降。"孙权问："为何？"鲁肃说："我们投降，无非还是做个文官，和现在没什么两样，最多也就弃官不做，归隐山林。可是主公您不同，您能忍受不再做主公，而寄人篱下吗？"孙权猛然惊醒："子敬，你不用再说了，我意已决。"

从整体和长期来看，三花是所有三花人的事业，但从企业家的视角来看，三花首先是我的事业，我对这一事业的发展负全责。三花如果被兰柯收购了，员工依旧是那些员工，管理层依旧是那些管理层，但企业家没有了，企业家最重要的作品——企业，没了。所以我特别理解鲁肃说的那句话，"众人皆可降曹操，唯将军不可降曹操"。

创业这么多年，三花就是我的亲骨肉。我有两个儿子，张亚波与张少波，而三花就相当于我的小女儿。做父亲的，对小女儿往往就会更加宠爱和关心。我怎么可能在形势尚可、正准备探索三花未来的时候，卖掉自己的"小女儿"呢？

体现三花长期主义的另一个案例，是三花中央研究院的成立。

三花中央研究院成立于2010年，我当时提出筹建三花中央研究院的时候说，三花中央研究院的筹建事关公司长远发展的大计，要实现百年三花的目标，

三花中央研究院（2010年）

靠什么？要靠能够持续不断地推出符合市场需求、引领行业发展潮流的新产品和新技术。

长远发展的视角，是三花成立中央研究院的原因。

要看得远，就要站得高。登高望远，从高处看，远方才有好风景。想要看到好风景，就得坚持到远方。如何才能走到远方？第一你要有意愿，有长期主义思维，不能走着走着反悔了；第二你要有能力，支撑长期主义思维能够落地、实现，不能走着走着走不动了。

三花在收购兰柯之后，我重申了"从成本领先到技术领先"。我也开始思考三花下一步该往哪里走？三花未来的业务在哪里？

三花那时候刚经历了"多元化"挫折带来的一系列危机。这也让我警醒，三花必须沿着专业化经营的战略路径，坚定持续地走下去。三花要成为战略路径上的长期主义者、未来主义者，而成为长期主义者、未来主义者，就需要针对未来的调查、研究、布局、投资、开发，需要"长远发展的视角"，需要巨大的资金和人力投入去做短期内可能见不到收益的事。

在新能源汽车热管理业务的崛起过程中，三花中央研究院通过一系列新产品与技术在全球行业内的领先开发，以及与三花汽零紧密配合推向市场的成功应用，成为三花新一轮发展的发动机。我相信在三花未来的发展中，三花中央研究院也依旧会是三花的核心动力源。

长期主义本质上是与未来主义同步的，看不到未来，就不会有长期的坚持；同样，没有长期的坚持，探索者也走不到未来。

有位知名企业家的一个提法非常对，要"站在未来投资今天"。他说，一个人怎么站在未来看今天，站在未来安排现在，关键在于你怎么看未来。聪明的人、成功的人，获得巨大成功的人，都是看清了这个趋势，并且这个趋势，最终是按照他的预料变成了现实，而他又能预先做了应当做的事情，所以取得了成功。在我的身上，长期主义与未来主义又有所差异。长期主义相当于我的事业、我的战略，是不可能舍弃的，是根本，所以无论如何我都会坚定地走下去。这是长期主义，一条道走到底，不撞南墙不回头。

未来主义相当于我的策略、我的战术，即怎么聪明地走下去，把路走对了，不去撞南墙。我喜欢打麻将，厉害的高手打牌会算牌，自己手上什么牌、各家手上什么牌、底下什么牌，各种组合、可能性，他能算得七七八八，大差不差。这样的人就很可怕，赢牌概率就很高。为什么？他相当于开了"天眼"，看到了未来。

三花做对的第四件事，是形成了企业能力的闭环。

企业能力是什么？我觉得就是企业在人才、资金、技术、市场、管理等方面能力的集合，它既包括管理能力，也包括组织能力，既包括市场能力，也包括研发能力，既有显性的产销能力，也有隐性的文化能力，总之是一切能力的综合。

这些能力，归结起来有两类，一类是属于企业的资源能力，譬如企业的人才、技术、资金等等；另一类是企业的智力资本和企业文化等等。

两类能力在使用上是不同的，前者是硬实力，是企业保持竞争优势的关键，后者是软实力，决定了企业的规模和边界。

在三花，这两类能力是相辅相成的，它们共同塑造了三花的竞争优势，决定了三花的战略选择。

"三花"的名称，正式诞生于1987年。1987年公司注册商标时，采用了现在"三花"的图案，当时考虑做的是制冷行业，用冰花凝结成三花，图形做成三朵梅花等边交叠的形状，既体现产品特点，符合行业规范，又有一定的文化内涵。当然，我们当时也有野心，"日本有三菱，中国有三花"。

后来我们一位同事到北京参加会议，有人问起三花的含义，他想起我经常提的"科技、管理、人才"，就说"三花"是"科技之花、管理之花、人才之花"。他回来向我说起此事，我也感觉很贴切、很到位。

1994年5月，浙江三花集团公司正式成立，我提议把产品的商标名称"三花"就确定为企业的新名称，并且其内涵就是"科技之花、管理之花、人才之花"，以此作为企业文化和企业能力的核心。

集团公司成立，我在回顾过去10年、展望未来的时候说，一家想要成功的企业，都必须充分认识到企业文化的必要性和不可估量的巨大作用，在市场的持续竞争中，只有依靠文化来凝聚共识，激励精神，发挥积极性，才能带动生产力，提高竞争力。**三花发展的三个根本要素是"科技、管理、人才"，这是今后发展企业文化的基础。**

从企业能力的维度来看，科技、管理、人才，已经涵盖了企业显性和隐性的双重能力，也囊括了企业的资源能力与文化能力，形成了能力的闭环，一个企业能力的"铁三角"，一个"常青树"文化的根基。

科技、管理、人才，一共六个字，企业内外很多人曾善意地提醒我，这六个字太朴实，意思就是很土，建议我们提炼、修改得更大气、更时髦一些，但我始终觉得，最质朴的才是最有力量的，企业能力的核心就是这六个字，我们把这六个字、三大能力干好了，三花就好了。

2014年的时候，我对这六个字的次序作了新调整，把管理移到了第一位，即"管理、科技、人才"。因为我总结历史，创业早期由于企业的基础资源薄弱，没有条件投入科技与人才的积累，所以首先抓的就是管理，通过管理打基础，发挥大家的拼搏精神和积极性，积累了最初的资本，在市场竞争中站稳了脚跟。然后，企业有了一定的实力，再重点去考虑具备一定科技含量的产品开发，考虑优秀人才的引进和培养。此外，从逻辑上讲，管理永远是基础，科技与人才要素的发挥，也都要依靠管理，所以管理要放在第一位。因此，"科技、管理、人才"，就调整成了今天的次序——"管理、科技、人才"。

三花能够成长为今天的三花，就是因为管理、科技、人才在不同的发展阶段，根据企业实际确定不同的内涵与重点，相互作用，形成了闭环，以人才推动管理和科技，科技反哺人才与管理，管理提升科技与人才，"铁三角"循环不止。根据企业发展现状，时而科技是第一位的，时而管理是第一位的，时而人才是靠前的，但都实事求是、符合发展需要，整体上相辅相成，并与时俱进、不断升级，形成了最稳固的三角结构。

这是三花做对的第四件事。

三花为什么？

三花做对的这四件事，是"三花为什么"的结果，它们接近答案，但并不是"第一性原理"的答案。

2019年，《探索者之路：张道才传》出版时，我在序言中曾分析过"三花为什么"。"三花为什么能始终抓住未来机遇,并有效实现未来梦想?"

我当时也进行了思考。

第一个思考是企业发展的方向问题。企业发展,一定要找到适合自己的产业方向和产品定位,这就是企业的战略。只有战略方向正确,后续的投资和投入才会发挥作用,否则就都是浪费,既是企业资源的浪费,也是社会资源的浪费。

企业家要作出正确的战略判断,就要深刻理解所处市场的发展趋势,而这就需要高度的专注和敏感,以及强烈的危机意识和风险控制意识。比如我,对于专业以外的事情就不是那么感兴趣,但是对于专业以内的信息,比如市场需求和新技术的变化,就高度敏感,高度关注,高度警觉。

第二个思考,是企业发展的灵魂问题。对于三花来讲,就是"管理、科技、人才"。

在战略方向确定之后,三花通过"管理、科技、人才"三要素的组织实施和不断升级,确保战略实施到位。在不同的时期,"管理、科技、人才"的具体内容也各有不同,关键就是要符合企业实际的资源状况和发展需求,确保战略目标的实现。

第三个思考,是企业发展的社会责任问题。

我们这一代人,可以说是历史上跨度最大的一代人。40多年的改革开放,彻底改变了中国的面貌,也改变了我们每一个人的命运。企业做到一定程度后,要主动承担社会责任,去帮助更多的人成长和发展。

从这三个维度进行"第一性原理"思考,这其实是三花的道法术。道就是三花的终极理想,是三花第一性原理的社会责任;法就是三花的战略思想和战略路径,是雷打不动的法度;术就是三花实施战略思想、执行战略路径的方法,在企业经营的实践中成为三花的灵魂问题。

三花之道,我的理解就是创造——创造市场价值、客户价值,创造品牌价值、文化价值、社会价值、个人价值，创造价值体系和评价体系，创造"我是谁"的认知体系，创造"我要做什么，往哪里去"的思想体系，创造可持续发展之路……

三花之法，就是三花从"小商品、大市场、高科技、专业化"到"专注领先、创新超越"的战略演进。

三花之术，就是回应了"管理、科技、人才"的灵魂问题，不断创新探索，不断固化为模板，从而对三花的长期发展提供了"技术"支持。

如果说三花之道与三花之法从务虚层面解答了"三花为什么"的问题，那三花之术则是从务实层面解答了"三花为什么"的问题。

接下来我从管理、科技、人才三个维度，逐一分析，三花为什么成为三花。

第四章
三花的"管理"是什么？

一场大火烧了起来

45岁那年，我放了人生中最大的一把火。那场大火烧毁了1790只真空电磁阀，也对三花人进行了一场思想上的淬火。那场大火也为三花烧出了一个新的起点，从粗放式管理走向科学管理的起点。

1995年12月15日下午1:00，我主持召开了三花集团管委会扩大会议，集团高、中层干部及部分成品检验员共40余人参加了会议。会议现场还来了一位特邀嘉宾，上海汽车空调器厂驻三花质量代表袁晓钟。

会议中途，我带着所有与会者一起来到公司办公大楼前的空地上。地上是一堆真空电磁空阀，1790只，货值12.53万元。一位叫周国兴的质检员跑过去给真空电磁阀浇上了汽油，点上了火。公司里很多人走出办公室，或者来到楼下空地，或者透过办公楼的玻璃窗，看着一场大火快速燃起。烈焰逼人，浓烟滚滚，火势汹汹。人们不知道发生了什么，但他们知道，这不是一场火灾，更像是某种仪式。

袁晓钟观看了销毁全过程，然后随我们一起回到了会议室继续开会。此时楼下的大火已经熄灭，但我们心中的大火正熊熊烧着，仿佛一团无法熄灭的火焰。

这是我"蓄谋已久"的一把大火。

1995年12月正是三花内部抓现场质量管理、贯彻ISO9000系列标准的关键时刻。这时候公司突然收到上海汽车空调器厂1790只夏利真空电磁阀退货的消息。按惯例，这批货物将被重新检测，该报废的报废，该返修的返修，力争"下岗再就业"。我对这个"惯例"早有看法，又看到报纸上讲了青岛海尔冰箱厂（海尔）厂长张瑞敏砸冰箱推动员工质量教育的案例，就决定借此机会彻底将它终结。

12月15日下午的公司管委会扩大会议上，我跟大家说，1996年即将来临，1996年工作重点是贯彻ISO9000标准，提高管理水平，提高企业综合素质，推动技术进步，最终落实到提高产品（实物）质量上。张瑞敏就曾经当场砸毁不合格的冰箱。今天，我们要现场销毁上海汽空厂退回的夏利真空电磁阀，作为对全体干部、员工的现场质量教育，让全体干部、员工认识到，只有提高产品质量，才是我们公司今后发展的唯一出路。

于是，一场大火烧了起来。

大火过后，会议继续。总质量师张钢发言说：现场销毁不合格品，目的是向用户表明我们公司重视质量的决心，坚持质量第一，不合格产品不准出厂的决心。总工程师汪钦尧发言说：一把火烧掉了10多万元，很心疼！我们不能埋怨操作工人，而是技术人员首先要做到技术立法，这是保证产品质量的关键。

在每个管理模块的"一把手"都表态后，我进行了总结发言：

我们更需要的是从传统的、习惯的思路、行为规范转移到 ISO9000 标准上来，这是很不容易做到的，要下大功夫。这是"二次创业，振兴三花"的需要，也是 1996 年工作重点。要通过贯彻 ISO9000 标准，以质量管理为中心的企业管理，提高企业整体管理水平、人员素质、技术素质，促进质量工作，向用户保证产品实物质量。

我对今后的工作提出了三点要求：

第一，要自觉地学习标准；第二，正确理解标准；第三，严格执行标准。

真正抓质量，会遇到很多矛盾。我们要有这样的共识：不惜代价，排除一切障碍，服从质量！只有这样，才能提高企业整体素质，创造一流的产品质量，让用户满意，以可靠的质量，赢得市场和用户！

办公楼前的那场大火很快熄灭了，1790 只真空电磁阀变成了垃圾。三花人心中的一场大火却刚刚被点燃，这是一场以质量标准体系为核心的管理提升之火，三花开始了"整军"。

三花一直说"科技、管理、人才"，我首先想说的却是管理。它是三花历史上最早出现和培养的企业能力。这种能力，宏观上提升了三花人对于企业的认知，微观上规范了人、机器和业务的操作，使三花有了成为现代企业的管理基础。

千里之行，始于管理

1984 年，我执掌三花之初，三花还叫新昌制冷配件厂，是一家"无产品、无资金、无人才"的"三无企业"。这种"三无企业"不只三花一家，浙江乃

1984年的新昌制冷配件厂

至整个中国同时期诞生的乡镇企业，大部分都是这种"三无企业"。

这是大时代造就的特殊现象。如果不是"三无"，我们可能就没有诞生的机会，反过来也是如此。而改革开放最大的利好，就是给创造力松绑。大家起点都差不多，是骡子是马拉出来遛遛，看谁最终跑得快、跑得远、跑得久。

我们这些野蛮生长的社队企业、乡镇企业，对内跟自己较劲儿，对外跟同类的社队企业、乡镇企业、国营企业甚至跨国公司较劲，最终跑赢的，大都是后来被称为民营企业的我们。

为什么呢？就一个原因，我们是跑出来的，是经过市场残酷的选择挑选出来的。

以前有个词叫"下海"，说白了就是以机关干部、国企员工、知识分子为主体的中青年投身经商的实践。

1992年，邓小平同志南方谈话发表之后，下海成为热潮。国家人事部统计,当年有 12 万官员辞职下海,以停薪留职等方式不辞职却下海的人数则超过 1000 万。

他们下海有天然的优势,他们的格局、视野、人脉等等,都给他们带来了巨大的便利,提供了一个比我们创业时更高的起点。然而在制造业,下海的人尽管具有那么大的资源优势,却从来没有作为一个整体超过乡镇企业。道理很简单,他们下海,是仙女下凡尘,是微服私访体验人间疾苦。而我们呢?我们生下来就在海里,我们就是凡尘,就是人间疾苦。我们要是不努力求生,不学会游泳,不挣扎向上,就会被大浪吞没。他们是下海,我们求的是"上岸"。不同的位置和姿势,决定了不同的结果。

说回三花。1984 年的三花是"三无企业",科技和人才当时也只能"想一下"而已。大学生就不用想了,能请来几个老师傅就是天上掉馅饼;高科技也不用想,能开发出个带"电"的产品就是天大的进步。真正能快速提升企业效益的,只有抓管理。

抓管理当时确实也是迫在眉睫的事。

冷配厂当时的现状,不但技术上无人才,整个工厂都没什么人才,高中毕业生是宝贝,初中毕业生是核心,小学毕业生和文盲是主流,包括我在内,大家的身份基本都是农民。

农民有农民的优点,吃苦耐劳、坚韧不拔。农民也有农民的缺点,主动性和纪律性差,不爱学习,没有创业的意愿,把创业当成了"挣工分",生产时也不注意细节,带着不好的习惯进车间。这样的队伍,是没有太多战斗力的。怎样才能提升他们的战斗力呢?

我想来想去,想到了小时候自己牵牛。牵牛要牵牛鼻子,管理的主体是管理者。只有把自己管好,才能管别人。只有把厂部班子干部管好了,才能管好大多数职工。我后来把这些心得,总结为"牛鼻子理论"。

"牛鼻子理论"的本质很简单,先管好领导干部,让他们学会律人先律己,学会身先士卒，起到先锋带头作用。

我担任厂长之前，厂里的厂级和中层干部的经济责任制考核是被考核者自己做出来的，干多干少干好干坏，都由他们自己说了算。这种放大人性弱点的考核方式，让冷配厂的管理很难有起色有活力。

我与冷配厂班子成员逐一谈话，达成共识，在厂里也开始推行全员目标责任制。我把与西郊公社签订的责任目标和企业自己的经营目标进行分解，同自愿承担经济责任制的厂部成员订立承包合同责任制，再根据不同岗位，采取不同形式的责任制，从厂部到部门、车间班组乃至车间工人都订立责任制合同，使每个厂部成员有责、有权、有利。

责任制合同签订了，责权利分清了，大家也就各得其所，有时副职之间月度奖金差好几百元，副职甚至比正职还高，大家也别去抱怨，抱怨了也没人搭理。

1985年初，新昌制冷配件厂实施"一包三改"，对有显著贡献人员给予重奖

我有时候在想，我干的这些，不就是在学习改革开放发挥人的积极性的方法吗？改革开放解放了中国的生产力，释放了人民群众的创造力。我在冷配厂内学习使用，在百十人、几十亩地的空间里搞了"改革开放"，发挥人的积极性，解放生产力，释放创造力。

管理的本质就是围绕目标，通过对人、财、物的合理配置，达到效率最大化的目的。我们都是泥腿子出身，哪里懂得什么资源配置啊，所有的管理经验都是"偷师"学来的。我前面说过，"牛鼻子理论"的实施，是"偷师"改革开放。除此之外，我还"偷师"了很多人，在世的、过世的，今人、古人都有。

我们现在在企业经营中，会经常要求各层管理者有大格局，有战略思维，又要求他们战术细节到位，确保战略得到完美实施。我使用战略、战术这些字眼时的那种场景感与张亚波他们使用这些字眼的场景感，至少在早期是不同的。我首先想到的是战争，是"商场如战场"，而亚波他们首先想到的是产业布局、企业竞争。

我喜欢戏曲，所以有时候也会从戏曲中"偷师"。诸葛亮是个战略、战术双重大师，隆中对是战略谋篇，赤壁之战是战术实践。我们都喜欢听故事，故事有情节、有冲突，听起来能让人放松，但是如果听故事不能得到启发的话，故事对一个人来说就只是故事而已。孔夫子说，三人行，必有我师焉。只要我们有心去学，到处都有可以学习的对象，怎么会学不到管理智慧呢？

三花的管理，其实基本要点很简单，就是围绕着充分发挥人的积极性，让他们对目标感兴趣、愿意创造，建立起管理制度，管好人，管好现场，管好运营。

三花对人的管理理念，可以概括为"以人为本"。以人为本，尊重人才；以人为本，尊重人性；以人为本，用人所长；以人为本，建立信任。

这与我的个人风格有关。

我当过老师，近距离观察过每个孩子的天性，知道一方面要尊重他们的天性,另一方面要通过规章制度,保持他们天性中好的一面,约束天性中不好的一面。三国的曹操唯才是举,成就了一番霸业。他的对手袁绍,猛将谋士如云,因为对人的管理不到位,对团队成员不信任,最终被曹操给干掉了。

企业家看人,要多看人好的一面,有长处的一面。如果多看人好的一面,那这个人身上到处都是优点,可用!但反过来如果看人不好的一面,这个人身上就全是缺点,似乎没有什么可用之处了。世界上没有完美无缺的人,每个人都是优点和缺点的综合体。

企业与员工之间,既是交易关系,雇佣员工的劳动;也是文化关系,拥有共同的文化血脉。在交易中,企业购买的是员工的创造力要素,而不是他的完美性。人的优点就是创造力,只要一个人没有致命的、不可原谅的缺点,我们还是要以他的优点作为主要评价标准。

三花并不是一开始就拥有"管理"这个企业能力。三花管理水平的提升、管理制度的健全和管理体系的完善,是伴随着企业的成长一步步发展起来的。

"牛鼻子理论"和全员目标责任制就是三花管理的肇始,是我们迈出的第一步,也解决了三花发展中的第一个难题:如何调动人的积极性、释放人的创造力。

经过了"牛鼻子理论"的推行后,三花人对企业的基础管理有了认识,1987年我开始在企业里推行"目标成本"承包经济责任制。

"目标成本"承包经济责任制采用会计核算、统计核算、业务核算结合运用的方法,对产品成本的形成进行规划、落实、分解、核算,以形成最少的活劳动和物化劳动的消耗得出最佳经济效益。

这是三花伴随着带"电"产品出现,企业产能提升之后必须形成的内部成本管理体系。小批量制造和大批量生产,最大的差异在于成本。对于正在成长中的三花来说,促使车间成本降低,增加透明度,提高企业管理水平,所提高的经济效益都是利润。

1988 年，三花开始推行将经济责任制承包向纵深拓展，把能够以货计价的价值目标成本指标纳入承包经济责任制中来，并作为主要承包考核指标。总厂与车间，及车间与车间之间的经济往来，按照内部"买卖"的方式实行计价、结算，并要承包车间做到以"收"抵"支"，取得"盈利"（成本降低额）。车间实行以目标成本为主的承包责任制后，车间又将向厂部承担承包的目标成本指标层层分解落实到班组与个人，实行了分级责任考核，从而形成了责任会计的雏形。

通过对企业内部"目标成本"承包经济责任制的落实，车间划小核算单位，增强了干部职工的价值观念、投入产出观念和效益观念。采用二级承包、二级核算，厂内各项承包指标分解到车间、班组和个人后，形成了千斤重担大家挑，人人肩上有指标，众人核算、众人当家的新局面。

三花后来的规模越来越大，我也更多地走出国门去考察，同时学习更多的管理方法，有一天突然发现，世界上的管理方法都是相通的。譬如说三花的"众人核算、众人当家"，就与稻盛和夫在京瓷施行的阿米巴模式有相似之处。

阿米巴模式的核心在于将企业划分为多个小的组织单元（阿米巴），每个阿米巴都是一个独立的利润中心或成本中心，自行制订计划并依靠全体成员的智慧和努力来完成目标。通过这种方式，企业能够实现"全员参与经营"，让每位员工都成为公司经营管理的主角，在充分发挥自身潜能的同时，推动所在集体的成长、实现目标。

我再回过头来看，阿米巴模式与经济责任制承包的层层细化，是不是有相同之处？所以说，太阳底下没有新鲜事，好的管理是异曲同工的，坏的管理才会五颜六色。为什么呢？因为坏的管理没有触达事物的本质，只好靠美化渲染来包装。

管理之花的绽开

在三花管理史上，有一个里程碑事件，就是贯彻 ISO9000 标准，我们通常称之为"贯标"。

贯标对三花的管理提升作用是里程碑式的。在贯标之前，我们没有完整的管理体系，大多数时候都是靠直觉，靠那个时代能接触到的学习渠道，比如电影和戏曲，后来则到海尔、万向这样的优秀企业里去参观和学习，用学到的方法做管理。企业规模小的时候，还看不出太大的问题来，一旦企业体量大了，产能扩张了，管理的缺陷就会暴露出来。这时候，贯标的出现，让大家都拥有了标准的管理体系。

《三花人手册》对"管理之花"的阐释是："以贯彻 ISO9000 标准作为提升管理水平的突破，博采众长，学习国内外优秀企业的管理经验，形成具有三花特色的管理模式。"根据商务部的介绍，ISO9000 族标准是国际标准化组织（ISO）颁布的在世界范围内通用的关于质量管理和质量保证方面的标准，它不是指一个标准，而是一族标准的统称，目前已被 80 多个国家采用。

ISO9000 族标准主要是为了促进国际贸易而发布的，是买卖双方对质量的一种认可。1994 年，国际标准化组织修改发布了 ISO9000：1994 系列标准。世界知名大企业如德国西门子、日本松下、美国杜邦等纷纷通过了认证，并要求它们的供应商也必须通过 ISO9000 认证。受此推动，ISO9000 质量标准体系迅速成为全球统一的质量管理体系。中国此前在 1988 年"等效采用"ISO9000 标准体系，1992 年起升级为"等同采用"。ISO9000：1994 系列标准出台后，中国也迅速接纳了修改后的标准。

我对 ISO9000 质量标准体系看得比较透彻，它说穿了就是给全球企业建立的统一的规则、规范。这套规则、规范相当于企业语言，大家用企业语言交流、交易，什么场合该怎么讲话，彼此都听得明白、捋得清楚。

在贯标之前我就始终认为，管理的关键是"立法"，核心是围绕产品实物质量的提升，使一切管理活动做到有"法"可依，依"法"办事，有据可查。那时候三花已经开始了自己的第二个十年，参与国际竞争的意愿也越来越强烈，产品出口的需求越来越大。事实上，自从有了"东方丹佛斯"的梦想之后，"世界三花"就成为我的一个大目标。ISO9000 体系，相当于三花成为"世界三花"的一张入门证。

三花在 1995 年决定贯标，7 月成立贯标领导小组和工作小组，我任领导小组组长，层层建立组织机构，制订计划分阶段推进。我提出了"练内功、打基础、抓管理、促提高"的三花"二次创业"十二字方针，贯标就是这十二字方针的突破口。从生产现场管理，到确定质量方针与目标，从建章立制、管理"立法"到内审员培训，我处处亲力亲为。贯标必须是公司的"一把手工程"，只有企业最高领导者身先士卒、身体力行，贯标才能得以真正实现，而不至于中途走形。我组织了专门的编写班子，由时任副总工程师张钢任主编，经过近半年的努力，几易其稿，1996 年 8 月完成了《质量保证手册》和《质量体系程序》。这使得三花的管理变成了体系化、可持续的管理。1996 年 11 月，由浙江省商检局派人组成的评审小组，按照体系文件对公司进行了现场评审，结论是三花质量体系的建立与运行，达到 ISO9002：1994 评审要求，通过评审。

我接着提出了"巩固、完善、提高、延伸"的八字方针：巩固认证成果，特别是现场管理，绝不"回潮"；按照 ISO9000 标准要求，进一步完善质量体系；在现有水平基础上继续提高，再上台阶；向 ISO9001、ISO9004、ISO14000 延伸，向分包方和外协厂延伸。我在各种会议上强调，我们不是为拿证书而贯标，而是要切实提高自身管理水平，为进入国际市场竞争作准备，所以我们要狠抓贯标十年不动摇！

今天我们回头复盘贯标，它依旧十分重要，不仅让我们在质量管理标准上加入了 WTO，获得了 ISO9000 认证，也用标准化提升了管理体系，用管理体系保证了标准化的实施，是三花在管理上脱胎换骨的进步。

"三花式管理"的精髓

三花在管理水平提升、管理体系完善方面，还遇到了两个好老师，一个是海尔，一个是不二工机。海尔是我们的客户，张瑞敏在20世纪90年代初期就提出了"日事日毕日清日高"的管理模式，海尔人自己的说法，就是今天的工作必须今天完成，今天完成的事情必须比昨天有质的提高，明天的目标必须比今天更高。

1994年11月，我在公司副部职以上干部会议上提出：用全面质量管理要求，每天工作要碰头，进行小结，开展"日日清"工作，车间负责人亲自抓班组建设；班组长要每天工作当日解决问题，现场实行"日日清"，不要等问题成堆了再去抓。这就是三花的"日日清"管理制度，后来进行完善提高，成了"日清日高"制度。

"日日清"也好，"日清日高"也好，不是我的创造，而是我从海尔、从张瑞敏那儿学到的，是典型的拿来主义。

客户是最好的老师。管理模式上，我们学习了海尔，甚至在具体操作上，我也跟张瑞敏学习了一下，1995年12月15日的那场大火，就是在学习张瑞敏砸冰箱。学习海尔也好，学习不二工机也罢，最终目的是提升自己。海尔的管理，有着很强烈的日系管理风格，精益求精，追求改善。不二工机的管理风格，也是精益求精。

从张瑞敏的"日事日毕日清日高"到不二工机的精益求精，三花将这些管理风格融合到一起，慢慢地形成了自己的风格，既"拿"来了日式企业战术层面的精益求精，后来又学习华为在研发上的前瞻和投入，学习日本电装的持续改善、永无止境的管理精髓，"把研发和产品质量做深做细的专注"，还"拿"

来了以特斯拉为代表的美式标杆企业战略层面的效率优先、颠覆式思维与快速变革创新，沉心践行，融会贯通，沉淀落实，变成了"三花式管理"。

"三花式管理"中，"精益求精，追求卓越"的三花精神和"迅速反应，立即行动"的三花作风是根本性的东西。

什么是"精益求精，追求卓越"？说白了就是**永不满足现状、持续改善进步、追求做到行业内最好最极致的精神。我很早就提出"每天有进步，每月前进一小步，每年跨上一大步"，语言很朴实，内涵是很深的，都是从市场经济竞争的实践中总结出来的思想与要求**。现在公司很多车间和管理现场，都把这些标语上了墙，干部职工每天工作日都会接触到，激励自己不断提升。

比如王大勇担任总经理的家用制冷部件事业本部，持续改善的精益求精文化浸透很深，又加上了自动化改造的思路和工具，形成了生产技术、工艺流程和装备开发的优秀团队。某款产品是这一事业单元的主导产品之一，装配车间通过多轮优化创新，不断提高质量、降低成本：先精益求精改善，彻底审查和简化生产流程；再自制开发，引进半自动化设备替代人工。通过技术革新和工艺优化的不断循环，使原来几十人的产线，下降到只要 2 个人就可以完成整条生产线的操作，单线产能提升一倍，人员减少 90% 以上，效率还提升 60% 以上。每次扩能新增生产线，在应用最新工艺的同时，对老产线也进行复制迭代，干部职工对持续改善的积极性都很高，到了入迷的状态，不断挑战自己，并继续摸索更具性价比的替代方式，建设最具性价比的黑灯车间，得出成功经验复制到其他车间，建设无人化、自动化、数字化、智能化运行的黑灯工厂。在制造、组装、测试的设备开发上，在线圈等部件的精益化、自动化生产上，也都不断改善提高，真正实践"每天有进步"的精神。所以在已经高度成熟、竞争激烈的市场上，这块业务始终保持了优异的竞争力。

比如陈雨忠的商用制冷部件事业本部，在经营和管理上作了很多创新，每年都提出很多创新目标，面向实际问题、聚焦实际效果的创新文化很浓厚。他们的"双归零"准则，取自航空航天系统普遍采用的一套标准体系，要求在发生产品故障后，对不良品分析做到技术归零、管理归零，也就意味着不良只能发生一次，杜绝发生第二次。通过建立和实施双归零体系，商用产品市场反馈不良率下降到百万分之十以下。

那什么是"迅速反应，立即行动"？核心就在一个"快"字。三花能够在市场竞争中脱颖而出，可以说竞争力也在于一个"快"字。我之所以非常欣赏和尊重特斯拉，就是因为我在特斯拉身上看到了"更快、更高、更强"，这种追求也是三花所希望拥有的竞争能力，所以我在本书的绪论里说到三花与特斯拉有气质相似的一面。

特斯拉的"更快"是它的反应速度快，"把不可能变成可能"，在市场中几乎形成了降维打击；"更高"是产业格局高，是马斯克用第一性原理思维带来的高维度；"更强"是它的科技实力强。市场是个天然的生态系统，正常的生态里，大鱼吃小鱼、快鱼吃慢鱼，很多时候快的小鱼也可以吃掉慢的大鱼，在今天这种快速变化的市场环境中，"快"就是核心竞争力，快速市场反应、快速服务客户、快速产品迭代、快速技术创新……一步快，步步快；步步快，就成了能力。三花新能源汽车热管理业务在全球行业内的竞争力，很大程度上就得益于"快"这个字。

"三花式管理"不是一成不变，而是与时俱进的。譬如说数字化。今天的时代，数字化转型的重要性众所周知，三花也在以较大力度推进，研究应用现代管理工具与科技手段，在智能化工具应用和装备自动化能力上升级，实现生产过程和管理过程的自动化、智能化，在工艺和产品质量上的精益求精，并牵引带动公司流程再造和管理透明化的提升。数字化的目的就是为了我们的管理现代化，为了提升效率、创造效益。张亚波团队这几年一直在三花推行管理的数字化转型，就是为了让三花能够拥有面对未来变化而快速反应的能力。

三花管理与时俱进还有一个很好的例子，就是三花在践行 ESG 理念方面的努力。ESG 代表环境（Environmental）、社会（Social）、治理（Governance），是指在投资和企业经营决策中考虑环境、社会和治理因素的一种方法，是一种关注企业环境、社会、治理绩效而非财务绩效的投资理念和企业评价标准，被越来越多的国际大企业和投资机构用来评估企业的长期可持续性和影响力。三花智控现在已经开始发布年度环境、社会及治理（ESG）报告。其实三花早在 20 世纪 90 年代起就确立了向绿色低碳、节能减排方向发展的基调，在产品与技术开发、企业发展愿景与理念方面，与 ESG 的要求是高度一致的。通过发布 ESG 报告来体现三花的努力和绩效，推动三花经营和管理更加国际化，是必由之路。

"产品力"体系的创新

回顾三花创业史，我觉得整体上来说三花的管理没有明确的定义，如果一定要定义的话，我希望借用那句名言"不管黑猫白猫，抓住老鼠就是好猫"——不管东方西方土气洋气，能提升产品力赢得客户满意，就是好管理。

今天，三花的管理体系再一次得到了改善和完善。张亚波总结提炼的"产品力"体系，我认为跟当初的 ISO9000 系列标准体系一样，首先是一套重构三花"基础设施"的管理体系。

ISO9000 系列标准体系真正的核心，是以"产品质量"为原点，延展出一个完整的体系。

产品力真正的核心，是以客户需求为原点，以产品为载体，以管理为手段，追溯产品竞争力形成的每个节点，在每个节点上提升管理能力和管理效率，构建完整的管理体系。从这一点上来说，"产品力"体系是一种创造，是一种可以与当初张瑞敏在"日事日毕日清日高"上的创造相提并论的管理体系。

张亚波他们这代创业者，与我们这代人相比，一个巨大的优势就是知识体系和现代管理素养的优势。他们接受过系统的高等教育，视野开阔，又有实战经验，善于总结反思和系统化提升。这是时代赋予他们的禀赋。通过总结反思，三花形成了更完善的管理体系，这是我对三花未来充满信心的原因之一——基础设施建得好，三花的下限就抬得很高。

下限靠管理，三花的上限靠什么？

答案是：科技。

第五章
三花的"科技"是什么？

突然得到一个大奖

2017年4月，吕虎从美国给我发来消息，说三花汽零的车用电子膨胀阀获得了PACE奖。吕虎做过我的秘书，后来去美国拓展业务，北美市场上有什么好消息他都会第一时间告诉我。

获奖就获奖吧，我心想，这些年三花也没少获奖，最重要的是产品要真正体现技术创新，市场上能体现行业领先。

后来的事实证明，是我忽视了PACE奖的重要性。史初良他们对这个奖项极为重视。有一次一位全国性行业协会领导来访，她惊叹我们的技术创新成果，鼓励我们可以申报国家级奖项。史初良说："（对我们来说）PACE奖比那些奖项还重要。"我立刻把史初良拉到一边，当着协会领导的面数落说："小史，你

三花车用电子膨胀阀荣膺2017年度美国《汽车新闻》PACE奖

这样的讲法是不对的，国家奖项我们也要去争取。"

的确，我们真正看重的是产品（电子膨胀阀）在面对客户、在行业、在市场上的竞争力本身，历史也证明了PACE奖对于三花技术高度的象征意义，证明了它的市场价值。

从史初良、吕虎一次次兴奋的解释中，我终于了解到PACE奖对于三花的意义，也开始在对外交往中去介绍PACE奖。当时三花已经在新能源汽车热管理领域通行无阻，很多人特别是汽车行业人士在交流中都对三花的创新感到惊叹："你们竟然能拿到PACE奖！"

PACE奖全称为"全球汽车供应商杰出创新贡献奖"，由美国《汽车新闻》主办，旨在表彰在创新、技术进步和经营业绩等方面有杰出表现的汽车业供应商，以及对汽车市场产生重大影响并为汽车行业带来"颠覆性变革"的创新型产品、部件或系统，被誉为汽车工业中的"奥斯卡"。拿到这个奖就意味着在整个汽车工业中拿到了 VIP 级通行证。

要知道汽车工业历时 100 多年的发展，技术高度成熟，变化是非常缓慢的，要进入一家车企的供应商体系，需要经过漫长的考察期，有的甚至要 10 年之久。PACE 奖一出现，相当于你的创新能力得到了验证，居于这个领域最高水平线，"技术语言"对接上了，考察期的"资格认证阶段"就豁免了，用史初良的话来讲，"人家（国际汽车客户）的大门，从此就容易进了，我们不需要再去论证自己的产品开发能力，可以直接交流产品开发需求"。

可以说，从 2017 年 4 月开始，在创新领域，三花汽零已经是全球汽车热管理供应商中最重要的"玩家"之一了。三花聘请的美国专家海睿在 PACE 奖申请中起到了重要作用，他是"老通用"，是底特律的技术管理专家，比我们都了解 PACE 奖的重要性。

海睿后来说，三花汽零是 24 年来第一家获得 PACE 奖的中国企业。这是一个很特殊的奖项，因为这是 OEM（原始设备制造商）和供应商之间的联合申请。

我们的 OEM 对象，是一家"北美大客户"，全球顶级的新能源汽车制造商。海睿说："这是个新行业，这些部件都是全新的产品，所以我们与所有（顶级）供应商都处于同等位置。"

对我来说，PACE 奖虽然很重要，但它终归只是一个认证。真正重要的还是产品，是电子膨胀阀。PACE 奖只是对三花在电子膨胀阀上的"卓越贡献"进行了确认。

关于新能源汽车热管理的源头研究，现在全世界都公认我们的电子膨胀阀是重要成果，这是我们的首创产品。我记得 PACE 奖申请并获奖后，汽车行业来了几批国际客户到杭州考察。在交流中他们很坦诚地说：**你们中国汽车部件企业还是在粗放发展中，搞市场竞争很厉害，但真正研究技术发展的企业很少。你们三花是真正在向技术型发展，在搞研发，有自主知识产权的创新能力。**

电子膨胀阀是三花继二位三通电磁阀、四通换向阀和汽车空调膨胀阀后又一个里程碑式产品，当然，整体上也算是汽车空调膨胀阀的延续与创新。以电子膨胀阀为主，三花后来发展了一系列新能源汽车热管理产品。

电子膨胀阀之所以成为里程碑，一是因为它引领了三花一个产品时代，迄今依旧是三花汽零销售量最大、利润最高的单品；二是因为它与热泵模块、电子油泵水泵、板式换热器等产品一起，奠基了三花新能源汽车热管理的产品体系；第三个原因，也是最重要的原因，是电子膨胀阀的研发过程，再一次印证了三花的科技水平，它是三花"科技之花"绽放的果实。

2008年全球金融危机爆发后，通用汽车濒临破产，很多前瞻性的开发项目被迫放弃，其中就有埃德温一直研究的车用空调电子膨胀阀。埃德温当时是通用汽车空调系统领域的顶级技术权威，吕虎因为业务关系与埃德温很熟悉，就投其所好问他："要不要再玩一把？"

吕虎（中）和专家海睿（右）、埃德温（左）合影

2009年夏天，对三花有所了解后的埃德温决定到杭州再玩一把EXV（电子膨胀阀）。埃德温夫妇在吕虎陪同下来到杭州，我听说埃德温信教，所以除了安排他们在公司考察、讨论外，还专门让秘书带着埃德温夫妇到杭州各个教

堂去转转看看。

埃德温是汽车热管理专家，我想把他留下、留好，就安排他们夫妇住进了我在九溪景区的一幢别墅。埃德温夫人很喜欢那幢房子，拍了几百张照片，开心得不得了。埃德温起初还有一丝犹豫，但他非常爱他的夫人，见夫人如此喜欢那套房子，就下定决心留在了杭州。

海睿是埃德温的老上司，在埃德温的介绍下也加盟了三花。他们两个，一个擅长管理，另一个是技术专家，在通用汽车搭档了几十年后，又在三花准备一起大干一场。他们对汽车工业的了解和理解都十分透彻，就依靠自己的经验和判断，为三花设计了汽车热管理的第一份产品路线图，其中一款核心产品就是电子膨胀阀——原本是通用汽车提出的研发项目，通用自己却觉得"没有应用把握"而中途放弃了它。

海睿与埃德温设计产品路线图的时候，三花汽零的王晖博士团队也开始了汽车空调电子膨胀阀的研发。王晖团队以机械结构设计见长，在完成电子膨胀阀初期开发后，把这一项目转入了三花中央研究院，交由张荣荣博士团队接手。那时候三花中央研究院刚成立，四方英才会聚，各显神通。张博士团队具备电控技术开发能力，在机电结合方面对产品开发作了新突破。三花坚持了这个项目，最终用它叩开了北美大客户的大门。

张荣荣刚接手电子膨胀阀项目的时候，整个产业都处于低谷中。张荣荣说："事实上最初也是客户推动我们做，我们当时考虑产品升级的时候，通用汽车（GM）是第一个提出需求的。通用认为电子膨胀阀是以后的发展方向，这也切合我们的需求。"

张荣荣他们与通用汽车的某款插电混动汽车合作开发了差不多 3 年。"开发投入非常大，他们经常过来听我们的进展，看开发报告，到实验室里去看测试，探讨市场需求。"张荣荣说，"但那时候电动汽车是在走下坡路的，他们这款车型销量不是很好，导致很多新技术没有用上去，更没有正式量产。"

开发投入那么大，客户却没了需求，这对张荣荣他们来说无疑是巨大挫折。但那时候通用汽车正在经历最艰难的时刻，埃德温的研究都停滞了，又怎么会在新能源汽车上用力呢？张荣荣他们遭受挫折也就很正常了。我看到一些行业信息，知道行业进入了低谷，张荣荣他们在三花内部遭遇了一定的议论。这也是对研究院的议论。我担心他们心态上受影响，就跑过去给他们打气，对他们作出鼓励。

我跟张荣荣他们说，我相信这个产品（电子膨胀阀）符合节能减排，绿色环保的战略方向，对将来的电动汽车乃至传统汽车都有非常好的作用，决定坚持做下去。

我这个人有时候很随和，有时候又很执拗，一旦认准了一个方向，除非自己碰壁回头，否则八头牛也拉不回来。电子膨胀阀是我看好的产品，代表未来的产业方向，我相信市场一定会给三花一个交代。

那段时间我恨不得每天都待在张荣荣他们身边。我对技术着迷，更对未来的产业前景着迷。张荣荣他们搞电子膨胀阀的时候，每到关键节点，我都会去听他们的产品开发报告，一方面去给他们打气鼓劲，另一方面也去了解技术方向和产业前景。

这期间，"北美大客户"也给了三花信心和支持。2011年，在美国汽车工程学会的一个会议上，三花的几位研发人员与"北美大客户"的热系统专家进行了接触。他们向"北美大客户"的同行介绍了自己的电子膨胀阀，后者邀请他们到其总部进行产品和技术介绍。

张荣荣他们后来去"北美大客户"总部与他们的热泵系统团队进行了交流，向他们推荐了电子膨胀阀等一系列产品。当时那些同行并没有表态，但合作的种子已经种下了。几年之后，种子发芽。

"北美大客户"对三花进行了持续两年多的考察，终于在2014年初给三花下了一个批量订单。三花被这家公司采购的第一个产品就是电子膨胀阀，然后各类新产品陆续出现在了它的新车上面。从此，三花成为这家公司的核心供应商，获得了包括电子膨胀阀在内的多个核心控制部件、系统的独家配套，是供应部件项目最多的供应商。

电子膨胀阀这种迭代开发和"守得云开见月明"的感觉，很容易让我想起四通换向阀的开发，也是几代人，也经历过波折，也遭遇过看似很难逾越的鸿沟，但三花没有放弃，最终熬出了未来。

所以，**我们来谈论三花的"科技"是什么，本质上讨论的不是科技本身，而是三花选择的科技之路**。"科技之花"包括但不限于技术研发，更是通过技术创新提供更好的产品对市场产生正向影响，为人类绿色低碳的美好生活作出贡献。

"三花"中代表核心竞争力的正是"科技之花"。2008年发布的《三花人手册》说：科技之花是三花的核心竞争力，用自己的开发能力，开发出技术含量高，附加值高的产品，以自己的力量，开发高科技设备，形成独立的知识产权。

在我看来，三花"科技之花"绽放的过程，就是三花经历工业革命不断成长蜕变、破茧成蝶的过程，也是三花不断进行技术创新的过程，也正是熊彼特在创新五要素理论中说的"利用发明，或更为普遍的是利用未曾试用过的技术潜力来生产新产品"的过程。这是三花的科技之路，也是"科技之花"绽放的路线图。

我所经历的三次工业革命

从资料里读到，这个世界发生过三次工业革命。

第一次工业革命始于1765年哈格里夫斯发明珍妮纺纱机，标志事件是瓦特改良的蒸汽机成为工厂内驱动各类机器运转的核心，让大规模机械化生产成为可能。人类从此进入"蒸汽时代",农业社会开始向工业社会转变,城市化进程开始。

第二次工业革命始于19世纪60年代后期。1866年,德国西门子制成了发电机;1876年,美国人贝尔发明了电话;1894年,意大利人马可尼试验无线电报成功。人类进入了"电气时代",尤其以电器的广泛应用最为显著。内燃机的创新与使用又使人们在经历"电气时代"的同时,享受到了"汽车时代"。

第三次工业革命发生在"二战"之后,迄今依旧在继续。原子能、航天、电子计算机、人工合成材料、分子生物学和遗传工程等技术的应用,让人类在"蒸汽时代""电气时代"后进入了"信息化时代"。

我为什么要讲三次工业革命的历史?

从国家层面看,因为清王朝的闭关锁国,中国被前两次工业革命抛弃了,在英国进入工业文明之后,我们还是农业社会;在整个欧美进入"电气时代"和"汽车时代"后,我们才完成第一次工业革命,开始融入世界。

1978年,因为有改革开放的发展路线,中国开始了新的复兴之路。我们又牢牢抓住了历史机遇,在很多领域急起直追,以"别人走路我们跑步"的快速追赶,终于站在全球化潮流的潮头上。这是我们正在经历的历史,是改革开放为我们带来的时代机遇。没有改革开放,我们会像前两次工业革命一样,被全球化遗弃。

从个人层面看,我们这代创业者,以及我们的祖辈、父辈,应该大都是完整经历了三次工业革命的人。

我生在新昌的农村。新昌地处浙东山区,改革开放前是有名的贫困县。我小的时候,县里没什么大工业,只有南明机械厂等几个国营工厂,到了公社大队,就剩下了手工作坊。三花的前身西郊农机厂,就是典型代表。

再往下到村庄里就更不用说了,农业劳作没什么机械化,全靠人力和简陋农具;村子里也没通电,照明都是用煤油灯;那时候买布需要布票,农村人搞不到，只好手工纺织土布，还被当作资本主义尾巴割掉。经济困难时期，大家顾不上割资本主义尾巴了，土布纺织成为重要的自救手段。

改革开放之后，绍兴柯桥从"一块布"起家，发展成为"纺织之都"，浙江很多地方的手工土布制作工艺变成了非物质文化遗产，记忆中的苦，如今变作了甜。

我这大半生，先是生活在农业社会。后来创业，伴随着中国的工业化、城市化而迈进了工业社会，再通过电脑、互联网、智能手机、物联网、机器人，迈进了信息社会。"工业4.0"会不会很快实现？如果第四次工业革命真的到来，那么我又会经历第四次工业革命。

中国通过改革开放参与第三次工业革命，从而改变了国运。我们在改革开放大潮中搏击，参与中国的工业化和城市化，成为时代的幸运儿。

我们来看三花的历史，其实最初的创业阶段，就像是我们快速完成了第一次工业革命。而三花从初创到2008年的20多年，又像是我们完成第二次工业革命的时段。2008年之后，三花在信息化潮流中探索全球化，坚持绿色低碳，寻找未来出路。我们通过新能源汽车热管理的业务拓展，完成了第三次工业革命，并且成为被第三次工业革命认可和接纳的企业。

每一次工业革命都会沉淀下一些厚重的名字，譬如西门子、贝尔、戴姆勒-奔驰、福特、通用汽车，到现在我们耳熟能详的微软、IBM、苹果、特斯拉、华为……这些都是工业革命的产物，是工业革命的结晶。我很幸运，三花也很争气，作为"绿叶"，成为结晶体的一部分。

工业革命的核心是科技进步推动了生产力的发展。"三花"中代表核心竞争力的正是"科技之花"。这朵"科技之花"之所以能够绽放，很大程度上得益于一个呼唤"科技是第一生产力"的大环境。

改革开放之前，国家有过多次发展工业体系、制造"国之重器"的努力，但因为历史原因和外部因素，我们始终没有摘下"落后"的帽子。改革开放，就是要改变贫穷落后的现状，实现国强民富。

1992年1月，小平同志到中国南方视察，发表了南方谈话，反复强调"发展是硬道理""科学技术是第一生产力"，认为科学技术对提高劳动生产率、社会生产力起决定性作用。

我们这些人被称为中国第一代民营企业家，其实大都是从社队企业、乡镇企业成长起来的"泥腿子"，对高科技一窍不通。但正因为是"泥腿子"，我们对发展是硬道理、科学技术是第一生产力，感悟才更加深刻。

三花的科技之路

创业之初的三花，被称为"三无企业"。"三无企业"怎样才能找到出路？只有靠发展。第一步，先赚钱，先完成西郊公社给我们定的承包目标，积累更多利润投入生产；第二步，开发产品，尤其是带"电"的产品，因为不带"电"的产品竞争激烈，大家都能做，产品一带"电"，竞争门槛就提高了，利润也跟着提高了。

要研究、制造带"电"的产品，就需要技术。技术从哪里来？人才。"三花"中，"科技"和"人才"这两朵花，就是这么来的，本质上是一回事。但因为"人才"除了与"科技"相关之外，还与"管理"相关，所以"科技"与"人才"就花开两朵，各表一枝。

我们对科学技术是第一生产力的感悟深刻，还有一个很重要的原因，就是我们吃尽了没有科学技术的苦头。

我小时候，生活在没有"科学技术"的农村，没有电，更没有现在司空见惯的电器，没有工业，更谈不上产业链和配套设施。农村人除了种地几乎没有别的出路，科学技术都是书本上说的未来的事情。

正因为小时候吃过了没有科学技术的苦，改革开放后创业又有发展的需要，我们才对科学技术有一种刻在骨头里的执念。

刚创业的时候，我们对科技的理解，基本局限在"电"，带"电"的就是好东西。我们给电冰箱生产配套的铰链，感觉自己进入了以电冰箱为代表的制冷领域，是未来的产业。

我们第一款带"电"的产品是电磁阀，其实没太多技术含量，但意味着我们跟"电"搭上线了。后来我们一边生产膨胀阀，一边与上海交大合作研制新型热力膨胀阀，才真正走上了"科技"的道路。

三花的科技路线图，也是从混合充注式新型热力膨胀阀开始的，不仅因为这款产品改变了国产热力膨胀阀性能差、体积大的现状，在我国制冷行业中处于领先水准，更因为这是我们第一次真正意义上成立了专门的开发团队，针对性地进行了研制开发，最终形成了批量生产。

这是三花历史上第一次进行了成建制、成体系的研究开发，也是第一次形成了可量产的新产品。这对于"科技之花"的绽放，是具有里程碑意义的。

三花是市场化的企业，我是坚定的市场主义者，这就注定了三花的"科技"是面向市场的，三花的科技路线图是与市场路线图一致的。

三花在新型热力膨胀阀成功之后的研发，主要资源都集中在二位三通电磁阀、截止阀、四通换向阀、汽车空调膨胀阀、电子膨胀阀、微通道换热器、板式换热器、热集成模块等最终能够量产的产品身上。在多元化探索时期，我们也尝试过太阳能光热发电领域的研发。现在的研发，除了针对现有体系产品的持续深入之外，我们在工业控制自动化、仿生机器人配套控制部件领域也进行了深入探索。

在这个过程中，三花建立和完善了自己的"科技"体系，2010年1月正式成立了三花中央研究院。在制冷家电、新能源汽车热管理的流量控制阀类、高效节能换热器和热泵集成组件等领域，三花的"科技"体系可以说代表着中国甚至全球细分产业的最高水准。

这意味着，三花的"科技"体系不仅针对市场进行产品开发，还在相关领域进行了一些前瞻性的、战略性的研究，包括一部分从 0 到 1 的探索性研发。而这一研究，就主要由三花中央研究院和相应的产业公司来联合承担。我希望它成为三花技术领先战略升级的主要载体，成为我们所处的全球细分行业的技术变革的发动机。

这就是三花研发的路线图，是"科技之花"绽放的整个过程。在这个过程中，最能代表三花创业过程中的特色的，除了前面提到的电子膨胀阀的开发过程，就是四通换向阀开发的整个过程。

我前面说过，我在还没有正式执掌三花（冷配厂）之前，就已经判断出了空调和四通换向阀的市场前景。但受当时条件制约，没有能够投入开发。当时间来到 20 世纪 90 年代，市场不等人，需求被快速"催熟"了，企业发展也具备一定的资源条件了，四通换向阀的开发就变得迫在眉睫。

1991 年，我们组建了四通换向阀研制组。1994 年 10 月，SHF-7 型四通换向阀获国家级新产品称号。1995 年，三花第一条四通换向阀生产线竣工投产，当年产能 30 万套。1996 年，我们引进了意大利等国的先进设备，三花的四通换向阀投入市场"小试牛刀"。1998 年，三花的四通换向阀销量达到 55.7 万只，2004 年则达到了 2198 万只……

从不到百万只的年销量到超过两千万只的年销量，三花只用了 5 年时间。这当中有中国空调市场迅速崛起壮大的因素，也有三花的四通换向阀销售团队千方百计跑客户抢订单拓市场，而开发团队一代接一代、前赴后继不断完善产品的因素。

1998 年 10 月，王大勇、史初良作为第四代开发者受命继续开发四通换向阀，解决产品的一致性与稳定性问题。史初良团队找到了质量不稳定的原因，并通过改善装备来保证产品质量，彻底解决了问题。三花的四通换向阀业务能有今天的成就，史初良与王大勇都应该记首功，王大勇是在生产保障和销售支持上完成了业务的历史性突破，而史初良则是在技术上为业务提供了可靠的支撑。

史初良负责开发的 SHF-4H/SHF-7H 型四通换向阀项目于 2003 年入选国家级火炬计划和重点新产品计划项目，而史初良也在 2005 年被评为全国劳动模范。

史初良曾经形容过当时四通换向阀业务销售火爆的势头。"2000 年，我们四通换向阀是一百万个，2001 年开董事会，就是钱多得不得了……"

四通换向阀开发的成功，使我们以产品质量为基础形成了成本优势，在接下来的 10 年里不断收获巨额利润，也最终赢得了与兰柯的全球市场竞争。

三花四通换向阀开发的整个过程，说明了三个问题：一是企业研发要面向市场，市场需求、客户的需要才是企业研发最大的动力来源；二是产品研发是一个持续、长周期的行为，是个不断完善和提升的过程；三是在企业当中，"科技"最终的呈现，不是看论文和奖项，而是看产品可持续的毛利率，看市场反馈的销售额和利润。

这是企业研发与科研院所及高校的学术研究的最大差异。在分析这些差异的过程中，我也一直在思考一个问题：什么样的科技对于三花来说是好科技？我认为这是"科技之花"能否绽放最核心的问题。

什么样的科技是好科技？

从本质来讲，科技本身没有好坏之分。科技的好坏实质上取决于人，人好，科技就好；人坏，科技就坏。这就跟钱一样。西方有句谚语，"金钱是万恶之源"。是钱坏吗？当然不是，钱本身没有道德属性，如果有好坏，那是因为人。

科技本身没有好坏之分，但对于企业来说，却有好科技和坏科技的区别。这个问题怎么理解呢？

首先，企业不是院校，企业中的一切研发都要服务于企业的行为目标。企业的行为目标，以前明确定义为"利润最大化"，现在又加上了"可持续发展"。那么，什么样的科技能够帮助企业实现自己的行为目标呢？

我的理解是，符合市场需求和社会发展趋势、能给企业带来利润的产品研发，就是好科技；基于未来市场预判进行的产品和技术的储备开发，也是好科技；为了应对未来市场的挑战、更好地开发符合未来市场需求的产品而进行的基础研究，同样是好科技。

三花的好科技并不只是产品研发，也包括一定程度上的基础研究即前瞻、共性、底层的技术研究，但大前提是"市场"。讲到底，三花的"科技"是应用型研发，是要能够创造商业价值的。

与市场无关的、与企业行为目标不相干的，即使再高精尖，就算能拿诺贝尔奖，对于三花来说也不是"好科技"，因为它与企业的行为目标是不匹配的，甚至有可能是背道而驰的，因为会牵引很多资源投入。

但与此同时，科技探索确实又充满了不确定性，某些在这一方向上看不到应用前途的技术开发，有时候却在另一个方向上产生了神奇的跨界，打开了新应用空间。所以，在"市场"的大前提下，对科技人员多点包容和耐心，更多从正面角度来看待与鼓励，是有必要的，关键是要把握好两者的平衡。

这一点，我一直说要向特斯拉学习，除了学习特斯拉的战略性创新和"把不可能变成可能"的快速反应外，还要学习特斯拉为科技人员营造既充满激情挑战，又包含鼓励包容的良好创新环境。

我再讲个隧道二极管的故事。隧道二极管又叫江崎二极管，因江崎玲于奈于 1957 年发明了隧道二极管而得名。江崎玲于奈 1973 年获得了诺贝尔物理学奖。

江崎玲于奈来自科研院校吗？不是，他是东京通信工业股份有限公司也就是索尼的主任研究员。1957 年他在研制高频晶体管时，意外地发现"异常的"

负阻现象。他还发现把具有负电阻的二管作为新的电子元件，可以应用于开关电路、振荡电路以及高速电路。隧道二极管就这样诞生了。为了表彰他的发明，人们将隧道二极管又称为江崎二极管。

日本索尼在江崎二极管发明的基础上积极地进行应用性研究，将应用发明的专利网撒向了更广阔的电子领域，成就了一个时代的传奇。

在这个故事中，江崎二极管是江崎玲于奈在研究高频晶体管的过程中偶然发明的，但江崎二极管的发明又是必然的，因为江崎玲于奈在研究高频晶体管时要不断地使用新材料进行探索。

更重要的是，江崎玲于奈的研究不是奔着诺贝尔奖去的，江崎二极管是基于改进高频晶体管的需要诞生的，也为索尼拓展了未来的市场。

我希望三花未来也能出现像江崎玲于奈这样的科学家、工程师，他们出于改进产品的目的进行探索，最终抓住了灵感，开创了更大的研究空间。

这让我想起了三花的邹江、鲍俊峰，最初他们在太阳能光热发电项目上进行探索，项目失败了，但探索却在新能源汽车热管理方向取得了进展。失之东隅，收之桑榆。他们得到了应得的褒奖。

今天的三花，基于热管理及相关延伸，布局了更加广阔和纵深的战略研发新领域，包括新能源汽车热管理、建筑与能源热管理、工业自动化和传热、流体、材料、控制、仿真等领域，已经在杭州工业园建设三花全球研发中心，要建成一批重点研发实验室，创造行业内最好的研发条件与配套环境，吸引和容纳全球行业内更多优秀科技人才加入，从事战略性、关键性技术与产品的研发。比如在人工智能机器人、工业控制自动化领域，三花就瞄准人类社会未来生活与生产的丰富场景，根据自己的技术和产品积累，布局了一些关键控制部件的开发，从产品到产业，逐步打开，进入更大的市场领域。

广阔而纵深的科技领域，才有可能诞生高层次的研究成果。三花如今也已经有科技人员在《自然能源》(*Nature Energy*)这样的全球顶级科技期刊上发表论文，课题是新型热响应材料，可以助力新能源汽车领域内高能量密度电池模块的安全热管理，是应用开发的前沿。像这样的探索，就是服务于公司目标的探索，是基于市场需要和公司布局的探索，无论成功还是失败，都是好的科技探索。

收购兰柯之前的2004年，我就在三花提出了从"成本领先"迈向"技术领先"，那时候公司不少人把这句话当作口号来对待。2007年收购兰柯之后，我意识到了四通换向阀为代表的阀件类业务可能会遇到天花板，同时国内的成本要素优势也将随着经济发展模式转型和人口红利减退而弱化，所以要想实现企业的可持续发展，必须迅速从"成本领先"切换到"技术领先"的道路上。

技术是高附加值的，领先技术的话语权更多掌握在技术拥有者手中，客户给予技术拥有者更多的话语空间，后者也以自己的领先技术为客户创造了新的附加值，使得客户愿意分享新的增量价值。

这时候"科技之花"就显得尤为重要了。

2013年1月7日，三花在"成本领先"走向"技术领先"的道路上已经走了好几年。我在控股集团2013年度经营计划会议上说，要正确理解"从成本领先向技术领先"的战略转型内涵，在技术创新和生产方式改造上做到行业领先。

"从成本领先向技术领先"战略转型的思想，确立于2007年对兰柯公司四通换向阀全球业务并购之后……现在三花坚定地走"技术领先"之路，其内涵和目标就体现在以下两个方面。

第一，技术进步和创新：即新产品和新技术的开发，为客户提供较高性能和附加值的产品、产品模块组合和解决方案。

第二，技术工艺改进和生产自动化改造，改变人工为主的生产方式，同时更好地保证大批量产品制造的质量稳定性。讲技术进步，是要靠每天进一小步、每月进一中步、每年进一大步的道理，这就是通过长期技术积累，最后实现产品设计先进工艺可靠、生产流程合理、生产自动化程度高。

与此同时，我们也始终要牢记，"技术领先"战略的前提，是以市场为导向，即顺应客户需求，进行专注和领先的技术追求与产品开发。这就要求我们：首先在观念和理念上要统一认识，在战略上要提出"技术领先"的真正意义，只有这样才能始终紧盯行业发展的前沿技术和市场潮流，确定正确的产品发展方向，而这种观念领先来自我们不断学习和包容开放的心态；其次在抓手上要实现产品、技术的先进设计和持续开发，做到品牌的领先，这种先进性和领先性需要我们持之以恒的专注和精耕细作的经营；最后，我们在牢固实现以上两点的基础上，要做到产品和产业持续的升级发展，做到商业模式的创新和领先，成为全球行业内价值链的组织者、掌控者和利润分配者。比如现在一些终端产品领域的国际顶尖大牌企业，掌握品牌和渠道，而将产品制造甚至技术研发等环节都分包出去，组织产业链上下游的分工，决定各个环节的利润分配。这是我们努力的可能目标，但是当前乃至较长时期内，我们仍要集中于产品、技术和品牌的领先追求，在技术进步和创新、技术工艺改进和自动化改造上作持久的专注努力。

多年的企业经营实践让我成为"坚定的市场主义者"。我坚定不移地相信市场的力量，无论谁的手也比不过市场这只"无形的手"。

所以，三花的"科技"是"无形的手"可以捧在手中的鲜花，而不是好看但带刺的玫瑰。市场需要玫瑰，但不需要刺。

正如我前面所说的，三花"科技之花"绽放的过程，就是三花经历工业革命不断成长蜕变、破茧成蝶的过程，也是三花基于市场需求，不断进行技术创新，不断为客户、为社会创造新价值的过程。

市场是"科技"的根基，也是三花的根基。三花的科技之路，其实就是一条我们已经走了40年，还要坚定不移走下去的市场之路、创造者之路。

第六章
三花的"人才"是什么?

每当我回想往事时,脑海中就会出现一条路。1984年,我在"新昌县制冷配件厂"的厂牌下聚集了一些人,一同开创了今天的事业。40年过去了,当年聚集的那些人、一起探索前路的老兄弟,有的人离开了岗位,有的人离开了三花,有的人离开了尘世,但他们的身影却始终留在我的脑海中。

有时候我会突然念叨起他们的名字,王德锋、吕正勋、吕增海……有时候遇到一件事,我也会想:"这件事要是交给……"

以前"这件事"交给过王德锋,交给过吕正勋,交给过吕增海。他们后来年龄大了,慢慢淡出了三花工作的一线,我遇到这种场景时通常冒出的第一个念头开始变成了"这件事要是交给任金土,我肯定放心"。

在我以承包方式正式创业前,我与任金土就是冷配厂的同事了。我负责找市场、定产品、跑销售,他则是厂里的会计。1984年我承包冷配厂不久,冷配厂发生过一次"分裂",很多骨干都跟着老厂长走了,王德锋、任金土几个核

三花30周年庆典上，张道才（左）为30周年司龄以上老员工任金土（右）颁奖

心成员却留了下来，从此之后，我们一直搭班子走到了他们退休。

冷配厂"分裂"后留下来的人，是三花真正的"创业元老"。王德锋、任金土他们后来一直与我搭班子走了下去。这些人中，任金土最为年轻，在三花工作最长、经历事情最多，也陪着我走得最久、最远。在王德锋他们退休后，任金土代表1984年一起创业的老兄弟们，又在征途上陪我一起走了好多年。

现在回头看，这是一件多么不容易的事啊。三花出新昌，到杭州、上海、全国各地，最终成为"世界三花"。在这个过程中，随着三花的发展，大部分创业元老因为种种原因，逐渐不再适应原来岗位，将管理职责让位给更适合的年轻人，而任金土却始终以创业元老身份居于班子核心，并且深受整个三花管理团队的信任与尊敬。这说明他有着极强的学习能力与韧性，能够随着三花的发展不断提升自己。

更重要的是，任金土身上有着三花人特有的气质，也正是1984年陪我一起踏上探索者之路的那些老兄弟身上共有的气质——务实、坚韧，不慕名、不恋权、不贪功、不争利。任金土的口头禅是"做过，算过"，淡泊坦荡，让很多人敬重。在任金土退休前，每次跟他交流，我眼前仿佛不是他一个人，而是一张张熟悉、生动的面孔。他们都带着1984年的热情、期望和拼搏向上的劲头。

今天的人们谈及三花，几乎谈论的都是我的故事，也会讲很多年轻管理者的故事，很少会谈到王德锋、吕正勋、吕增海、任金土他们。这固然是时代变化，三花取得了一定成就而带来的影响，更重要的是因为他们这代创业者，低调智慧，不谋名利，愿意以自己为垫脚石，成就三花和年轻管理团队们的影响力。

从三花创业至今，任金土与我搭档了30多年。三花所有重要的决策、重大的事件，从三花股份上市到兰柯四通换向阀反收购，从南望事件到沈阳都瑞处置，他都是亲历者甚至是操盘者。在我搭档过的所有人当中，他与我搭档的时间最长，最能理解我的决策思维，并且执行到位。三花现在的管理团队，无论张亚波、王大勇、史初良、倪晓明、陈雨忠，还是陈金玉、张少波他们，都对任金土很信服、很敬重：信服他抓大局抓要害的能力，什么复杂的事情交到任总手里执行，就算是定盘了；敬重他的品行，就像他的名字，视金如土，胸怀宽广，任劳任怨。

我一直有一个观点，企业人才的顶端是经营性人才，而王德锋、吕正勋、吕增海、任金土这些人与我一样，文化层次不高、知识结构有不足，也是个"泥腿子"，但他们从冷配厂出发，不断学习、努力提升、出类拔萃。像任金土，对市场敏感，善于抓住主要矛盾，能够团结人凝聚人，就成长为人才顶端的经营性人才。如果要为三花的"人才之花"寻找一个创业时代的代表，他作为工作最久的创业元老，应该是最合适的了。

企业是树，人才是根

2017年11月6日，陈芝久、黄滋德、耿惠彬、李文祥、邵和敏、於树立、张钢七位老专家、老顾问受我邀请，携夫人来访三花。他们都曾在三花创业早期在产品技术开发、人才引进和培养、内部管理提升等方面提供过重要帮助和指导，张钢还直接参与三花经营发展奋斗过程，退休后继续关心和支持三花发展。

张道才（左八）与陈芝久（左九）、黄滋德（左六）、耿惠彬（左五）、李文祥（右四）、邵和敏（右六）、於树立（右五）、张钢等七位来访三花的老专家、老顾问合影

这是一场穿越时间的聚会，让我回到了三花创业初期，回到了在新昌大佛寺的那些日子，回到了在下礼泉的日子，回到了贯标的日子，回到了我们奋斗和创造的起点。

对我来说，这是一条"重走三花路"的聚会。我在座谈中诚恳地跟这些老朋友讲，三花有今天的发展成果，是一步一个脚印扎实奋斗过来的。为事业与梦想而奋斗，三花一直在路上，也永远在路上。因此三花要总结和提倡自己的工匠精神或者可以叫"蜗牛精神"，设置好目标，每一年都朝着这个方向努力，每天都要有进步，永不满足，以十年磨一剑的韧劲，将擅长的事情做到全球最好。

我还跟他们说，三花的发展要不慕虚名，务实专注，不去追求表面的销售收入与排名，而要真正看重发展的内涵与实质，看重全球行业内的领导地位。新能源汽车领域的实际案例已经表明，如果在主攻方向上不够专注和聚焦，即使是很成功和领先的大企业，也很容易被后起之秀赶超。

此外，如果说产业方向、研发方向是企业发展的战略问题，那么人才培养就是企业发展的核心问题。三花要深透研究和落实"搭好发展平台，建好激励机制，营造好创新文化"的战略性课题，研究怎样将这三个点更好地结合运用：请全球行业内优秀的人才一起到三花这个平台上来共同创业；发挥好民营企业的机制优势，不断完善公正、科学的评价机制，将人才的创造成果与经济效益科学挂钩，体现创新价值；文化是凝聚人才长远的依靠，也真正体现了三花的初心，核心在于公正、公平和包容，即鼓励大家发挥聪明才智，勇于攀登技术研发的高峰，而对于创新道路上的探索挫折，要在关注过程的基础上报以包容的态度，使优秀人才在三花的奋斗有精神上的满足感和物质上的获得感，打造全球行业最优秀的人才群体，实现三花在国际产业竞争中的"新道超车"。

这是我第一次提出"一个平台，一种机制，一种文化"。这是我对2004年提出的三花人才"树根理论"的路径化、具体化。"树根理论"是我的人才观，也是三花的人才观。在这一理论中，"企业是树，人才是根；根有多深，树有多盛"，被来三花考察的很多领导认为"是农民的语言""很土，很形象，很管用"。而"平台、机制、文化"，就是把怎么浇水施肥，浇怎样的水施怎样的肥，让这棵人才之树能够不断向下扎根、向上生长，给说得更明白了。

张亚波后来曾讲，这个思想很深刻，值得不断思考研究和落实落地。张亚波他们将我的人才"树根理论"，和"一个平台，一种机制，一种文化"的思想，结合他们自己的管理实际，不断进行思考和转化，形成了三花的人才理念，诸如"内部培养为主，适度外部引进""短期服从组织安排，长期尊重个人意愿""选对人是管理者的第一要务""用人之长，容人之短"等一系列信条。

我之所以提出"一个平台，一种机制，一种文化"，是基于对"人才之花"的深入思考与领悟。

人才对于一家公司到底有多重要？

人才就是一家企业的根，根基的根。

我一直以来都觉得，"人"以及如何让"人"处于适当的位置，是一家企业最重要的事，也是企业家应该首要思考的问题。在所有企业家眼里，"人"都应该是经营中的核心资源，是一切创造的起点。

"企业是树，人才是根；根有多深，树有多盛"，我一直希望三花成为一棵能够跨越生命周期、基业长青的"常青树"。树要常青，根就要扎得深；基业要长青，根基就要牢靠，所以老话才说，根基牢靠昆玉显。

企业的根基就是人才。根基要牢靠，就要吸引人才、用好人才、包容人才、凝聚人才，将企业建设成一个人才会聚的平台，让人才充分施展才华的平台。

管理学大师德鲁克在《旁观者》中回忆通用汽车公司传奇领导人"斯隆的专业风采"时，援引了斯隆关于人才使用的一段话：

有关用人的决策，最为重要，每个人都认为一家公司自然会有"不错的人选"，这简直是"屁话"，重点是如何把人安插在最适当的位置，这么一来，自然会有不凡的表现。

人才之花怒放

《三花人手册》中,对于"人才之花"是这么描述的:"人才之花是我们最宝贵的财富,发展培养一大批知识化、年轻化、专业化的经营、管理、科技人才作为三花不断发展壮大的动力。"

要理解"人才之花"的内涵,就首先要弄明白什么是"人才"。

在我看来,只要在某一方面有所长、有创造力的,都是"人才",所以三花中央研究院中有能够研发新技术、新产品的人才;车间里的工人进行了小改进、小创新,也是人才;财务部门、人力资源部门有专业技能人才;管理岗位上也有专业人才。

我创业之前,也是以自己供销方面的特长被当作"人才"聘到新昌制冷配件厂工作的,后来通过承包执掌了工厂,开始创立一番事业。股份制改革给我们这代乡镇企业家提供了机会,使我们创立的事业得以产权明晰,我们的身份从当时通行的"乡镇企业家"变成了今天通用的"民营企业家"。

我曾在一位美国企业家的文章中读到:"培养和留住优秀员工是所有美国公司的领导们面临的最大问题。现代企业机构是如此复杂,被分成了许多不同的部门,因此很容易失去现代企业的精华——企业的生存和发展所需要的人才。"

"三花"当中,人才天然拥有创造力,能够驱动科技和管理。"三花"是一个动态循环的结构,企业发展过程中,时而管理居前,时而科技为首,但如果把"三花"视作一个稳定的三角形,那么最具活力的那个角,一定是人才。

"三花"的绽放,就是以"人才"为基点,驱动管理与科技的进步,最终管理与科技又支撑人才的创造力得到更大发挥,实现人才的价值。

既然人才是三花所有"科技"和"管理"的载体,是三花一切创造的原点,那么美国公司的领导们面临的最大问题,同样是中国民营企业的"最大问题",也是三花面临的最大挑战。

我们说人才之花是三花最宝贵的财富，既然是财富，就要尽一切可能保证它不会被浪费和流失。这就需要明晰的人才观，同时辅以一套完整的人才体系。

1984年我刚创业时，冷配厂是一家"三无企业"，无产品、无资金、无人才。最大的短板是"无人才"，有了人才自然就会有产品，在充满机遇和奇迹的市场中，有了好产品也自然就会解决资金问题。

三花早期是怎么解决"无人才"难题的呢？总结起来，就是六个字：引进、培训和借势。这六个字、三种方法，不是各自独立进行的，而是相互作用，同步进行的。

三花创业初期引进的人才，主要是老师傅。

为什么一开始引进的都是老师傅呢？这是历史原因造成的。当时三花是乡镇企业，"三无企业"，编制、户口什么的，统统解决不了，正规大厂的技术人员看不上，大学生分配也分不来，能够适配三花的，就只有那些老师傅了。

别看那些老师傅没什么理论体系，但是手上的活儿却很厉害，用今天的说法，他们不是研究人员，而是工程师，是搞技术实践的。

老师傅们对三花早期产品的开发、设备的完善，起到了很大的作用，甚至在我们选择引进国外的先进设备时，老师傅们也以自己的实践经验作出了正确判断。

早期的三花，在技术上一直存在两派力量：一派是以汪钦尧总工程师为代表的学院派，正规大学毕业，有完整的理论体系，能够自上而下构建技术路线，进行产品开发；另一派力量就是老师傅们，以陈于前师傅等为代表，虽然没有理论体系，但实践经验丰富，在动手操作上又有很大的优势。

这两派力量在工作中一直是既合作又竞争的关系，经常会产生分歧与碰撞，但在涉及企业整体利益和发展方向的时候，又能出奇地变得一致。

这里面还有一个有趣的故事。三花商用制冷事业部的总经理陈雨忠，是陈于前师傅的徒弟。陈雨忠是正规的大学毕业生，心甘情愿地当了老师傅的徒弟，

1987年6月，二位三通电磁阀研制组成立，老师傅陈于前（右）在指导员工操作设备

在技术上理论与实践相结合，逐渐成长为三花最核心团队的一员，成为三花事业的"一方诸侯"。

  1984年，我在正式执掌了这家企业后，就一直思考如何提升员工的业务能力和技术水平，解决产品开发和生产中存在的各种问题。当时我想到的一个办法就是借势，借高等院校的势，借他们的智力，搭建我们的人才体系。后来与上海交大的关系，就是这样想尽办法"搭"上的。

  我前面讲过，1983年初我们先是与上海交大制冷教研室的黄滋德教授建立了联系，后来新昌县出面邀请上海交大13位专家教授来新昌考察。黄滋德教授后来回忆说：

  当我们来到新昌制冷配件厂时，生产条件是作坊式的，没有像样的产品，只有老的膨胀阀，但这个企业思路比较好，负责人张道才（副）厂长谈工作，思路很清晰，不满足现状，强调要发展，要有新的东西。当时厂里没有一个大学生，连一个大专生都没有，生产也都很初级，没有一个深入的，但他们对技术很渴望……从此后，我对张道才逐渐了解，他们也常常来上海交大同我们商量技术合作，我们也常派人去新昌帮他研究，产品初步定型，予以规范，这样双方的联系逐步紧密起来了。

我们后来又与上海交大的陈芝久教授建立了联系，并且通过与上海交大进行技术协作和成立"星火联合体"，建立了合作关系。陈芝久教授刚从德国留学回来，学识渊博，又有理论与实践相结合的强烈意愿，非常希望自己的研究成果能够产生社会效益和市场影响力。

上海交大与陈芝久教授，就是我们最初借到的"势"，这个"势"不但给我们带来了技术、产品，也给我们带来了人才。三花的第一任总工程师汪钦尧

张道才（中）与陈芝久（左）、汪钦尧（右）的合影

就是在陈芝久教授的强力引荐下才加盟三花的。

在三花创业初期，汪钦尧的到来，一方面为企业的技术研究和产品开发建立了完整的体系，使企业的技术工作走上了规范，推动了新产品开发；另一方面，他上海交大毕业的履历，也使三花在与上海交大合作的过程中，获得了更多的认同和亲近。

陈芝久教授这个"势"还给三花带来了一次特殊的"培训"。陈教授曾经回忆说，1984年6月考察过后，当年暑假，他第一次帮冷配厂做了一件事："当时三花一个技术人员也没有，中专生一个也没有，那怎么办呢？我和张道才商量先给他们搞一个培训班，从最基础的讲起。"

1984年8月，陈芝久应邀到新昌为厂里技术人员讲解制冷技术和工艺知识，他讲课的地点就在有着1500多年历史的大佛寺的一间厢房里。参与培训的有20多位年轻人，都是技术人员，最高学历为高中毕业。我每天早上与他们一起坐着小板凳听课，督促他们学习，晚上陪着陈芝久教授在大佛寺同吃同住。

我们那段时间进行了非常多的交流，在某种程度上，陈芝久教授也算是我的"启蒙老师"，他让我开阔了视野，为5年后我去丹麦和德国考察，打开"新世界"的大门而提供了可能性。

封闭式培训持续了整整两周，陈教授后来戏称："我和厂长在大佛寺当了两星期的和尚。"

我这两星期的和尚当得太值了。

1986年12月1日，我在新昌县经济工作会议上作了《依靠智力投资，走科技办厂之路》的发言。我在发言中说：

要提高企业素质，必须重视知识人才。企业之间的竞争，说到底是技术的竞争、人才的竞争。所以我们十分重视智力投资。我们第一步路子就是聘请技术师傅和自身培养相结合。要请顾问，借智慧，取人之长、补己之短。

这个发言，印证了三花在创业初期建立人才体系的操作模式，亦即引进、培训和借势。通过努力，"人才之花"快速绽放，推动三花人人奋发进取，直接带动了"科技之花"与"管理之花"的绽放。

三花"人才之花"绽放的过程中，有过三次里程碑式的"怒放"，第一次就是1984年与上海交大合作之后，三花建立了人才体系。

第二次是从1989年之后，三花有了自己的大学生队伍。

浙江大学化工系化工机械专业毕业生陈雨忠在1989年2月进入冷配厂。当时正是二位三通电磁阀最紧张的批量阶段，他一进厂就开始逐步参与电磁阀的产品设计、工艺、工装工作，边学习边指导工人进行数控机床的编程和操作。

上海交大机械系机械制造工艺及设备专业毕业生史初良进厂，他分别在模具车间、电磁阀车间和中心实验室工作，刚来就为冷配厂解决了实际问题——他自行设计制作了用天平和游标卡尺改装的小型弹簧测试仪，解决了当时小弹簧没有测试仪器的困难，紧接着又牵头研制了公司第一台计算机辅助的电磁阀容量测试台，在进厂的第一年就获得了公司科技进步奖，初露锋芒。

1990年，浙江工学院企业管理与工业外贸专业毕业生，嵊州人倪晓明进厂，先后在企管办、标准化办公室和职校工作，在冷配厂缺少英文翻译的早期，他还翻译了不少外文资料。

北京机械工业学院质量管理专业王大勇本科毕业后去了宁波工作，他听说"（新昌冷配厂）那里发展很快，收入很高，有奖金，对人才非常尊重，需要人"后，主动给三花写信，表达了加盟的意愿，并最终在1992年来到三花。

他们在三花得到了锻炼，在锻炼中成长，企业不断给他们机会，而他们也勇于担当，抓住了机会。这四个人，现在负责着三花最核心的4条业务线，公司内外都称他们为三花的"四大天王"。

"人才之花"的第三次"怒放"是从2009年开始的,背景就是技术领先战略的实施和全球化经营的打开,标志就是三花中央研究院的筹建。三花中央研究院成立的目的,是将"从成本领先到技术领先"的发展路径落地。技术领先怎么落地?就要调研和定位对市场未来的发展布局,提前开始进行产品研发,就要建立更强大的研发队伍、开发和储备更多的产业技术、提升自己的创新能力和技术底蕴。

　　三花中央研究院在新能源汽车热管理领域的研究,为三花未来十年的高速发展提供了技术支撑,这当中的关键人物是史初良。他是三花中央研究院院长,也是后来三花汽零业务的领军者。在他的带领下,研究院建立了面向市场需求趋势,覆盖行业内前瞻性、战略性的多领域技术研究、产品开发的研发体系,既有专业领域学术顶尖的国家级领军人才这样的专家,也有来自麻省理工、清华、交大、浙大等国际国内名牌高校和行业一线企业的优秀研发人才,组成了我创业时想都不敢想的科研军团。

　　今天,三花针对未来社会的应用场景,紧跟行业头部企业的需求,进行着仿生机器人相关技术和关键控制部件的研究与开发,而研究团队的领导者依旧是史初良。在这方面,他把自己当作一个大项目经理,几乎全身心扑了进去。因为他觉得这是给未来三花"开疆辟土"的战略性项目,其价值和意义就相当于10多年前的新能源汽车热管理。

　　与此同时,他作为研究院院长,还主持布局了研究院新的研发规划和技术、产品路线图,包括了建筑能源热管理、新能源汽车热管理两大领域和材料、传热、仿真、控制等平台性技术的开发,引进和培养了很多各方面的优秀人才,并通过这些技术精英不断培养新的人才团队,工作氛围也都很融洽,一心奔着事业的发展。所以,尽管知识在不断更迭,技术在不断创新进步,但真正的人才永远会走在前面,只要你愿意给他提供一个足够温暖湿润的"小气候"。

创造者之路：张道才述

重新定义人才

在"人才之花"三次"怒放"的过程中，还有一个让三花引起多方关注的故事，贾博士的故事。这个故事的来龙去脉，《光明日报》在1999年12月3日第3版曾进行过详细报道，题为《400万引进一个人才》。全文如下：

个不高体不宽语不惊人貌不出众，11月10日记者在浙江三花集团公司见到的贾正余平平常常，这就是农民企业家张道才花400万元引进的贾博士？

三花集团是浙江省新昌县出名的乡镇企业。去年12月底，张道才获悉济南某企业发明了泄漏检测器，该仪器应用于汽车、摩托车、制冷、燃器具等生产企业的检测，应用前景非常广阔，欲引进开发，遂命总工程师汪钦尧找到产品发明人贾正余。贾正为缺乏资金无法开发犯愁。汪电话请示张道才，张大喜，当即指示，最好是连人带技术一起引进。于是贾于28日赶到新昌。

当时双方都打自己的小算盘。张：假冒伪劣见得太多，贾博士会不会是个"假博士"？贾：农民企业家会否是农民而非企业家？这样的高科技产品他懂吗？

贾正余，安徽一农民之子，1984年大学毕业，1985年公派留学日本，从事泄漏检测技术的研究和开发，1992年获博士学位，1994年回国。在日期间，贾发明了ALT系列泄漏检测器，该技术"首次准确地给出了测漏过程中差压值或压力值与泄漏率之间的关系，首次利用计算数学的方法准确地求解模型参数，获得泄漏速率，该产品抗干扰能力强，精度高"。

张道才，农民出身，办厂十多年，把一个农技厂办成中国最大的制冷空调控制元件基地。美国人要花3亿元买断他的品牌和市场，他不干。其时他的企业如日中天。

农民企业家和农民的儿子在新昌一见面，一谈，都觉相见恨晚。贾发现，张并不"农民",而是有远见卓识,充满企业家的睿智;张发现,贾学富五车,极富创新能力。双方很快决定:合作!

且慢。贾博士的真假虽无问题,但产品是否适应市场尚须进一步鉴定,许多发明技术在实验室里如鱼得水,在市场上却没有生命力。

请谁鉴定?开鉴定会?张道才不干。酒杯一端,油嘴一抹,什么技术在鉴定会上都"一致通过",可到市场却往往通不过。让用户鉴定!他把贾的样机交上海几家长年使用日本、美国检漏器的厂家使用,同时也交权威检测单位检测。

一个月后,两个检测都出来了,用户认为"好极了","马上买你们的产品"。权威检测单位认为,该产品解决了"温度变化以及环境干扰精确模型的建立"这一国际性难题,在国际上处于领先地位。

1999年1月下旬,张道才和贾正余在杭州见面,开发这一技术要1000万元,贾博士要持40%的技术股,这就意味着贾的技术值400万元,要不要?张道才果断拍板:要!双方签约,张道才出资1048万元开发泄漏检测器,其中400万元算作贾博士的股份,合同规定前3年贾拥有股份40%,3年后企业发展了,贾的股份降到30%。

3月18日,贾正余举家南迁。张对贾关怀备至,给贾一套130平方米的房子"暂时居住",安排其妻到集团公司工作,先到复旦大学进修日语,贾子则被送到浙江省最好的私立学校读书。贾心无旁骛,无牵无挂,潜心开发。

专门生产检漏器的三花通产实业有限公司成立,贾被任命为总经理。5月,第一台样机出来了,用户纷至沓来。"实在来不及,要货的多,我的技术人员太少。"贾正余对记者说。谈到产品的利润,贾笑了:"那可是商业秘密呢。"据悉,该产品技术含量高,利润率可达百分之二三百;3年就可收回成本,5年产值可超亿元。

"三花400万元引进一个人才,这只是新昌县引进人才的一个缩影。"新昌县委书记谢卫星对记者说,"新昌企业早在1992年就对技术入股进行探索,这一方式吸引了大批人才。目前新昌的骨干企业,技术人员高达企业职工总数的50%。"

贾博士的故事,不是一个"千金买马骨"的故事,而是一个三花对人才的价值和创造力进行重新估值的故事。三花相信人才是决定企业未来最核心的资源,所以愿意不遗余力地在核心资源上不断持续投入、加大投入。

人是最重要的生产资料。"人才之花"是三花能够持续怒放的关键,是"科技之花"与"管理之花"开放的基础。我曾经私下半开玩笑说,三花的"四大天王",王大勇、倪晓明代表了"管理之花",史初良、陈雨忠代表了"科技之花",他们四个都是"人才之花"。

这四朵"人才之花"的绽放,让我兴奋、欣慰,也时常会让我对三花的"人才"进行总结和反思:什么样的人才,才是三花需要的人才?

我前面说过,只要在某一方面有所长、有创造力的,都是"人才"。三花需要的人才是什么样的?

三花引进人才的历史证明,在创业早期,老师傅们是人才、高中生是人才,还有一些当年受到不公待遇尚未平反,但有一技之长的人,他们也是三花需要引进的人才。为什么呢?因为当时三花是一家小镇小厂,没有资金、设备、科研条件等实力吸引顶尖人才加盟,我们只能选择"性价比"最高的人才,也就是跟三花匹配度最高的人才。

这与三花"小商品、大市场"的市场理念是一致的,本质上也是个定位问题。定位是受资源限制的,如果三花初创时不是"三无企业",资金充裕,身处大城市,技术、设备都很先进,人才储备很丰富,三花就会走上另外一条路,高举高打,勇猛精进。

不用怀疑,一定会如此。企业家干的就是在市场这只"无形的手"指挥下,配置资源、满足需求、创造价值的工作。如果三花具备上述的充裕资源，我一定会想方设法将资源作出最优配置，就像今天我在全球范围内放手寻找行业内最顶尖的研发领军人才一样。

所以，"人才"对于三花是一个动态的概念，"人才之花"的怒放是一个与时俱进的过程。创业早期，我的感慨是，什么时候我们能有自己的大学生啊？等到三花中央研究院成立，拥有了60多个博士的时候，我思考到未来将会与电装、博世这样的公司同台竞技，心中感慨就变成了：就是有600多个博士也不够啊……

对于三花来说，人才显然不仅仅是博士。我们已经有了很多博士，以后会有更多博士，未来某天像索尼那样诞生出江崎玲于奈那样的人物，也是有可能的。

三花的"人才"的动态变化，其实也是基于三花自身的定位。定位的核心内涵是不变的，但基于客户预期的改变，定位本身也会进行动态适配。三花与"人才"互为客户，就需要双方根据发展需求进行一种动态适配。

根有多深，树有多盛

我的人才观中，前面一句是"企业是树，人才是根"，后面一句是"根有多深，树有多盛"。

有个成语叫根深蒂固，就是说根基稳固，不容易动摇。企业的根基是人才，怎样的人才体系才算得上是根深呢？

我觉得三花的"人才"，要有顶端的经营性人才，也要有科技侧的研发人才，更要有人才战略与管理，让三花全员通过三花这个平台、三花的人才文化，人人如龙，争先奋进。

这不仅是一个人才梯队问题，更是一种人才文化、人才价值观。人是最宝贵的财富，作为企业家，作为三花创始人，我一直觉得自己最有成就感的，就是培养了一批全面经营的管理人才，他们今天在集团和产业单元担任总经理岗位，负责带领三花事业继续向前发展。这比起我发展了这个企业，做成了那么多产品还要让我有成就感。过去的40年里，可以说三花这个平台成就了我；那么在未来，我希望三花平台能够成就更多像我这样的人。

我为什么首先想到的是成就更多像我这样的人呢？这是因为顶尖的经营性人才本质上是企业家，其特质就是看到市场未来，将资源进行最优配置，打出一片新江山。企业最核心的资源是"人才"，人才最核心的是经营性人才，所以培养造就顶尖的经营性人才，就是直接孕育发展三花新的业务成长空间。

三花顶尖的经营性人才从哪儿出现？通过借势、培训这些手段很难造就顶尖的经营性人才，顶尖的经营性人才需要从内部竞争中诞生，用实战进行检验，通过市场自然出现。我们看史初良、王大勇、倪晓明、陈雨忠这四个人，虽然因为他们当初是公司稀缺的大学生，我对他们进行了重点培养，但他们真正能够独当一面，是他们从经营实践中竞争出来的，是从市场中拼杀出来的。当然，我也做对了我的事——将合适的人放在了合适的位置上。

三花的年轻干部，如果有志于市场与经营的话，未来都有机会成为顶尖的经营性人才，前提是通过市场的选拔，用成绩说话。市场是最好的选拔机制，三花的文化是容忍失败，更能接受成功。

我们继续谈三花发展需要什么样的人才。

除了顶尖的经营性人才之外，我想三花还需要大量的、各梯次的科技人才、营业人才、管理人才、技术工人和投资、财务、人力资源、运营、制造、品质等各方面的专业人才。

在发展的每个时期，与三花适配的人才标准是不同的。三花初创时期，高中生就是"宝贝"，老师傅们是"技术工人"与"科技人才"的结合体。

三花发展到现在，这些标准是不是该发生变化了？当然要变化。老师傅们可以提供经验，但仅凭经验，显然与这个体系化、流程化、智能化时代的三花不那么适配了；高中生也早已不再是"宝贝"，在生产线上，甚至大学生都不一定是"宝贝"，真正的"宝贝"可能是那些熟练的专业技术工人，能够在工作现场孜孜不倦做改善提升的员工，当然也可能是善于学习、实践总结和转型的大学生。他们都是三花需要的人才。三花就是需要人人如龙，人人成为人才。

所以，三花的人才标准，不是一成不变，而是与时俱进的。三花需要的是实打实地对公司的运行和结果产生影响，奋斗在自己的本职工作中，真正创造价值的人才，是"以奋斗者为本，以创造价值者为本"。

连利连心，才能根深

2024年3月，国家发改委在浙江省温州市组织召开促进民营经济"续写创新史、建功新时代"现场会，邀请我在会上作关于企业传承问题的发言。我准备的书面材料中，谈到了要"打造好发展平台，建设好激励机制，营造好创新文化，做到事业留人，利益留人，氛围留人"。

我在材料中说：三花的人才，尤其是优秀的经营管理人才都有很强的事业追求，他们都想实现自己的人生价值，不愿意自己的生命虚度。所以我越推动和实现三花事业发展，就越有利于留才，有利于三花的传承规划和培养实施。

俗话说"连利连心"，对新经营团队中的主要成员，他们一心扑在事业上，物质待遇问题，我要替他们先考虑到，在长期激励如股权激励、期权激励方面，要优先向他们倾斜，激励他们深深地将三花作为自己的人生事业，共同奋斗，创造更多的价值来分享。

"连利连心"是我在三花坚持多年的留才理念。"天下熙熙，皆为利来。天下攘攘，皆为利往。"人才，首先是人，所以企业要尊重人对于"利"的正常诉求，连利是能够与人才连心的大前提；"人才"与"人"相比，差异在于

"才"，所以评估人才该获得多大的利，取决于"才"的价值本身、我们对"才"的重视程度以及完善的价值评估体系。

三花从1992年进行股改以来，就在推进"连利连心"，后面又多次通过股权激励等方式，将人才与三花团结在"百年三花""世界三花"的事业战车上。可以说，今天三花的"四大天王"、各业务板块的负责人，都是三花连利连心的人才，也是三花连利连心的成果。

2022年1月22日，我在三花控股集团2022年度经营欢迎计划大会暨经营管理奖颁奖大会上，专门谈到了"关于人才培养"的问题：

企业发展，一靠产品，二靠人才。只有源源不断地涌现优秀人才，企业才能源源不断地创造实际成果。去年和今年，公司隆重表彰科技、经营、管理的优秀获奖人才，以结果为导向，靠数据说话，兼顾跨周期评价，并实施新一轮的股权激励，就是为了与优秀人才连利连心，在三花的全球化事业平台上共同创业，创造价值。

我之所以谈到这个话题，是因为我发现，随着公司在产业领域不断升级，并加速全球化，对比电装、华为、特斯拉等世界一流优秀企业，还是存在较大差距，主要体现在"透明化、体系化的制度管理"和人才队伍大规模、体系化、快速度培养成长的差异上。有的业务单元面对国际客户要求，大胆引进优秀年轻人才，放手使用，形成了业务发展和人才成长的良性循环；有的业务单元相对比较保守，年轻人才团队的成长就比较缓慢，影响企业的可持续发展。我告诫他们："等到人才断层问题充分暴露的时候，可能就晚了！"在讲话的后半段，我说：

各业务单元经营团队，首先是总经理，要更加重视人才培养工作，把"培养人"作为自己每天都会思考的本能意识，将人才成长与成功的产品开发同等看待，并更多学习借鉴电装"造物育人"、华为"以奋斗者为本"等国际先进企业的成功管理实践，结合三花多年沉淀的优良管理基础，敢于给年轻优秀人才压担子、给指导、促成长，在三花全球化发展的各个战场上经受考验，提升素质能力，创造实际成果。我们第一代经营团队创业时，也是30岁左右的年轻人；今天向大家作报告的经营团队成员，好几位也是20多岁就来到公司，经过近30年的实践锻炼，成长为业务单元总经理。只要有合适的成长条件，年轻优秀人才是能够很快冒出来的，我们就是要创造这样的氛围，鼓励更多国际化、专业化的年轻优秀人才成长起来。这是着眼长远、对三花发展功在千秋的事业。

在三花，对于"人才之花"怎么强调都不过分。记得1992年1月7日，我在中国制冷空调工业协会、制冷系统配件专业工作委员会、厂长座谈会上有一个发言。我提出了"人才是科技兴厂、管理稳厂之本"。

那年10月，我在企业中层以上干部会议上又说："市场的竞争，实质是产品的竞争，科技的竞争，说到底是人才的竞争。企业基本上实现了高层次人才以引进为主，中层次人才以委托代培为主，初级层次人才以自培为主的培养人才体系，对提高职工整体素质起到了显著作用。"

自那时起，30多年过去了，我的人才观念一直没有改变，"人才之花"也在不断地丰满、怒放。

在"企业是树，人才是根，根有多深，树有多盛"的逻辑下，三花有着"以人为本、以能为先"的人才理念，有着海纳百川的胸怀，有着实现人才全球化的雄心，有着在实践中磨炼人才的举措，有着在平凡中发现人才的智慧，在决策中信任人才的魄力。

在最合适的时间，让最合适的人才，在最合适的平台上，发挥其最大的价值，以三花人强大的凝聚力和创造力实现三花百年理想。

"一个平台，一种机制，一种文化"，让更多人成为新的王大勇、史初良、倪晓明、陈雨忠，成为新的各方面领军人才、优秀人才，这就是"人才三花"。

管理、科技、人才，"三花"是三花的底层架构，是基于市场形成的逻辑，是基因，也是传统与理念，是企业真正的血脉传承。

40年来，"三花"不断挑战自我，不断怒放。我仿佛看到一棵树在成长——"三花"绽放的三花，就是一棵树，一棵常青树。

第七章
三花需要什么样的中央研究院？

2011年11月，刚卸任浙江省省长不久的吕祖善同志应邀到三花下沙工业园参观三花中央研究院。作为一名"老机械"，老省长从20多年前还在担任浙江省机械工业厅副厅长的时候，就知道了当时三花的前身新昌制冷配件厂。

当时的缘起是他带队到新昌考察企业，结果发现我们这家乡镇企业的自动化生产设备比国营大厂还多，就直接把调研现场会放到了冷配厂，并用冷配厂的例子教育国营大企业"要向他们（冷配厂）学习"。

在三花下沙工业园，老省长参观了汽零工厂和研究院，对研究院的规模和投入表示非常震动，夸奖说："现在三花的技术研发已经上升到系统的层次、解决方案的层次，很大、很重要的研发工作，都要靠研究院来完成。这是真正创新的工作！"

他还很直接地表示："钱投在中央研究院，是不会把企业拖垮的，真正的拖垮是胡来、浮躁、急功近利。中央研究院是三花可持续发展的关键，也是中国

2011年11月11日，时任全国人大财经委副主任委员、浙江省原省长吕祖善（中）到三花杭州工业园考察

制造业发展的薄弱点。"

吕祖善老省长也对三花的发展状况进行了总结评价："你这个企业不浮躁，心无旁骛，专心做实业，有悟性有定力，有智慧；再拓宽到系统，还有很多年可以发展。百年老店的可持续发展，关键是平稳、健康。这不仅是企业发展的要点，也是经济发展的要点。"

老省长还告诫说，在开拓性领域作研发要抓住国情，而中国最大的国情就是要节约能源，这个课题是有生命力的，特别又跟浙江的实际结合很紧密；从这些方面着眼去做工作，更具创新意义。

"三花的研发管理，搞得好的话，对中国的科研体制创新也是个试验。通过三花中央研究院，从市场需求的前瞻性出发，出研究题目，组织课题团队，整合资源，最后出成果。企业有了钱，搞研发，吸引人才，培养人才，形成企业的文化,增加职工凝聚力。有了这样几条,就能立于不败之地。"

老省长的这番话是对我和三花中央研究院战略决策的最高褒奖。

作为创始人,我在三花作出过很多决策,有正确的也有错误的,有的取得了很大的成绩,也有的遭受了不小的挫折。整体上来看,大部分决策还是正确的,否则当初的新昌制冷配件厂就成为不了今天的三花。

在我作过的正确决策当中,二位三通电磁阀、四通换向阀、汽车空调膨胀阀代表了三花的产品主义定位;与兰柯的并购与反并购之战代表了三花的战略定力与长期主义雄心;坚持绿色低碳理念、超前在新能源汽车热管理领域探索无人区,表明了三花的未来主义思维……

在所有的正确决策当中,我最引以为傲的,是建立了三花的中央研究院。在我看来,中央研究院才最能代表三花的长期主义、未来主义,也更能推动三花的产品主义向产业主义拓展。

创造者的核心是创造价值。三花中央研究院创造什么?创造未来,战略性的未来。这是它的定位和担当。

三花为什么要成立中央研究院?

三花为什么要建中央研究院?

制造企业要发展升级,就必须建立自己的研发体系。三花中央研究院的成立,我思考了很长时间,第一次提出是 2005 年 7 月 30 日,在控股集团 2005 年上半年度生产经营总结大会上,我反思了"多元化"得失后,提出了"筹建三花中央研究所"。三花中央研究所就是后来的三花中央研究院,名称略有不同,但目的却是一致的——引进高级技术人才,会聚三花各路精英,实施战略性产品与项目的研究,开发一代又一代符合三花实际的自主高新技术产品,保证企业今后的持续发展,缔造"百年三花"。在大会上,我说:

在今后几年内，控股集团从房地产等项目所取得的合法利润，可能会加大力度向科技研发方面倾斜投入，这是符合国家有关宏观调控政策，也符合三花控股产业结构调整的实际，将为三花长远发展起关键作用。

2006年1月16日，我在第十届浙江省人民代表大会第四次会议讨论会上的发言中也说道：

2004年我在公司决策层提出了一个观点，就是要从"成本领先"走向"技术领先"。目前我们必须要加大自主创新开发力度，加大投资比重，实现从"成本领先"走向"技术领先"的战略转移，其中心是建设三花的"中央研究所"，在制冷控制系统等方面每年必须出一些原创的课题，及时跟踪本行业在世界最前沿的技术发展趋势，朝着节能、环保方向努力，开发市场潜力大、附加值高及技术含量高的新产品。

"三花中央研究所"为什么变成了"三花中央研究院"了呢？

这是内外两个原因造成的。内因是三花发生了变化，外因是产业链的发展环境发生了变化。

2007年，三花收购了兰柯的四通换向阀业务，我也是在那时候下定决心，真正推动三花"从成本领先到技术领先"转型升级。对于三花来说，成为细分市场老大很重要，但最重要的是要成为最强的那个老大。

并购兰柯之后，我就一直在思考：三花下一步该往哪里走？2008年全球爆发金融危机，首先是著名的投资银行纷纷倒闭，然后我们的重要客户通用汽车也濒临破产。这在以前是不可想象的事情，要知道通用汽车可是美国的重要工业标志，当年管理学家德鲁克的研究标的就是通用汽车。全球范围内大公司纷纷倒闭，小企业不断停产，很多知名的研发机构也大规模裁员。

浙江的状况也不好，一批知名浙商先后陷入困境，出现了破产重组案例，浙江经济出现下行的趋势。

那时候三花的状况也不是很乐观，倒不是自身经营出了问题，而是受到了进入破产重组的南望公司牵连。三花是南望的二股东，还给南望进行了贷款担保。南望破产重组，三花就承担了主要压力，银行担保加上给南望的借款，总计损失接近2亿元，这还不算其中的投资损失。

南望事件也是间接促使我建立三花中央研究院的一个动因。它使我明白，三花不能再去搞"多元化"，必须聚焦于主营业务、专注于自己所擅长的领域。在后来的一次反思中，我也对这段经历作了总结：

在企业发展方向的战略判断上，三花不是没有走过弯路，比如特定阶段对多元化的追求。但我们作了尝试、走了弯路后，很快就调整回来了。这也给我们一个深刻的体会，就是企业一定要走专业化经营的道路。

三花下一步该往哪里走？这个思考从并购兰柯同类业务之后，延续到处理南望事件的那段时间。我首先想的是大背景——与三花相关的中国制造业未来的路该怎么走？

在那一时期，我就感到经济发展带来的环境污染问题必定要解决，低成本、低品质的粗放发展模式也必将难以为继，所以在宏观思维上结合行业特点与自身实际，早早把节能低碳、智能化控制作为产品开发定位和企业发展愿景，加快推进技术创新、新产业培育和全球化经营，在制冷空调主业持续升级的同时，提出和确立了新能源汽车热管理系统核心控制部件与组件的开发定位。

在想明白了产业链转型的方向之后，我接着思考的问题是：三花擅长什么？

表面上看，三花擅长的是阀类制造，而本质上三花擅长的是冷热转换，是温度控制，是热管理。三花要想成为未来的三花，就必须在热管理领域走出自己的路。

我也正是在这样的背景下与鲁冠球进行了一次交流。金融危机中，万向也受到了一些业务上的影响。这使得我们对市场变化更有了共同的感受。但对我们来说，这些都是小事情，真正的大事情是接下来的路该怎么走。

那一天我们聊了好几个钟头，主要是聊电动汽车。我们都觉得，代表绿色、低碳、环保的电动汽车一定会在未来的某个时刻深刻地影响中国。我们应该向这个领域突破，扎下根去，长出一片未来。

万向已经在电动汽车领域走得挺远了，鲁冠球意气风发，看起来准备大干一场。鲁冠球认为电动汽车无非就是电机、电控、电池，这三电是核心技术。而万向首先要解决电池这个技术难题。

我没那么大野心，三花专注和擅长的领域也是冷与热的转换，以及控制部件产品的开发，所以他讲的时候我就思考，三花未来可以围绕新能源汽车的"热管理"做文章。

我们聊着聊着思路就打开了，理解也就通透起来。我的想法很简单，无论你是什么汽车，也不管你是什么技术路线，电动也好混动也好氢燃料电池也好，总少不了空调和热管理；提前为未来设计好汽车空调和热管理的控制部件与组件，就一定能抓住新能源汽车行业的未来。

要布局新能源汽车热管理领域，就要提前进行技术储备。这种储备不是散兵式的，必须是有规划、成体系、大兵团作战。因此，独立于产业公司之外的三花中央研究院的成立，就变得迫在眉睫了。

从最早计划中的"三花中央研究所"，变成了"三花中央研究院"，看起来是一字之变，反映出来的却是这个机构该怎么定位的问题。叫研究所，决定了它的定位和规模还是有限的；叫研究院，它就变成了与几大业务线并行的机构，影响力与重要性不言而喻。更重要的是，人们通常理解，研究所是服务于业务的，而研究院则是既服务于业务又能引领业务，而这恰恰是我非常看重的。

"三花中央研究院"真正被提出来是在2008年的最后一天。当时我们正在召开2009年度经营计划工作会议，我作总结发言的时候提出了筹建三花中央研究院。

三花中央研究院研究什么？

战略决策定下来了，接下来就是如何把三花中央研究院建起来。"路线确定之后，干部就是决定的因素。"筹建三花中央研究院，谁来成为这个决定的因素？

我挑中了史初良。

史初良踏实稳重，德才兼备，我对他的评价是"从来不为名利，只是追求进步与事业"，"工作上为了事业成功，可以不计个人得失"。

他有着理想主义的追求，在研发管理上宽容包容，出现过错与责任愿意自己来承担，这对于三花的研发管理是至关重要的。研发本质上就是不断探索，需要容错能力与容错机制，而史初良恰好就是这样一个载体。他"很能团结人"，能够带领研发人员一起去追求胜利。

所以当三花中央研究院筹建的时候，我想到的唯一人选就是史初良。我跟史初良说："小史，我给你十个亿，十年时间。（平均）一年一个亿，你放手做，前三年资金不限制，将研究院组建起来。"

史初良后来告诉我，他听到这话，不但没有兴奋，反而感到前所未有的压力。十个亿，那是当时三花实业板块几年的净利润，要知道当时上市公司"三花股份"（现名"三花智控"）2008年的净利润也就三个多亿。

史初良不负所望，在2009年5月26日正式主管三花中央研究院筹建及管理工作。2010年1月18日，他被正式任命为三花中央研究院院长，研究院开始了正式运行。

我曾跟史初良说过，三花中央研究院本质上就是一家创业企业，需要研发人员具有创业者的创造能力和创新精神，能够看到和引领行业未来，因此三花中央研究院必须适时制定引领细分领域新发展的产品和技术路线图。

研究院初建时期，条件还是比较艰苦的，主要是没有现成的办公场所，只能临时借用。好在史初良经历过企业的初创时期，长期艰苦奋斗，外部条件的艰苦难不倒他。

没过多久，三花中央研究院的工作就形成了体系，步入了正轨。其当时的研发方向，基本确定在新能源汽车空调系统、太阳能清洁技术、家用和商用空调系统、电控技术这四大领域，在后来又扩展为制冷、暖通、汽车空调配件、太阳能等研究领域，车用电子膨胀阀、空调变频控制器、暖通智能控制部件、汽车空调自动控制器、高效节能微通道换热器、太阳能碟式光热发电技术、智能卫浴坐便器控制器等具体产品项目。在这些项目中，史初良与张荣荣、邹江、鲍俊峰等人锁定了三个产品：电子膨胀阀、热泵模块和自动空调控制器。我是他们坚定的支持者。

2012年，中国汽车空调工业协会主办、三花承办的"电动汽车空调和热管理系统技术研讨会"在杭州举行。我在会议交流中，坚定地相信热泵将会成为新能源汽车热管理的技术趋势。

作为一名"外行"，我的判断遭到了一些专家的质疑，他们认为热泵系统不值得，因为传统汽车中的冷却系统虽然节能效果差但成本较低，热泵系统虽然能耗比较低，但成本较高，带来的收益跟投入看起来并不匹配。他们觉得热泵不会成为未来的方向，而只能是实验室的产品，是概念产品，而非市场产品。

但我有自己的坚持。我的坚持来自对市场的理解、对未来趋势的信心，也来自对三花中央研究院的信心。**我坚信，未来一定是节能的、绿色低碳的，一**

张道才参加研讨会并在会上作交流发言

切成本问题,终归是个技术和时间问题。拉长决策的视野,放宽时间的界限,决策者就会看到不一样的未来,遇见不一样的市场。

有句话说,做时间的朋友。以前我觉得这句话拗口,现在越来越觉得它很有味道。做时间的朋友,不就是长期主义吗?不就是未来主义吗?三花在热泵上做了时间的朋友,而时间也与三花做了好朋友。

史初良他们确定的几款产品都比较成功,最成功的还是电子膨胀阀。张荣荣说,这两三个产品刚往市场上推的时候,客户的需求就慢慢过来了,这种需求再加上我们对行业的理解,一步步把下一个产品定义出来。这对后续新能源汽车热管理热泵系统市场的打开有很大作用。

作为企业家和决策者,我看到的是未来的市场,是三花对这个世界的贡献;作为研发人员,尹斌和张荣荣也好,他们看到的是实现的快乐,是巨大的成就感。

张荣荣说过："从机械产品到电子产品，往前每走一小步，其实都非常艰难。"但是史初良与他们始终都相信，他们在热泵领域的每一次尝试，都将使三花实现从家电产品到技术要求更高的汽车产品的跨越，都意味着中央研究院在为三花创造新的价值。

电子膨胀阀其实是与热泵系统伴生出现的。家用热泵中有一个很重要的产品就是四通换向阀，张荣荣他们做车用热泵研发时就要考虑：车用热泵需要四通换向阀吗？系统该怎么设计？

他们知道，车用热泵系统比家用热泵系统复杂很多，工况严苛，安装体积受限，四通换向阀只是其中一种解决方案。冷媒产品、水系统产品、油路系统产品，一系列的创新都需要符合整个电动汽车发展，因应产业的潮流。他们沿着问题去作分析，沿着设想去作推演和论证。

然后，就是我们现在看到的，三花一枝独秀的电子膨胀阀和行业首创的热泵智能化集成系统开始在全球行业内产生极大的影响。

在 2011 年版的《三花控股集团五年计划（2011—2015）和十年规划（2011—2020）》中，史初良他们描述了中央研究院所要达成的目标，有几点甚至决定了三花日后的产品战略走向：中长期规划的目标要实现从零部件的开发向模块子系统的研发、系统集成技术解决方案提供者的转型；实现从"回避"走向"原创"的知识产权战略转型；实现从分散型技术系统管理走向整合型技术资源利用的转型。

他们最终实现了自己的承诺，三花在很长一段时间内是新能源汽车热管理领域的"宠儿"。

2014 年 10 月，三花创业 30 周年庆典后不久，我开始给自己"减负"，将经营担子交给张亚波和管理团队去挑起来。我卸任了其他职务，只保留了董事局主席，但还有一个职务，我是主动"求官"，要给自己"增负"，就是三花中央研究院的名誉院长。

名誉院长一职，公司人力资源部门认为这一职务是对创始人的崇高敬意表达。但后来史初良他们看我经常到研究院指导工作，这与名誉院长的虚衔不同，我这个院长是撸起袖子干活的，会给他们支持，给他们资源，在他们对重要问题讨论不定时给他们拍板决策，于是提议再加一个"资深院长"头衔。我想了想，欣然笑纳了。我的逻辑是，研究院是从事战略产品开发、战略业务孵化的，是能决定公司发展未来的，我不能不关注，不能不管。

在给自己减负之前的5月13日，我又一次去到萧山宁围镇万向集团总部拜访鲁冠球。这一次随行的是集团首席科学家的黄宁杰博士和总裁办主任莫杨。

这次拜访与2008年的那次类似，都正值两家公司出现了巨大变化：2008年我们面对的是金融危机和南望事件，万向的局面也类似；这一次三花已经拿到了"北美大客户"的电子膨胀阀批量订单，而万向则在2月击败混合动力技术公司，以1.5亿美元成功收购美国著名电动汽车企业菲斯科公司。这是继2012年万向以2.6亿美元并购美国著名锂电池企业A123公司之后的又一大手笔，在新能源汽车研发领域继续深入展开战略性布局。

在交流中，鲁冠球介绍了万向并购菲斯科的战略考虑和发展设想，指出能源问题关系到国家安全，环保问题关系到民生质量，电动汽车产业就综合代表了这两大需求，是具备广阔发展空间的产业领域。

鲁冠球介绍他的产业发展和管理逻辑："但凡是所有人都看好的产业，发展道路必然不会一帆风顺，竞争一定非常残酷，最根本的就要看企业发展的决心和实力。当前，全中国和全世界都在谈创新，但真正的创新谈何容易，在思想上要能够否定自我和超越自我，在产品性能、安全和成本上要取得最佳平衡。万向对这一领域的发展指导思想，就是有多大实力做多大事情，联合和利用一切可以联合并利用的力量与资源，在当前阶段更多注重并购企业的整合和品牌维护，研发和生产都立足美国本土展开，充分利用美国一流的人才、技术和市场资源，部件采购则可以适当全球化，在研发和产业化达到一定高度、基本条件成熟的时候再转入中国生产和推广。"

我非常赞同鲁冠球的思路，并向他介绍了三花发展电动车空调与热管理系统的进展，表示节能环保产业是三花和万向的共同关注点；聚焦到电动汽车相关产品开发上，双方存在很大的合作机会。

鲁冠球说，万向和三花要多交流信息，多讨论合作，共同将这一产业往成熟化、市场化的方向去推动，这一产业最终要依靠市场认可而不是政府补贴才能真正生存和持续发展。

那是我对鲁冠球的最后一次正式拜访。在接下来的几年里，我一直在海外调研和考查。2017年10月25日，鲁冠球突然辞世，浙商失去了一位领潮者，我失去了一位兄长和导师。

如何避免踏入"成功者陷阱"？

三花中央研究院的建立，无论从战略上还是战术上毫无疑问都是成功的，但我这个人的习惯就是，越是成功就越要分析得失。一俊遮百丑，有时候成功比失败更可怕，因为失败直接暴露了问题，让我们能够去分析和解决、提升和进步，而成功容易掩盖问题，使我们陷入"成功者陷阱"之中。

"成功者陷阱"是我生造出来的一个词，主要包括：把成功归结于先见之明；不确定成功是偶发的还是可复制的；成功中的问题是可被忽略和原谅的。

第一个陷阱就是把成功归结于先见之明。大前研一的《专业主义》说，仅有先见之明是不够的；光能看见机遇，你顶多成为"先知"，想要成功，你还得抓住它，并且还要有能力以最快的速度和最佳方法让机会变为现实。不管黑猫白猫，抓住老鼠就是好猫；没抓到老鼠，再聪明的猫也是蠢猫。

第二个陷阱是不确定成功是偶发的还是可复制的。我们都知道，企业制造的是产品，要求质量的稳定性和一致性。成功也一样，要有规律性的总结，可以在实践中复制和延伸，否则就只是偶发性的运气或碰巧。但如果头脑发热，把运气当成规律了，那么离下一次的陷阱就不远了。

第三个陷阱是成功中的问题是可被忽略和原谅的。我们常说"结果导向"，只要结果好，一切都可以被包容，实际上可能一俊遮百丑，忽略了过程中真正需要关注或警惕的问题，比如以不符合规律的方式得到成功的结果，如果不重视过程的规律性，迟早会付出代价。

除了这三个"成功者陷阱"之外，三花中央研究院还面临的一个核心问题是：企业技术研发不是学术研究，研究院该如何既尊重研发规律，又与市场保持紧密的关联与平衡？

对于所有企业的研发机构来说，这是最核心的问题。

我是企业家，对这个问题一直非常敏感。研究院聚集的都是高层次科研人才，薪酬待遇都不低，如果不能有效发挥作用，对企业的浪费很大，对他们自身的浪费也很大。所以我始终认为，三花中央研究院始终要保证研发与市场的紧密协同，科研人员必须要花一定的精力跑市场，与客户交流，了解客户需求，也要与产业公司研发部门紧密交流，这样才能有的放矢，找准研发项目，能适应市场需求。在研究院建立初期，可以广开思路、拓宽视野，四处探索，但发展到一定时间之后，应当形成系统的产品与技术发展规划，落实为具体的路线图，通过论证和立项，展开有价值项目的研发，并与产业公司研发部门做好分工，加强协同，形成"需求调研—立项研发—市场推广—验证通过—产业化转移—批量供货"的良性循环。此外，重要技术的开发都要"专利先行"，优先考虑从源头上实现保护，树立起有效的进入壁垒，防范和打击行业内对手的不正当竞争。

影响三花历史的"旧金山会议"

在三花中央研究院的发展历史上，2017 年 6 月 26 日是一个至为关键的日子。那一天，在美国旧金山机场凯悦酒店，我在一场"头脑风暴"后为三花中央研究院的方向与文化定了个调。

我们原本的行程是去一家客户公司拜访，正赶上客户工厂内出现了突发事件，公司上上下下忙得一塌糊涂。原本要会面的大老板来不了了，两个负责接待的副总连一个小时的会谈都无法保证。

我就跟同事说，人家正在忙的时候我们去拜访，估计人家也没心思接待，索性我们大气一点，主动提议改期拜访，等他们把事故处理好了我们再去。

我们在那边待了三天。6 月 26 日早晨，吕虎、莫杨、张荣荣、刘宁他们一起吃早餐。早餐过后，他们坐在那儿聊天，聊了市场和产业，聊到过去两三年大家把主要精力集中在产业公司，密集和快速应对客户的当下需求，没有力量去做深层次改进，而市场反映出后续产品跟进有些乏力。他们也聊了研究院的重新定位，聊了产品开发。

他们在讨论市场客户需求关系时，觉得现在的研发太多面向市场一线了，对接下去要开发什么样的产品，理了一下泵、阀、热交换器、控制器这几类，去定义产业公司要做什么，而中央研究院又应该建立什么样的能力。聊着聊着，思路更加开阔了，也更加有结构性的一些想法了。

他们聊得越来越兴奋，就约着一起找我聊。在我的房间里，他们将这场早餐会演变成了一场"头脑风暴"，甚至无意间解答了我心中一直思索的疑问。"头脑风暴"的效果出乎所有人意料，被张荣荣称为"有历史意义的一天"。

我觉得那天聊的内容很丰富，很有启发，就要莫杨做个纪要。莫杨后来根据记忆，还原出了那"有历史意义的一天"——

张主席与参会人员对汽零业务当前发展中与系统厂家客户关系处理的策略问题、新能源汽车与无人驾驶汽车的市场和技术发展趋势、公司战略性研发的定位和布局等问题展开了自由和充分的讨论，形成了以下基本结论。

公司原考虑在拓展传统汽车零部件业务的同时，展开新能源汽车空调与热管理系统的研发和市场交流。这引起了个别客户的疑虑和关注。考虑到当前汽零业务发展的实际和未来定位，决定实际执行的行动策略如下。

1. 三花的产品技术发展定位是"研究系统性能，开发经营部品及子系统"，即在研究新能源汽车热管理系统的基础上，根据客户需求，更好地为客户开发和提供部件和组件产品。

2. 对于新能源汽车热泵的整个系统，三花只作内部研发，不直接去向市场与客户推广；在系统性能真正取得研发突破后，才可以向专业新能源汽车公司提供技术服务，展开技术合作。

根据汽车行业特别是新能源汽车、无人驾驶汽车的发展趋势，公司真正的发展路线，是要通过加强与各类汽车制造商的直接交流，获取市场最前沿的需求信息，根据客户需求开发多种新产品，直接对汽车制造商作出响应，成为汽车制造商的直接供应商。同时妥善处理与汽车空调系统客户的关系。因此，对于主要的整车制造商客户，要有专门的市场、经营和技术团队，与其展开经常性的信息交流，既通过三花迅速反应、以客户为中心的服务态度，也通过不断成功配套的产品项目，不断提升整车厂客户对三花的信任程度，加快拓展三花与整车厂客户的合作关系。

汽零业务当前的工作重点，必须是抓好产品质量，稳定推进重点项目的批量生产成功，做到客户满意。对外可按照新能源汽车客户的要求和节奏加快项目推进，对内则仍要按照传统汽车行业的流程和要求，认真验证产品的质量和可靠性，狠下功夫，做到产品质量过硬、内心踏实。要把产品质量问题看深看透，才能赢得以后更多更好的市场机遇。

在此基础上，公司要进一步思考产品和技术发展方向：要对公司现有核心技术系列，如流体（阀件类）、热交换、电机（泵类）、电子控制技术等，作出全面梳理；然后与客户作深度互动交流，分析市场需求及发展趋势，全面整理三花核心技术与市场需求的结合点，深化三花的产品、核心技术发展战略和路线图；再通过立项开发，加大人才引进和培养，加强研发设备投资等手段，使研发战略和发展路线不断得到落实，使三花更好地服务客户需求，走到全球行业前列。

三花这几年在宏观经济环境不佳的背景下，市场销售火爆，经营形势向好，得益于更早几年打下的产品和技术研发基础。中央研究院作为公司战略性研发的载体和发动机，当前各研发团队已实际划分到产业公司，协同推进产业化，而发展到一定时间之后，公司必须将基础技术与生产技术、应用技术的开发适当分开，根据不同技术的研发特点，适当分工，加强协同，形成"市场—研发—制造—销售"的良好循环。

1. 要加强三花中央研究院建设，使三花中央研究院在与市场保持交流互动的前提下，不断加强公司内部基础技术、核心技术的研发，提升公司的核心竞争力和可持续发展能力；以戏曲演出团队作比喻，如果各种角色都能汇聚功底深厚的名人名家的话，那么对于任何一个演出剧目，演出团队只要稍加排练就能上演一台好戏。三花中央研究院就是要"练功底"，建设成为汇聚各类专业和优秀人才、全球行业内领先的杰出研发团队。

2. 将生产技术和应用技术集中在产业公司来开发，主要面向客户应对、现场工艺优化、生产降成等实际问题的解决，重点保证客户对产品质量和技术性能的要求。

3. 重要技术的开发都要"专利先行"，优先考虑从源头上实现保护。

可以对博世、电装、西门子这样的全球技术领先型公司做些深入和扎实的调研，分析它们的技术路线、经营格局和发展模式，作为三花对标学习的标杆企业。三花做任何事情，既要清楚把握前瞻性的、大的发展方向，又要把时代发展需求和自身实际条件结合起来，转化为战略路线图和具体发展规划，在做到每一步发展目标后，再往前走下一步的发展。战略规划也要根据市场实际作与时俱进的必要调整。这样才能踏准、踏稳发展的步伐，公司也才有持续发展能力。如果能够按照当前聚焦新能源汽车和制冷空调及家电领域的热管理系统开发应用，以"专注领先，创新超越"的思维逻辑做下去，三花未来就一定能成为一家伟大的企业。

这份文件名为《"17·06·26"旧金山汽零技术产品发展路线讨论会议纪要》，基本上讲清楚了通过几年的探索，我对三花中央研究院和三花研发体系分工的基本构想。

三花需要什么样的中央研究院？

"旧金山会议"是一次务虚会，让我们捋清了思路，要先研究自己，再研究对手，然后研究客户，苦练内功，敢打硬仗，"专注领先，创新超越"。

它同时也解决了"成功者陷阱"中，研发与市场衔接的基本问题。在务虚层面，我总结出来就是几句话——

第一是要站得高。要在绿色低碳、智能化的人类社会未来发展趋势的高度，来看新能源汽车、制冷与家电乃至人形机器人、工控自动化等领域的发展方向和市场空间。

第二是要看得远。这是三花的长期主义战略，要做到比别人超前三年、五年布局，去主导研发、定义产品，为客户提供领先开发的产品。

第三是要摸得着。就是三花中央研究院的立项研究要落地，要把未来市场的需求和商机，转化为与三花能力相匹配的产品项目开发，"针对成熟市场作新技术开发推广",或"针对成熟技术作新市场开发应用"。前者如针对"北美大客户"从新能源汽车热管理到人形机器人部件的跟进开发,后者如将电子膨胀阀从家用商用制冷跨界到汽车热管理来开发应用。

三花中央研究院在最初的几年内,走过一些弯路。有段时间,每个研究人员看起来都很忙,没日没夜地操劳,也开发出一些新技术,但找不到足够的市场需求,用史初良的话来讲,是"叫好不叫座"。而在市场人员看来,他们干的很多是一些不挣钱的项目,技术概念或许很好,但是量产成本太高,客户不会买单,看不到前景。

当时整个公司对三花中央研究院在私下里有一些议论,觉得研究院是不是离市场和现场太远了。特别是产业公司的工程师,他们虽然学历不如研究院的博士们高,但做出来的产品能卖出去,可以得到客户的认可,为公司挣到钱。这在三花是"王道"。

我当时也了解到研究院的苦恼,也理解三花研究院院长史初良的焦虑。史初良是我的"弟子兵",某种程度上也是我的孩子。我看着史初良从一个大学生成长为三花的核心力量,也看着他从风华正茂的青年,逐渐经历沧桑而长出越来越多的白发。说心里话,我也心疼。

我不希望研究院变成产业公司的研究院,因为研究院一旦关注短期产品,就会丧失其真正的价值。但我也不希望研究院变成一个"科学院"——三花是一家企业,企业研究院需要研究能转化成商业价值的产品与技术。

所以,三花中央研究院的研发要"摸得着"。摸得着的关键,是需求与能力的对接。

旧金山的"头脑风暴"中,我们达成了共识,也形成了相互的理解。拓展市场的吕虎思考更多的是"很多产品要靠不断地去琢磨,耗时间去跟客户交流,做一些看似无用的东西来进行定义",他担心后续研发能力,当下的研发太面向市场一线了,新产品的方向就会紊乱。张荣荣也认同这一点,他尽管负责研发，但大部分时间都在跑市场，回答客户对三花新产品和技术的问题，回到公司则着力解决很短期的产品及工艺改进问题。他也认为，要是再不组织一定力量投入新产品和技术的开发，摆脱当前全都忙于应对客户的场景，那么再过几年三花汽零就没有新东西了。

这种相互研讨和理解，就形成了新的共识，我觉得可以叫三花中央研究院"旧金山共识"，它形成了研究院新发展的定位与构想。

我记得"头脑风暴"的时候，大家都在争论：

应该开发哪些新产品？

应该将目光聚焦在哪些产品线？

应该建立什么样的能力？

我听着他们的争论，时不时地说上一两句，最后确认，唯有及早重构新的技术领先，才是三花的未来之道。我跟他们说，要"把这个思想宣贯透彻，大家凝聚共识"。

我向他们描述了一张技术地图，梳理出主打技术及其应用领域，找到空白，将技术延伸进去。这张地图有一纵一横两条主轴——

横的是产品线上的技术体系，以满足客户现有的和潜在的需求为主，有明确的时间节点、市场预期，这方面由产业公司的研发人员完成。

纵的是技术路线，是基础技术，也是核心技术。这是研究院该干的事情。它要成为三花未来的底盘，要专业、前瞻和有深度。研究院需要有人专门作战略项目的研究，不要热火朝天，不要锱铢必较。

技术地图出现了，意味着中央研究院的技术战略就完成了，简单来说就是：**切准市场，一手抓当下，一手抓未来，同时进行工艺装备的知识产权保护，补齐短板，有攻必破。**

这是一个完整的技术体系，业务公司的研发主攻需求端，研究院主攻供给端，以需求端的研发牵引和支持供给端研发，以供给端研发引领未来的需求端满足。而无论需求端还是供给端，源头都是来自市场的需求，区分只在周期的长短。

研究院的内部管理也必须变得严谨，形成大兵团作战的优势，而不是散兵化发展。三花毕竟已经成为行业的领头羊，要学会攻坚战，学会大兵团作战，学会释放自己的优势。所以后来就有了研究院向国内顶尖技术企业学习研发管理流程的一系列动作。

第四句话，也是我觉得很重要的一句话，就是要"傍大款"。"傍大款"这个词是我从一位知名企业家那儿借用的，他说做企业要"学先进，傍大款，走正道"，"学先进"是为了自己成为先进，"傍大款"是为了结交好企业、自己成"大款"，"走正道"是为了避免走弯路，铸造永续经营的坚实基础。

对于三花中央研究院来说，谁是"大款"？说穿了就是代表行业未来的标杆和客户。奔驰、宝马是"大款"，特斯拉是"大款"，比亚迪是"大款"，如果能傍上这些"大款"，跟着它们一起往前发展，三花就可以少走弯路，始终走正道、学先进。

整体上来说，三花中央研究院要确立的是未来主义、长期主义的理念，形成瞄准市场未来趋势，相互协作、勇攀高峰、彼此包容、共同进步的文化。三花的常青树，管理、科技、人才缺一不可，只有相互支撑，"铁三角"才会稳定，三花才会走得更好、更远、更长久。

在落实层面，三花中央研究院就要有"管理、科技、人才"的实施地图的考虑——

首先，三花中央研究院最重要的"人才之花"该怎么开？

大约2015年的时候，有一次我陪一位来访者参观研究院。我介绍说，我们现在有60多位博士了，研究成果层出不穷，新能源汽车业务蒸蒸日上。对方说，三花的竞争对手已经发生了改变，在某些细分领域，现在已经开始与原先的客户公司处在同一个平台上了。

  我当时沉默了许久。他说的是对的,因为业务形态的改变,三花已经从汽车产业的二级供应商走向了更前台,与大众、丰田、奔驰、宝马、通用等汽车巨头建立直接关联,开始与某些整机厂客户发生局部领域的碰撞。这在以往,是不可想象的。

  这么看,也许600个博士也不够用啊。我当时感慨说。

  的确,管理、科技、人才,人才是三花的基本盘,管理与科技都依托于人才。60个博士,只能支撑当时的三花变得更好;三花要想实现更宏伟的目标,600个博士也是不够用的。对于有进取心的企业来说,对于立志成为创造者的企业家来说,人才永远是最稀缺的资源。

  2021年10月19日,我在三花控股集团第三届科技创新大会上的讲话中,

2021年10月19日,三花召开第三届科技创新大会

对这个问题作出了思考和回答：

公司要进一步深透研究和落实"搭好发展平台，建好激励机制，营造好创新文化"这个战略性课题，研究怎样将这三个点更好地结合运用，比如对标国际行业顶尖企业，学习华为在研发上的前瞻和投入，学习电装把研发和产品质量做深做细的专注，学习特斯拉的战略性创新和"把不可能变成可能"的快速反应速度，为科技人员营造既充满激情挑战，又包含鼓励包容的良好创新环境。

搭好发展平台：不断吸引全世界行业内优秀的人才一起到三花这个平台上来共同创业，不断激发创新的灵感和成果，互相促进，互相成就，将三花平台不断推向更高的高度。

建好激励机制：发挥好三花作为民营企业的机制优势，不断完善公正、科学的评价机制，以奋斗者为本，以创造价值者为本，将科技人才的创新成果与经济效益科学挂钩，实事求是，以结果为导向，体现创新的当前价值和长远价值。

营造好创新文化：这是凝聚优秀人才的长远依靠，也真正体现三花的初心，核心在于公正、公平和包容，鼓励大家以客户需求为导向，充分发挥聪明才智，勇攀技术研发的高峰。同时，对于创新道路上的探索挫折，公司在关注过程的基础上报以包容的态度，使优秀人才在三花的奋斗，有精神上的满足感和物质上的获得感，充满做事业的强烈欲望和充分干劲，推动三花在全球行业内科技竞争、市场竞争中的不断创新超越！

我不仅对公司的人才理念与政策提出了要求，也对三花科技人员提出了要求和期望：

与此同时，公司为广大科技人员创造良好创新环境，科技人员也要对自己提出更高的奋斗目标，珍惜科技革命的时代机遇和公司的全球化发展平台。"人生能有几回搏"，公司能够汇聚和培养优秀人才不容易，优秀人才有合适的事业发展平台也不容易，要志存高远，对标先进，勇于挑战自我，以创新和突破为乐，以创造客户价值为乐，在三花的发展平台上充分发挥聪明智慧，创造更多优秀科技成果，满足客户需求，推动行业技术进步，共同为绿色低碳、智能互联的人类品质生活环境创造而作出贡献。希望通过我们大家的努力奋斗，未来的三花，"技术领先"的品牌内涵更加为全球行业所公认和尊重，能够诞生更多的全球行业内知名技术专家，创造更多对行业影响深远的科技成果，包括原创性的成果，在细分领域真正引领全球行业的发展方向！

三花中央研究院，始终是"人才"的研究院，激发他们的研发激情、积极性和创造力，推动和帮助他们实现自我目标，这是三花对他们的承诺，也是三花对他们的期待。

2020年7月，我到研究院和年轻的技术精英们交流。这是我的习惯，每隔两三个月就到研究院走一走，看一看，聊一聊，除了听他们谈研发进展之外，也听听行业技术前沿的信息，学习新知识，充实自己。在他们很热切的汇报与讨论中，我觉得自己也变年轻了。于是我想对他们再多说些什么，就讲道：

我作为创业一代的人，是从市场经济的实践中成长起来的，到研究院来和大家交流。你们都是高学历的精英人才，我要向大家学习很多东西，特别是行业技术前沿的发展情况、趋势和深度，吸收新知识，判断行业发展的未来，为企业决策提供依据，也能参与讨论，鼓励大家。

你们要向我学习的东西恐怕也很多，首先是创业创新的精神，顽强奋斗和拼搏的意志，这应该是值得大家学习的。其次是永不满足现状的精神，你们也永远不能满足现状，要永远追求新技术的发展，事业的未来发展，这是永远没有止境的。

其次，三花中央研究院的"科技之花"该怎么开？

2021年10月19日的三花控股集团第三届科技创新大会上，张亚波的大会报告，确认了三花科技创新成果激励的导向和原则：**结果导向、效益导向、市场导向，兼顾科技进步。**

"就是对跨周期才能产生效益的科技创新成果，全覆盖、无遗漏作回顾、评价或预判评价，不让科研领域的'雷锋'吃亏，鼓励科技人才能够着眼长远，勇于投身行业内代表未来技术发展趋势的创新性探索，对三花核心技术延伸行业的创新性探索。"这也是"旧金山共识"的核心，三花中央研究院必须首先为三花经营实践服务，"效益导向"，然后"兼顾科技进步"。

索尼在行业内长期以研发领先著称，是我们在研发上关注和借鉴的对象。在索尼奠基技术领先地位的20世纪70年代，索尼综合研究所统一领导公司各个研究所，并负责中长期的技术开发工作，主要是进行系统信息处理方面的研究。首任所长宫冈千里曾向研究人员提出了五项值得考虑的事项：一、研究项目能否开拓新的业务领域；二、研究项目对索尼公司的哪项业务有贡献；三、研究项目有什么特点；四、研究项目是否处于世界领先水平；五、研究项目是否有使事业部宁愿用卖掉裤子的钱来支持开发的吸引力？

我觉得我们三花的研究人员也可以从这五个方面进行一下自我追问。

研究院要做到研发与市场相结合，基层研究人员可以沉浸在开发当中，但研究院的领导层、项目带头人、关键技术骨干，必须跑市场，与客户接触、交流，只有这样，才能与技术潮流方向一致，才不会跑偏跑岔。

技术更新迭代很快，一步落后步步落后。史初良大学毕业已经35年了，为什么始终可以站在技术前沿？因为他加入三花以来，虽然从事研发工作，但一直没有脱离市场一线，即使在他全职担任三花中央研究院院长的时候，也经常跑出去、请进来，与我们的"北美大客户"、电装、华为这些公司研发部门进行技术交流，从而保持三花在技术方向上的准确性。

史初良作为院长都带头做了，我作为名誉院长、资深院长也一直在关注客户、关注技术趋势，所以研究院的诸位副院长、项目负责人，当然也就会面向市场、面向客户，经常跑一跑、谈一谈。这样就会带动形成研究院的氛围，敬畏市场，尊重客户，从需求出发作研发。

在三花中央研究院"科技之花"如何绽放上，我觉得就是这样两句话："聚焦聚焦再聚焦，创新创新再创新。"

我曾经讲过，三花未来成功的关键，在于当前战略规划的聚焦与落地，特别是技术创新的率先突破，引领发展。方向已经明确，蓝图已经绘就，所以我们在科技创新上，就是要抓好执行，"聚焦聚焦再聚焦"，对于已经看准的战略性产品和业务，在调研论证通过后，就要全身心扑上，高度专注聚焦，超强资源配置，集中力量投入，实现快速突破，创造自身核心竞争优势和市场领先地位，打造一个又一个的三花四通换向阀、电子膨胀阀、新能源汽车热管理产品的成功案例。换句话说，今天的三花，今天的三花中央研究院，战略已经非常清晰，目标与路线已经非常清晰，就是在绿色低碳和智能化的主题下，在新能源汽车、热泵与商业制冷、家用电器、人形机器人和工控自动化这些高成长或稳定成长的领域，布局开发战略性新产品，培育战略性业务；或攻关突破共性的技术瓶颈，为产业公司提供重要技术支撑。研究院"科技之花"的绽放，科技功臣的产生，科研价值的创造，就在这些领域的攻坚克难、攻城拔寨之中。

最后，三花中央研究院的"管理之花"该怎么开？

我一直觉得，三花中央研究院是看"科技之花、管理之花、人才之花"最好的目标对象，因为它天然是人才，是科技，而管理侧又是巨大的挑战——企业界的共识是，最容易的管理是研发管理，最难的管理也是研发管理。

我前面提到，在2015年我感慨，也许600个博士也不够用啊。

从2015年到今天，差不多又是三花的一个"黄金十年"。从三花经营实践来看，这的确称得上"黄金十年"。三花在张亚波为首的经营团队带领下，在新能源汽车热管理领域，一枝独秀，几乎再造了一个新三花；在商用制冷领域，不断突破"红海"，找到新的蓝海；在传统的家用制冷阀类领域，不断精耕细作，创造新的竞争力和利润来源；在人形机器人、传感器、变频控制和工控自动化领域，正在展开新的战略布局和资源投入。

其中，新能源汽车热管理的拓展，和人形机器人关键部件的突破，与三花中央研究院直接有关。研究院为三花近10年的发展，作出了值得称道的贡献。同时，作为研究院的名誉院长、资深院长，对比三花未来的发展要求，我觉得还不够。因为我为中央研究院设定的标杆，是特斯拉、华为、电装这样的企业的研究院，看看是否在专业素养与专业精神上达到了可以比较的水准。

我听史初良、黄宁杰多次讲起电装的研究院，六百来号人，号称"科研疯子"，"关"进去就几年不出来，就在里边痴迷地研究，研究行业二三十年后的技术。这既是他们自己的特点，研究入迷了，也是公司的要求，挑选这类特质的人进入研究院，从事行业前沿甚至未来课题的研究。

我们三花有没有、要不要这样的"科研疯子"？我们是否创造了让他们"入迷"的条件？如果还没有，或者做得不够好，那就是我们管理可以提升的地方。

所以我这个名誉院长、资深院长也好，史初良这位院长也好，研究院和集团的其他高层管理人员也好，大家都要思考一个问题：什么样的管理方式最有利于三花中央研究院的发展进步？

研发管理是高度专业化的领域，有高度专业的知识、流程、制度的沉淀。一些世界顶级的研发公司，其高效的研发管理流程，成为想要技术领先升级的企业竞相学习的对象。三花中央研究院也在学习借鉴，"他山之石，可以攻玉"，我们还是要相信其他优秀公司在这条道路上探索验证过的成果，同时也要结合自身实际，好好消化吸收。

三花新的中央研究院大楼，计划容纳2000名研发人员。这是融工作、生活为一体的科研综合体。我考虑研发工作是高强度持续性的活动，工作起来没日没夜，哪里还分上下班，所以公司在保障研发设施与条件的同时，也要把他们的生活服务保障设施建设好，在研究院大楼内也要有放松休息的空间，锻炼健身的空间，端一杯咖啡就展开讨论的空间，免除科研人员忙起来的后顾之忧，可以集中精力搞研发，搞项目攻关，集中聚焦做出成果。

这是一种有益的探索。我们还可以进行更多的探索，让"科研疯子"们沉浸在科研中，让更多的"科研疯子"出现在三花中央研究院。我们的工作是，呵护好这些"科研疯子"，服务好这些"科研疯子"，尊重好这些"科研疯子"，让他们引领三花的科研创新，真正地疯起来。

这几年里，市场环境变化得越来越快，既有纯粹的市场竞争，也有不可抗的国际地缘政治与战略博弈因素。在这样的环境下，三花也好，中央研究院也好，更要坚守初心，与"势"同行，顺势而为，乘势而起。

幸运的是，三花中央研究院和三花一样，置身于全球竞争的市场中，与国际行业头部企业为伍，所以从未自我满足，而是始终傍着"大款"，探索着新潮流。在新能源汽车热泵、人形机器人关键部件等领域，三花又一次走在细分行业前沿。这一次，三花能够抓住"势头"走多久，我还在观察。时间会检验一切，我相信三花是时间的朋友。

战略导向取决于企业家的战略格局与战略定力。以前我也会感慨一些人的战略眼光不够。有一次开会的时候我说："三花要持续发展，只有一个'张道才'是不够的，起码要有三四个以上才行。"今后三花的发展，每个事业单元都可以发展壮大，都需要有战略视野、能组织经营的掌舵者。

　　一花独放不是春，百花齐放春满园。同样地，如果在三花中央研究院，能出现三个五个史初良，十个八个张荣荣，那三花中央研究院就不得了了！如果三花每个人都能发挥自己的创造性，成为独一无二的自己，不断超越自我的自己，从干部到员工，从高层到中基层，都能如此，那就更加不得了了！

　　我期待着那一天。

第三篇

三花常青

高瞻远瞩公司创业时,没有几家拥有伟大的构想……就像龟兔赛跑的寓言一样,高瞻远瞩公司起步时经常步履蹒跚,最终却赢得长距离的竞赛。

——《基业长青》

第八章
三花是棵什么样的"常青树"?

我的微信名叫"常青树",源自三花的文化"常青树"。

我年轻时候生活在农村,见惯了山水树木。我们新昌的深山里,就有百年甚至千年的常青古树。一棵树要常青不容易,除了要拥有旺盛的生命力之外,还要能抵御各种天灾人祸。天灾人祸属于不可抗力,但旺盛的生命力却可以靠自身努力去实现。

根要扎得尽可能地深,根基牢靠了,一般的风雨旱涝就不会造成致命伤害;树要枝繁叶茂,长得就要尽可能地高,把自己从"木材"变成更有价值的风景,让人们不愿、不忍、不能去伤害。

这样的树,十年就可以成材,百年就可以成为参天巨树,开始基业长青。中国有很多地方,都有千年的树木,大都成了名树、神树。说是"神树"并不是它通神,而是它经历了千载风霜,人们在它身上寄托了某种期待,希望它可以活得更长久、更美满。

三花是棵"常青树"

我们中国人喜欢用树来寄托期待,所谓"十年树木,百年树人""前人栽树,后人乘凉""树无根不长,人无志不立""人要心强,树要皮硬"……

我也喜欢用"树"来比喻三花,说"企业是树,人才是根。根有多深,树有多盛"。同样,也正是基于"树"与"根"的理论,基于我对"常青树"的偏爱,三花建立了"常青树"文化体系。

2011年8月1日,张亚波以控股集团董事局副主席的身份在2011年上半年度生产经营总结大会上作了报告。在报告的结尾,他发布了公司新一轮战略发展规划,详细描述三花文化的"常青树"体系。兹将原文基本照录如下:

当前,全球新的科技和产业革命正处在爆发的前夜,而我国加快转变经济发展方式、推进经济结构战略性调整也到了关键历史时期,三花需要直面新的重大挑战,发现战略性机遇,得出立足现实、面向未来的发展思路和规划举措。借这次半年度经营大会的机会,我将公司战略规划的基本内涵、目标和精神向在座的全体干部作一次简要的说明和宣贯。

一、公司愿景:发展节能低碳经济,营造绿色品质环境。

二、公司使命:通过专注、领先的技术,打造全球气候智能控制王国,引领世界行业发展潮流。

三、公司价值观:以人为本,持续创新,达到顾客满意,员工满意,供方满意,股东满意,社会满意。

四、公司"常青树"文化体系。

公司文化体系好比一株常青之树,树最顶端的企业愿景,是公司文化体系的最高引领思想;愿景下方的企业使命,是承接企业愿景的具体奋斗目标;而企业核心价值观是公司整个文化体系的支柱,即常青树的树干部分。同时,经营理念、经营方针、三花精神、三花作风,共同支撑起三花"常青树"企业文化的茂盛树冠。最后,常青文化树的根部,体现我们的人才理念——树根理论。世界上一切事业都是人干出来的,没有优秀敬业的人才团队,一切事业都是空的。所以,我们把人才放在整个企业文化常青树的树根部位,最深刻地表明人才在百年三花宏伟事业中最基础、最根本的地位。

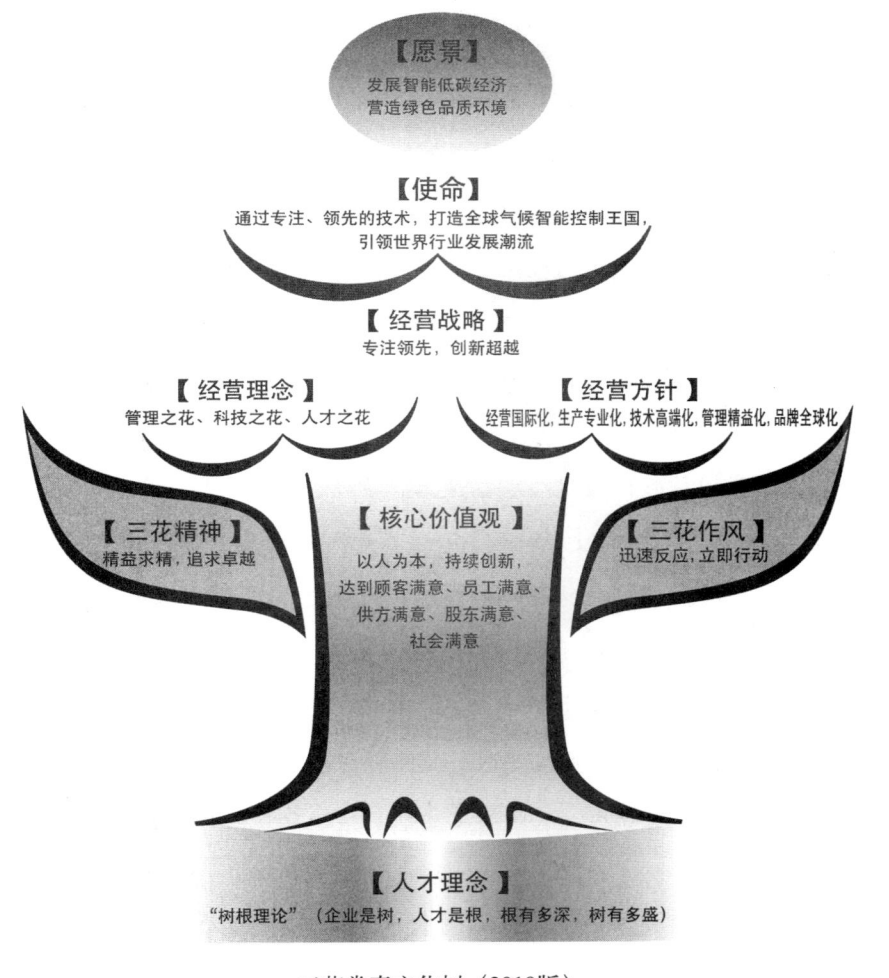

【愿景】
发展智能低碳经济
营造绿色品质环境

【使命】
通过专注、领先的技术,打造全球气候智能控制王国,
引领世界行业发展潮流

【经营战略】
专注领先,创新超越

【经营理念】
管理之花、科技之花、人才之花

【经营方针】
经营国际化,生产专业化,技术高端化,管理精益化,品牌全球化

【三花精神】
精益求精,追求卓越

【核心价值观】
以人为本,持续创新,
达到顾客满意、员工满意、
供方满意、股东满意、
社会满意

【三花作风】
迅速反应,立即行动

【人才理念】
"树根理论"(企业是树,人才是根,根有多深,树有多盛)

三花常青文化树(2019版)

这是三花历史上第一次以公司战略规划的形式，对"企业是树"进行了明确解释，解答了三花是什么树的问题。三花是一棵"常青树"。

这也是三花历史上第一次对"常青树"进行了明确定义和阐释，形成了完整的企业文化体系。

2015 年，常青文化树的经营方针发生了调整，改为"经营国际化，生产专业化，技术高端化，管理精益化，品牌全球化"。2019 年，根据三花业务结构的变化和战略方向的升级，愿景从"发展节能低碳经济，营造品质绿色环境"，调整为"发展智能低碳经济，营造绿色品质环境"，"节能"变成了"智能"。

最大的变化是在 2024 年。在经营管理实践中，张亚波和经营管理团队对企业文化落地应用的需求越来越多，不再满足于宣贯层次，更希望能往评价人、识别人、激励人方向去做管理应用，也就是能够"更加落地"。同时，全球化经营和数字化转型对公司管理提出了诸多新的要求，也需要企业文化内容作出与时俱进的相应充实。因此，2024 年 8 月，张亚波在集团上半年度经营大会上，作出了新的公司核心价值观与常青文化树的发布：

提炼优化集团核心价值观为"创造客户价值、守正创新、奋斗担责、多元共享"，对应"客户、创新、内驱"三个层面，并结合三花精神、三花作风，形成 3 个维度 5 项价值导向的诠释、关键行为要素、共性行为准则的体系；同时更新集团经营方针为"全球化、高科技、高质量、专业化、数智化"，优化常青文化树体系，使三花文化更适应全球推广和应用的需要，包括海外基地的推广落地。宣贯要以管理应用为导向，向评价人、识别人、激励人方向作推进，使三花文化更好用、更适用，发挥赋能管理、助力业务的作用。

优化后的三花常青文化树，是对三花近 10 年特别是近 5 年来管理实践的总结提炼，对核心价值观、经营方针的解读更加深化，比如核心价值观，就包括了词条诠释、行动要素、行为规范三个层次，从"为什么"到"是什么""怎样做"，让人更容易理解认知，也更容易行动和评价。而且语言都是"三花化"的，大家评价，"这很三花！"

"常青树"是我对三花的期待。作为创始人，毫无疑问我希望三花能够基

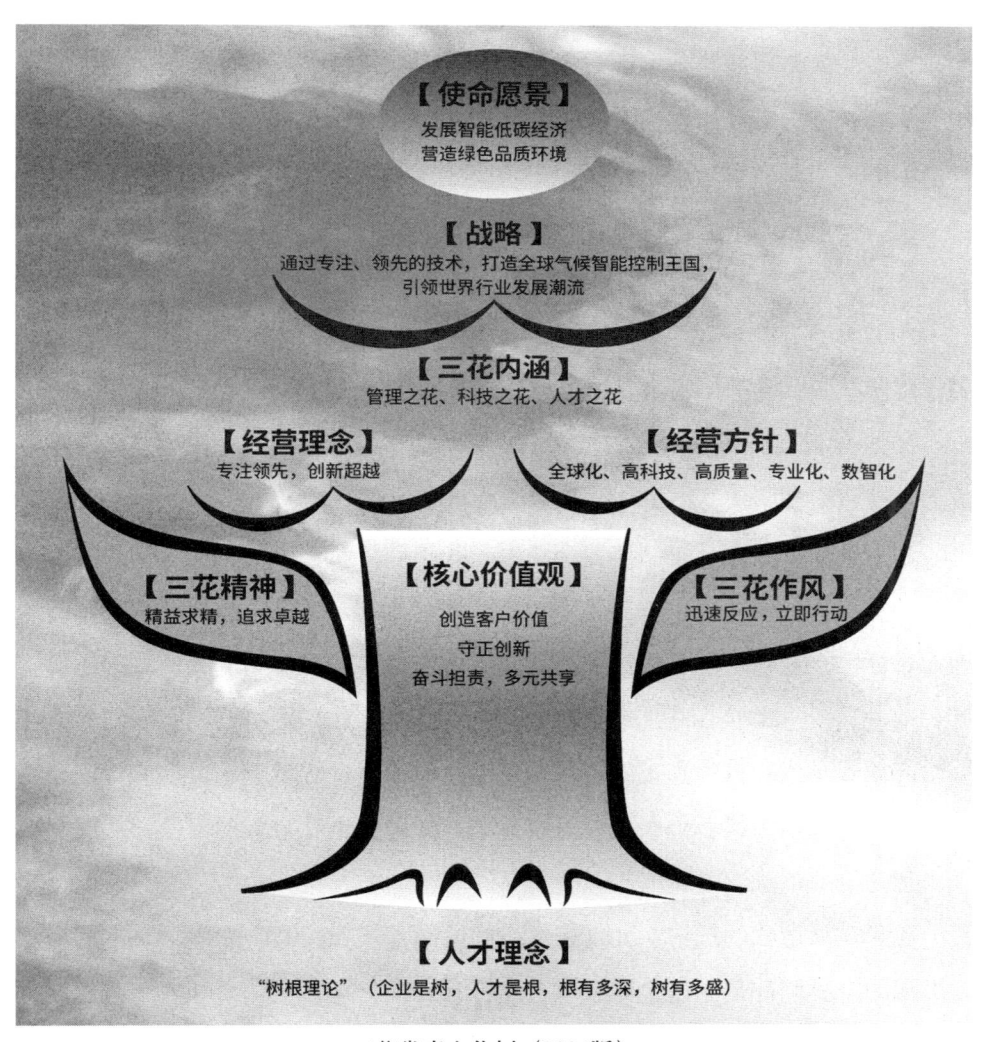

【使命愿景】
发展智能低碳经济
营造绿色品质环境

【战略】
通过专注、领先的技术，打造全球气候智能控制王国，
引领世界行业发展潮流

【三花内涵】
管理之花、科技之花、人才之花

【经营理念】
专注领先，创新超越

【经营方针】
全球化、高科技、高质量、专业化、数智化

【三花精神】
精益求精，追求卓越

【核心价值观】
创造客户价值
守正创新
奋斗担责，多元共享

【三花作风】
迅速反应，立即行动

【人才理念】
"树根理论"（企业是树，人才是根，根有多深，树有多盛）

三花常青文化树（2024版）

业长青，能够战胜时间的挑战，成为跨越周期的强者，成为百年企业，甚至像日本的金刚组（全球最长寿企业，有1300多年历史，专注于寺庙建筑）一样，传承千年而不衰。

因为长期，所以常青

　　张亚波向公司的管理层推荐一本书，《长期主义》。我对这个书名感到很亲切，于是也读起来，作者是霍尼韦尔前CEO高德威。

　　霍尼韦尔是一家从事自控产品开发及生产的国际性公司，宗旨是增加舒适感，提高生产力，节省能源，保护环境，保障使用者生命及财产，从而达到互利增长的目的。三花在某些方向上，与霍尼韦尔是类似的。

　　2002年高德威接手了霍尼韦尔。霍尼韦尔当时已濒临破产，公司所有人只关注眼前绩效，甚至不惜通过财务造假来达成目的。

　　2018年，高德威从霍尼韦尔离任。此时的霍尼韦尔已经完成了复兴，重新成为全球硬科技巨头，市值从原来的200亿美元飙升至1200亿美元。

　　作为企业家，尤其是制造业企业家，我很欣赏高德威的长期主义。霍尼韦尔是制造企业，高德威是杰克·韦尔奇式的企业家，是公司聘请的带有职业经理人特征的企业家，这就决定了高德威必须一边要关注短期业绩，一边还要坚持长期主义——这本书的副标题就叫"关注短期业绩，更要投资长期增长"。

　　高德威是我心目中真正的长期主义者，像一位忍辱负重、负重前行的布道者。这样的长期主义者会在关注短期业绩的同时，更看重长期增长，从而实现个人和公司的可持续发展。

　　我欣赏高德威的长期主义，很重要的原因是三花在某些方向上与霍尼韦尔是类似的。我们都是制造企业，不可能像互联网公司那样在短期主义与长期主义之间进行二选一，而只能短期选择短期主义、长期选择长期主义，用长期主义思维作为短期主义选择的标尺。

高德威一直认为，短期业绩和长期业绩并非一组矛盾，通过建立"智识严谨性"思维，在这种思维的指导下作战略部署，我们是完全可以同时拿下这两个目标的。短期业绩与长期主义不是一条线的两头，它们只是促进公司成长的两个不同维度，并不存在绝对的对立。

在三花的创业史中，我们也是像高德威一样作选择的。作为一家从新昌县西郊乡起步的社队企业，我们很多年以来一直把生存当作三花的目标，短期业绩对于三花而言，就是生命线。没有了生命线，三花就没有未来，更谈不上什么长期主义了，所以创业前期的三花，活下去才是硬指标。

长期主义者的观念与短期主义者不同的是，同样追求活下去，长期主义者会关注怎样活着才是更好的活，怎样活着才可以摆脱将"活下去"作为硬指标的被动路径选择。这就需要对未来进行长期的投资。

我创业伊始就一边给三花找"活路"，一边给三花找"真正的活路"。人们很多时候会觉得这两条路是背道而驰的，事实恰恰相反，两条路不但没有背道而驰，还是重叠的，只不过短期主义的路有既定的尽头，而长期主义的路是在同一方向上延伸到了更远。

长期主义的路没有尽头，这就要求我作为创始人，必须带领三花走上这条探索者之路。在探索的过程中，我意识到技术创新是三花能获得长期胜利的根本，就从管理、科技、人才三个维度着手，实现三花的能力跨越。

作为制造企业，三花的跨越最终着落在了产品上，这才有了与上海交大合作开发出的二位三通电磁阀、四代研发人员不断迭代创新的四通换向阀、带动三花进入汽车产业的汽车空调膨胀阀，更有后来三花中央研究院的诞生，以及电子膨胀阀、板式换热器、热泵集成模块和一系列新能源汽车热管理的创新成果，到了现在，还有了人形机器人控制部件、传感器、工控自动化智能驱动的新产品。

沿着这条路，三花继续向未来探索，会在热管理和智能控制两个领域都取得新的突破。这是毋庸置疑的，是三花长期主义的路径选择决定的，也是三花40年理念、技术、人才积淀所形成的。

所以，我们要关注的不应该是"长期主义是什么"，而是"长期主义是怎么形成的"。

何小鹏在给《长期主义》中文版写的序中说："放到当前我在小鹏汽车的管理上思考，就是大量、长期、结构性或底层的科技创新是构建中国和全球第一个核心差异的基石，之前燃油汽车的定位逻辑、本土运营逻辑仅仅更容易在短线和区域产生更大价值。"

小鹏是三花汽零的大客户。何小鹏也是我很欣赏的创新企业家。他对于"长期主义"的认知，自然是要关注的。我发现何小鹏的理念——用大白话说就是：为未来布局，你才可能赢；为现在努力，你才可能活；当前活着而不考虑未来，未来你可能活不好。这与我创业时的理念是一致的，说明真正的创业企业家，对待"长期主义"是具有高度一致性的。

最能体现三花长期主义思维的，一是我们对于市场经济的坚定信念，二是三花中央研究院的创建。

2008年9月，我与鲁冠球进行了一番长谈，回到公司后就提出"利用金融危机和经济低谷的时机，打基础、练内功，加强企业内部管理，筹建三花中央研究院，加快推进技术进步，加快推进新品研发力度"等加强企业自身建设的决策措施。

三花当时的多元化也有成功的部分，就是房地产，这是我们短期业绩的来源之一。房地产在当时承担着比较重要的使命，"主业遭遇暂时困难，房地产业要多作贡献"。

"这几年来公司通过房地产行业经营获得利润回报，重点支持三花中央研究院建设，提高公司自主创新的技术研发能力，推动公司战略转型，这是既定战略方针。"

三花成立中央研究院和我决策将房地产业务所获利润投入支持主业和中央研究院，是我"长期主义"的得意之作、神来之笔。无论是接待来访者还是内部会议上，我都会反复地提这件事。这既满足了一位老企业家的"虚荣心"，也通过反复强调加深了三花对长期主义的认知。

某种程度上，三花中央研究院也是我对自己的三个孩子进行的未来规划。张亚波是老大，张少波是老二，三花是最小的那个，还是"小女儿"。中央研究院，代表着"小女儿"的未来。

做父亲的，对"小女儿"往往就会更加宠爱和关心。而张亚波也把三花当作自己的"妹妹"，作为长兄，负有一份看护照料的责任。

张少波现在负责集团金融投资与房产业务的经营，也是三花新经营团队的重要成员。他的主要责任就是把好东西都让给"妹妹"，用房地产和金融投资业务所获利润，让"妹妹"吃得好、穿得好、长得好，打扮得漂漂亮亮的。

这几年房地产和投资市场剧烈震荡，尤其房地产市场，很多家产业巨头都轰然倒地，少波这个小哥哥也干得"苦哈哈"的。有人半开玩笑说他从一位鲜衣怒马的公子哥变成了憔悴辛劳的中年男。我虽然很心疼他跟张亚波，但心里还是觉得，他们为自己的"妹妹"付出，是应该的。

如果说我是三花"长期主义"的开创者的话，张亚波管理团队可以说是三花"长期主义"的系统集成者和继续发扬者。

我是靠对市场的直觉形成了"长期主义"理念，并且将它作为价值观和战略来对待，具体到三花的实践中，形成了"专注领先"的战略。专注就是我们聚焦于热管理，深耕细作，不断探索高附加值的"富矿"；领先就是通过我们的长期投入、长期耕耘获得长期的领先优势。这也是我前面所提到的，可以摆脱将"活下去"作为硬指标，而是追求怎样活着才是更好的活。

这方面，张亚波为首的管理团队显然做得更出色。亚波有个观点：价值观

创造者之路：张道才述

2016年5月21日，央视焦点访谈栏目以创新发展为主题采访张亚波（右一）

与实践的高度一致才有长期主义。这几年他一直不遗余力地在企业中推行"长期主义"。

有一次接受采访，他说："企业拥有战略定力，才能有持续的盈利。三花这几年克服种种困难和挑战，能始终保持增长，就是因为我们对这些高成长性的市场，提前几年作了预判和战略布局。"

"围绕绿色低碳、全球化这些非常确定的发展趋势，企业再深入研究客户需求和市场的趋势性变化，找到适合自己的商机，落实在产品和服务的开发上，然后聚焦再聚焦，务实再务实，快速响应市场需求，就一定能实现符合自身实际的发展。"

对于三花的未来，三花管理团队看得非常清晰。张亚波说："三花是一家靠研发吃饭的企业，核心聚焦点，还是在开发具有优异技术性能、能满足客户更多需求的产品系列。我们将继续坚定把握这一战略基调，提前布局，注重长期主义的经营，加快研发投入，做好产品开发储备。"

三花的战略定位也好，"常青树"文化也好，从来没正式提到"长期主义"，但三花40年来的创业历程中，"长期主义"一直存在，并且深入三花创业者的骨子里。对于三花来说，"长期主义"就是没有被定义的价值观、没有被命名的战略，是不可改变的文化逻辑。

有些东西在三花已经不需要进行过多阐释，仅从字面上大家就可以理解它的内涵。"长期主义"正是如此。它已经成了三花文化的一条主根。

三花的常青树怎么长、长多高，这条主根都会持续地发挥它的影响力。这是我所坚信不疑的。

三花要成为一棵与时俱进的常青树

我给微信名取名"常青树"，不是奢望自己可以常青，而是对三花充满期待。我们第一代民营企业家终归是老了，不可能挑战生命规律，跨越生命周期，但企业却可以。后来，我就写了这样一副对联："聚人才铸就长青基业，重科技打造百年三花。"这是我的总结，也是我的心愿。

我们能为自己创立的企业、自己经营的事业所做的，就是老当益壮、老而弥坚，"老骥伏枥，志在千里。烈士暮年，壮心不已"。未来终归需要年轻人去创造，现在是以张亚波为首的管理团队，未来肯定是更年轻的一代"三花人"。唯其如此，三花才能传承文化血脉、延续创业精神，成为百年三花。

十几年前，因为"常青树"文化体系，我关注到了《基业长青》这本书，常青与长青同音，表达的内涵也极为接近，所以我就想看看《基业长青》里有没有什么可以学习借鉴的东西，也看看那些欧美的大公司是如何做到基业长青的。

最初读的时候，我只记住了两句话，这两句话让我产生了共鸣。

一句是"要把公司本身当作最终的创造"。我一直说，企业家是创造者。企业家创造了什么，首先是企业。企业家"要把公司本身当作最终的创造"，要专注于企业本身，而不是分散精力去搞太多的其他社会实践，我认为那些行为不叫社会责任，而叫个人情怀。

社会责任是什么？我觉得企业家的第一社会责任应该是回归到企业的本质，要把企业做好，"把公司本身当作最终的创造"，而不能把个人情怀当成社会责任，更不能当成企业的社会责任。

我并不认为一位能不断创新的企业家，为市场提供好产品、为社会提供就业机会、为国家缴纳利税、为股东创造利润，其创造的价值会逊色于一位天天做企业之外的好人好事的企业家。恰恰相反，我认为前者更接近企业家的本质，是一位真正的创造者。

《基业长青》中引发我共鸣的另一个观点（结论）是：伟大的企业不靠伟大的构想起家。与其拥有一时的绚烂，倒不如选择长久的耐力与时间。

三花创业至今已有40年。在漫长的历史进程中，40年不长，可谓只有一瞬；在一家企业的历史中，在一个人的一生里，40年不算短，到中年了。

三花初创时没有"伟大的构想"，就是一群农村人想寻找出路，从最苦最累最没技术含量的小产品起步，在市场中慢慢摸索，不断成长，最终找准了自己的位置，开始了漫长的征途。

"长久的耐力与时间"正是三花以及跟三花一样出身低微、没有资源禀赋，全靠自己探索出路的第一代民营企业的唯一选择。这当中的区别是，三花依靠"长久的耐力与时间"已经走了40年，还要继续走下去，小目标是100年，即"百年三花"。而同时代大部分企业已经或主动或被动地停下了脚步，很多探索者被市场淘汰，成为历史的注脚。

三花没有创造"传奇"的野心，但有依靠"长久的耐力与时间"走下去的勇气。在现成的道路上行走，我们依靠的是方向感，只要方向对了，剩下的就是坚持往前走。企业家就是给企业提供方向感的人。

三花就这么走了40年，走着走着，突然发现有些领域前面没人了，也没有路了，不仅同行在身后了，一些客户都和我们在同一区域摸索前行了。新的细分行业在孕育，技术路线和行业标准不确定，行业未来面临多种选择。某种程度，我们走进了"无人区"。这时候我们只有两个选择，探索一条出路，或者走"回头路"。

三花不可能走回头路，真正伟大的企业都是像华为那样不断在"无人区"里的探路勇士。在热管理领域，三花有责任，也有能力在自己涉足的细分化的无人区进行探索，这是产业领导者的使命。

三花是一家有愿景和使命感的公司，自从我们萌生出了"东方丹佛斯"的念头，愿景和使命感就出现了。但是三花人务实、低调，不会用那些时髦的词汇，也不会搞虚头巴脑的东西。

不止三花如此，第一代民营企业大都如此。我们那代创业者大都出生在农村，文化水平不高，我一个高中生算是里面的高学历了，很多都是初中毕业，甚至有不少人都没怎么读过书。

我们的创业行动不是理论指导出来的。我们的事业是在经营实践中被市场筛选出来的。我们相信市场的力量，是坚定的市场主义者，所以我们所有的"理论体系"都是市场，都是一个个实实在在的市场动作、一句句朗朗上口的大白话、一个个简单直接的指令……对我们来说，核心理念就是：市场导向，科技先导，质量第一，效率优先。这听起来一点儿也不像是一家有很高大上的愿景和使命感的公司。

但是三花很快就有了自己的愿景和使命感，只是没有后来进行定义和解读的文字，也没有具象为今天那棵"常青树"。愿景和使命感在我们日常的言谈中，在我们的每一个创造行为里，更在我们心中。

我们开始有了"三花"的逻辑。管理之花、科技之花、人才之花，"三花"是三花的底层架构，是基于市场形成的逻辑，是基因。依靠这样的底层架构构建未来，只要走的是正道，大方向不错，不在改革中犯错误，三花的愿景和使命感就会慢慢被提炼出来，挂在墙上，也刻在我们心里。

真正促使我下决心将三花的"常青树"培育出来，将愿景和使命定义出来的，是发生在2008年的两件事。一件是我们投资的南望公司出了事，另一件是我与鲁冠球进行的那场交流。

这两件事，一件促使我反思，在过去的几年中，在三花热火朝天搞多元化、看起来风光无限的几年中，我们忽视了什么？我们做错了什么？毫无疑问，我们走了弯路、走了岔道，不专注，没做到专注领先，背离了核心理念。

另外一件事，让我对未来进行了思考和探索。这个思考和探索是与三花核心理念相匹配的，是专注领先的正道，是个"胆大包天"的目标，需要冒险，更需要"长久的耐力与时间"。

我这个人做事情，都是先做再说，事情还没做就到处说，那是吹牛；事情做得差不多了，说起来就有底气。我下定决心做的第一件事，是建立三花中央研究院。

三花中央研究院到今年正好15年，这15年里，它是三花的动力源，是三花的火箭推进器。我对三花中央研究院寄予厚望。火箭推进器通常只有三次加速，我希望三花中央研究院能够持续不断地为三花提供加速，三次之后有四次、五次、六次，要把提供加速变成一种常态。

另外一件事，就是在2010年组织人马制订公司五年经营计划（2011—2015）和十年发展规划（2016—2020）工作。这件事其实就是以文字形式固定阶段发展目标、战略路径和战术选择，形成企业文化，最终确定成为三花的

"常青树"文化体系。

说穿了，建立三花中央研究院是养兵，三花要建设一支自己的战略特种部队；接下来要干的事情自然是战略规划，即五年计划与十年规划的编制，就是战前的确定路线，统一思想。

三花的"常青树"已经成长了40年，"常青树"文化体系也建立了十几年。这十几年里，我时常会思考一个问题：

三花的基业长青靠什么？

一是靠人，管理、科技、人才，以人为本，统领"三花"；二是靠精神，为低碳智能的愿景而奋斗的创业精神；三是靠核心理念，要专注领先，创新超越。这三点，用大白话说就是：谁去做？为什么做？怎么做？

我记得有位老企业家说过，看事要一眼看到本质。做人做事，一眼看到本质，那就活明白了，也才会做明白了。我们经营企业、参与市场竞争，更要有一眼看到本质的本事，这样才会少走弯路，少犯错误。

企业始终走正道，少犯错，有方向感，又有勇气和耐力，就可以走得久、走得远。我觉得这就是"长久的耐力与时间"。

三花是一棵"常青树"，我希望三花所有人都能在"常青树"文化体系下，在三花的平台上，不断提升、实现价值。我们也必须意识到，树是不断生长的，三花也是在不断发展变化的，"常青树"文化体系也会发生局部改变。

三花要成为一棵与时俱进的"常青树"。

这棵"常青树"是活的，不是塑料盆栽，不是一成不变的，是每时每刻都在动态变化的。这些变化有好有坏，我们期待的是它所推进和发生的变化，是好的变化，至少大方向是好的。局部的细微问题可以交给耐力与时间去解决，也可能会被高瞻远瞩的管理者发现，提前解决。

《基业长青》中也有一段关于树的描写："如果你在一株树上添加足够多的新树枝（变化），并且聪明地修剪掉枯枝（选择），那么你可能使其长出生机勃发的枝条，且它们极有机会在持续变化的环境中枝繁叶茂。"[1] 这个观点与"常青树"动态变化的观点不谋而合。"常青树"是活的，有生命的，每天都在成长变化。大家一起松土、除草、浇水、施肥，它就会长得快一些、茂盛一些；大家如果不能达成共识，不能步调一致，你松土的时候我浇水，我除草的时候你施肥，"常青树"就会被折腾得长不好。

企业文化不是构想出来的，也没有什么顶层设计，而是在经营管理的实践中，顺应市场竞争的实际需要所自然产生的，是一种扎根实践、高度凝聚的共识。"常青树"就是三花人的集体共识。企业文化要能真正影响企业、凝聚企业，首先要大家形成共识，心往一块想，智往一起聚，劲往一处使，力往一处用。

企业文化是企业多年不断积累形成的价值信念体系和行为规范准则，是企业发展的灵魂。企业文化最重要的载体，应该就是人才。三花企业文化的建设，就是坚持以人为本，以奋斗者、创造价值者为本，培养、教育、造就一大批新型三花人。这是三花事业永续兴旺发达的根本保证。

三花要适应这个急剧变化的世界，要发挥自己最大的潜力，就必须致力于建设一种通过满足客户需要来保障企业利益包括员工、管理层和股东利益的文化，一种提倡变革、鼓励承担社会责任的文化，一种为高素质人才提供发展机会充满吸引力的工作环境的文化。唯有具备雄厚的企业文化力量，三花人才能在未来立于不败之地。

三花初创时期，我个人能力起到了很大作用。我就像一个报时者，别人不知道时间，而我知道时间，我告诉别人这个时间该干什么事。企业要想基业长青，领导者就必须从报时者转为造钟人，造出一口钟放在企业里，大家看着这个钟就知道现在几点，该干什么了。

---

[1] 〔美〕吉姆·柯林斯，杰里·波勒斯：《基业长青》，中信出版社2006年版，第160页。

所以很长时间以来，我一直在思考：作为创始人，我为三花留下了什么？我应该是从报时者转型为了造钟人，因为我为三花留下了"常青树"，奠定了企业文化的基因，建立了企业文化的体系。

一个家庭之所以成为家庭，依赖的是血缘；而一个组织之所以能够成为组织，依赖的是文化，是共同的愿景、使命和价值观。愿景、使命和价值观是一个组织区别于另一个组织最主要的东西，也是我们这些人努力创造、奋发图强的意义所在。

理解了我们的愿景，理解了我们的价值所在，我们存在的意义，我们就会形成真正的文化，从一朵花变成三朵花，从三朵花长成为一棵树。这就是文化的力量，是"常青树"要给三花带来的繁盛。

我相信三花人一定可以做到。

第九章
三花的创新与企业家精神

"要是中国经济再多一批像三花这样专注经营、技术领先的企业就好了。"这是 2013 年 10 月 26 日下午,吴敬琏教授对三花考察后的勉励。这句话的分量很重,一直沉在我心里,压着我与三花在"专注领先,创新超越"的道路上努力地奔跑。

吴敬琏教授说出这句话,是在他偕夫人周南,与朋友及助手一行到三花考察结束之后。吴敬琏教授看了三花的产品展厅,参观了当时我们设备最先进、生产最自动化的汽车空调热力膨胀阀车间,考察了刚成立运营 3 年的三花中央研究院,参观了所有重点实验室,听取了正在研发的所有战略产品项目的介绍。我全程陪同,像"献宝"一样把我最珍视的发展成果向吴老逐一呈现。

吴教授始终关心中国经济的转型升级,他觉得我们国家经济当时的难点就是产能过剩,重复投资太多,技术落后,没有同市场要求相符的好产品,而根源在于粗放型的经济发展模式,出路在于要向集约型方向发展,促进技术进步,

张道才（右二）向吴敬琏教授（左三）展示三花创新产品

吴敬琏教授（右）和张道才（左）交流中国经济与产业的转型升级

提高全要素生产率，因此呼吁国家要加快建立统一开放竞争有序的市场体系，中国企业要从制造环节向研发、营销的高价值环节转型升级。在那一天的下午，他看到我们是真正地重视研发和国际化，所以比较看好我们的这一点。他还深有感触地说，作为一家民营制造企业，能高强度地投入巨资研发企业战略性发展项目和产品，这个决策思路无疑是正确的。

我后来在给吴教授的一封信中说："您当时给予我们这样高的肯定和支持，很出乎我们的意料，但三花接下来10年的加速度发展，充分验证了您的肯定：正是当时三花研究院战略研发的新能源汽车热管理系列产品，在产业化后迅速推动三花走到了世界行业前列，同时也实现了在全球生产经营的布局，所以三花旗下上市公司三花智控的市值也从当时的60多亿上升到了2022年之后的1000亿以上！"

作为中国市场经济的开拓者，吴敬琏先生一直有着"吴市场"的绰号。他曾回忆说："我在1990年7月的一次会议上跟人们进行了一场激烈的争论，有位领导同志还在我的报告上批示：'市场就那么灵吗？'会后人们叫我'吴市场'，其实当时是一种贬义。"

历史进程最终还是给予了"吴市场"公允的评价。吴敬琏先生对于市场经济的认知、开拓和坚持，深深地影响了我们这代创业者，尤其是浙江的创业者。

吴敬琏教授曾说，浙江是一个具有炽烈企业家精神的地方。他看到的是改革开放大潮下，浙商们展现出的勃勃生机和"四千精神"，是我们一心创造价值的创业冲劲。我们看到的是一个国家的复兴与崛起，一个未来市场的诞生和我们所创事业的无限可能性。

吴教授是坚定的市场学派，我是坚定的市场主义者。1997年，我曾有机会就"市场"问题与吴教授进行了两个小时的交流，探讨"什么是中国最大的市场"这个大课题。在企业经营实践中，市场就是我的道，创新与企业家精神就是我与我的同路人的"天命"。

企业家精神就是"天命"

我在1984年正式执掌三花,如果从那时候算,三花四十岁,正值不惑。我那时候三十出头,而立之年。四十年下来,年逾古稀,到了《论语》中所说的"从心所欲,不逾矩"的时候了。

《论语》中记载,孔子说:"吾十有五而志于学,三十而立,四十而不惑,五十而知天命,六十而耳顺,七十而从心所欲,不逾矩。"大致意思是,孔子十五志于学问之道,三十岁立了道,四十岁已经面对所有问题而不困惑,五十岁觉察到了自己的历史使命,六十岁可以包容世上一切观点,七十岁能够收放自如不出格,纵横于天地自然之间。

我们今天使用的关于年龄的成语,三十而立、四十不惑等等,都出自这句话。我创业时,三十而立,立了三花这家公司,成为我毕生事业,如今七十多岁了,虽然做不到"从心所欲,不逾矩",但判断潮流趋势、产业脉络,做到一眼接近本质,这样的经验还是有的。这就是时间的力量,时间长,看得多了,又用心去看,自然就看得更清楚了。

三花如今正是"不惑"之年,对自己的道路不再摇摆,就能坚定地走下去,走着走着,就知道了自己的使命。我也是这么走过来的,创业、打拼,与三花同行,一步步成长,知道了我们这代人的"天命"。

我们这代人,是改革开放后中国的第一代民营企业家,从"三无企业"走到今天,成为细分领域的领导者,更有出类拔萃之辈,在全球范围内开创了新产业、新领域,改变了产业格局。

我们的"天命"是什么?

我觉得有两点,行为上就是进行企业实践,不断进行市场探索、创造价值。这也是企业家被称为创造者的主要原因;理念上来看,就是要摸索出一套中国的企业家精神,形成共识,使之能够在更长期的企业经营实践中可借鉴、可复制、可传承。也就是说，企业家精神就是"天命"，知天命就是找到企业家精神。

改革开放以来，中国经济的高速发展让企业家精神从学界共识变成了社会共识。大家普遍认为，企业家作为一种稀缺资源，是决定企业发展的"关键少数"。企业家精神就是企业家这种稀缺资源的特殊禀赋，是重要而特殊的无形生产要素，是企业核心竞争力的灵魂。

在三花的创业历程当中，"企业家精神"这个词出现得比较少，第一次出现还是别人说起三花所提及——2007年3月8日，三花与丹麦丹佛斯的合资公司举行厂房奠基仪式，丹佛斯总裁雍根·柯劳森在致辞中说："我们两家公司具有很强的协同优势，三花和丹佛斯的公司文化都具有深入人心的企业家精神、创新精神、团队合作与开放的精神。"

"企业家精神"在三花出现得晚，并不是三花不具备，恰恰相反，三花一直是企业家精神的实践者。从行为上看，三花从诞生之日起便具备了企业家精神。

"企业家精神"在三花的较晚出现，与三花产权结构和我们的行为习惯有关。三花是社队企业出身，早期是集体所有制。确切地说我当时的身份不是企业家，而是经理人，是以经营者的身份代行所有者的权利与义务。在改革开放初期，各种思想交锋的背景下，即使做的是企业家的事，我们也不可能自称为企业家，更不可能谈论什么企业家精神。

另外一点是，我们那代人的习惯是多做少说，说自己少，说企业多。我们经历过那个特殊的年代，所以经营企业的时候更是战战兢兢、如履薄冰，生产制造、市场开拓可以创新，但讲话发言都是谨小慎微，生怕因为自己的不慎对企业产生伤害。我们也不习惯说自己，而是希望多讲企业、讲集体、讲技术、讲产品。如果自己把自己夸出花来，但没有好产品、好技术，市场不认可，都是白搭。

所以，我们那时候的企业家精神是隐性的，是潜藏在另一个词之下的。这个词第一次出现，是在 1990 年 1 月 6 日，我的《在冷配厂五年承包（1985—1989）总结表彰大会上的讲话》：

在新的一年中，要始终保持改革创新意识，艰苦奋斗的创业精神，没有改革创新和艰苦奋斗，不会有事业的成功。当前越是在企业已取得较大的成绩，或者遇到新的困难的时候，越是需要发扬那么一股改革创新和顽强拼搏的精神。这种精神在当前集中表现就是要满怀信心，积极主动地进行企业内部治理调整，团结一致，带领广大职工风雨同舟，依靠集体的力量，渡过难关。

我用了"创业精神"这个词。这肯定不是我第一次使用这个词，却是我第一次在三花历史上的重要时刻使用这个词。我用这个词替代了"企业家精神"，用集体替代了个人。

这不重要。重要的是，那时候，我应该知道了自己和三花的"天命"。那时距我第一次出国考察回来只有半年。那趟考察，我看到了未来中国的巨大潜力，萌生了"东方丹佛斯"的目标。

丹佛斯代表了当时世界制冷行业的最高水平。在追求零碳发展的新时代里，丹佛斯总部在 2022 年实现了碳中和，它的目标是整个丹佛斯全球机构在 2030 年实现彻底脱碳发展的战略目标。

这是一个宏伟的目标。在追求碳中和方面，三花与丹佛斯的目标是一致的，但丹佛斯显然走得更快。无论作为前辈还是作为对手，丹佛斯都值得我们尊敬。三花讲"创新超越"，超越的目标首先就应该是丹佛斯这样值得尊敬的对手，然后是超越自我。

在 1990 年年初，我与三花都理解了自己的"天命"。我们要以创业精神驱动，成为像丹佛斯那样的公司，建立一个产业，关联一个领域，用一个个产品点，形成产业线，汇出三花的基本面。这个基本面，在 20 世纪是制冷配件，现在是热管理，未来是温度控制与智能驱动。

我们这代人，大多读书不多，认知世界靠的是阅历和总结，不善于用时髦的词汇来表达，很多观点说出来都显得比较"土"。我从来不介意自己的观点土不土，我介意的是它是否触及了企业经营的本质，是否管用（这也是我为什么一直对马斯克的第一性原则思维极其推崇的原因）。我们这代人，都是改革开放的学生，本质上是实践主义者，摸着石头过河，不管黑猫白猫，抓住老鼠就是好猫。

实践出真知。真知未必时髦，但一定触及本质，简单实用。发展才是硬道理，管用才是硬指标。作为企业家，如果不能坚持这个基本原则，就不可能具备什么企业家精神。

我们回到企业家精神。

经济学家熊彼特是最早论述企业家精神（也称创业精神）的经济学家。他认为创新是经济发展和进步的核心动力，市场经济长期活力的根本在于创新，而创新则来源于企业家精神，来源于企业家通过重新组织资源来开发新的产品，创造新的生产过程，这是一个创造性破坏的过程。

企业家精神有时被熊彼特描述为"独特的理性精神"，并被他确定为经济发展的最主要动力。在熊彼特定义中，"企业家精神"的要义是：首创精神、成功欲、甘冒风险、精明理智和敏捷以及事业心。

这当中，我觉得事业心对于企业家是最重要的。事业心最能代表"创业精神"。用管理学家们的说法，这样的企业家精神可以使本行业的小公司后来居上，超过强有力的领头的大企业。

三花的发展历程很好地证明了这一点。

三花初创的时候是"三无企业"，早期的年利润只有几十万元人民币，以当时的汇率，折合成美元也就几万十几万美元，甚至比不上丹麦丹佛斯、美国兰柯一位高管的工资。就是在这种企业基础和产业背景下，我们用自己的事业心、靠着创业精神，不断进行各种创新与改善，最终成功收购了美国兰柯的四通换向阀业务，成为丹佛斯最强大的竞争对手之一。

今天的三花，确切无疑地成为"超过强有力的领头的大企业"，成为首创出一个细分产业（新能源汽车热管理）的领导者。这点我们不用过于谦虚。虽然我们的管理、科技、人才依旧需要不断提升，但我们确实通过对制冷部件产业的创新式发展，拓展成为制冷家电和新能源汽车热管理产业的领导者和产业标杆。

三花在自己还是小公司的时候，就迸发出了企业家精神的巨大能量。这也是企业界的现状，小企业因为历史负担小，往往比大企业更愿意冒险，也更富有创新意识，所以呈现出的企业家精神就更强烈。

而当三花已经不再是小公司，成为全球细分产业的领导者之后，就意味着一场挑战来到了：企业和企业领导者如何继续保持、进化身上的企业家精神。

我相信我们可以从小企业身上看到企业家精神，同样也可以从大企业的身上看到。三花如今的管理团队所进行的各种创新，很多都是企业家精神的呈现。与我初创三花时相比，他们现在的创新条件更好、资源也更丰富，但同时他们的创新也更加系统化、全面化，而不是像我们当初那样，只能集中资源进行点的突破。

这是三花发展带来的变化，同时也对他们提出了更高的要求。所以，未来三花如何继续秉承企业家精神，关键点就在于三花如何保持创新的活力与可持续性，如何与时俱进地"专注领先，创新超越"。

三花的创新之旅

我曾思考过一个问题：三花创业的40年当中，我在各种场合的发言、报告、访谈，使用最多的词是哪一个？在让助手检索了三花档案的电子版之后，我找到了答案：创造。我又好奇地想：我使用第二多、第三多的词是哪几个？答案是：创业和创新。

然后我便思考，为什么这三个词会成为我使用频率最高的词？为什么它们会形成这样一个排序？

通过这些词汇在档案中第一次出现的顺序，我得出了一个结论。创造应该是企业的唯一动作，创造产品、创造价值、创造利润……三花自诞生那天起，每天都在创造，每个人都在创造。创造就是我们最正常的动作，跟每天的吃饭、喝水、睡觉一样。如果失去了创造的能力，企业也就失去了存在的意义。

我前面有个结论，三花之道就是创造，那是从企业经营层面来看。如果回归到"道"的本义，创造更是三花之道，是三花最自然、最本质的东西。

经营行为的本质是创造，企业家是创造者。苹果的乔布斯、微软的比尔·盖茨、特斯拉的马斯克，这些人在经营行为上的伟大，不是因为他们发明了什么，而是因为他们看到了在某些交叉领域存在着巨大的空白，他们在这个空白中创造出了需求和针对需求的产品。比创造产品更伟大的，是创造需求。

"创业"这个词在我的发言中出现得稍晚一些。这是因为改革开放初期，我们作为乡镇企业，在产权归属集体所有的情况下，"创业"这个词并不适用于我个人，而只适用于作为一个集体的三花。这就像我们那个年代读柳青的《创业史》，读到的是一个群体的创业，与我们后来理解的企业家创业大相径庭。

大概在20世纪80年代末90年代初，我开始在讲话中频繁使用"创业"这个词，一方面是因为"创业"已经开始渐渐被社会所接受，成为通用词汇，另一方面是因为三花准备启动股份制改革，我们这些人未来会拥有自己的"业"。现在，创业变成了全民通用的词，创业已经成为我们的习惯。

"创新"这个词的开始使用时间与"创业"差不多，但早期频率稍低于"创业"，后面则远远超过了"创业"的使用频次，尤其是在我提出了"从成本领先到技术领先"口号，三花确定了"专注领先，创新超越"的经营理念之后，"创新"成为我们的日常行为。当然，这也与"创业"与"创新"使用场景的差异有关："创业"更偏重于宏观和理念，大多使用在讲大道理的时候；而"创新"既是理念也是行为，大道理和小道理都需要"创新"。

我在这里要重点讲一下创新，也是这个原因。有本管理经典叫《追求卓越》，核心观点是创新，企业应该成为一部"创新机器"。这种观点对我们这代人来说，符合实践经验的认知，简洁、明晰、有力、实用。越是简单的东西就越接近本质，像创新、企业家精神、价值观、战略等概念，它们最终能够在长期的经营管理中沉淀下来，就是因为触及了经营行为的本质。

我们现在回顾三花的创业史，不难发现这就是一部创造史，也是一部创新史。

我前面说，创新既是一种理念，也是一种行为。三花初创时期，首先凭自己的感觉进行探索，摸着石头过河。没有产品，我们去市场上寻找新产品；没有技术，我们与上海交大等外部机构和专家合作，寻求技术突破；没有人才，我们通过外部引进人才、内部培养人才的方式，打造了人才队伍，创新了人才体系。慢慢地，我们对创新形成了自己的理解和理念，就是要永不满足现状，持续改善进步，要"每天有进步，每月前进一小步，每年跨上一大步"。

著名企业家杰克·韦尔奇就曾指出，在商业领域，最好将创新定义为每个人都可以做到的"渐进式改进"，只有这样，才最有可能实现创新。创新可以是，也应该是一个循序渐进的、持续不断的、正常的事情。

他的这个观点，与我的观点是一致的。创新首先是跟自己比，不断地革新、改进和提升，就是创新。

后来我们进入了新能源汽车热管理领域，看到了特斯拉的创新。这种从第一性原理出发的颠覆式的创新、极致快速的行动，向极限挑战，把不可能变成可能，让全球新能源汽车行业发生了极其快速的革命性变革。这给了我极大的震撼。在骨子里，我觉得三花和特斯拉很像，都有着极强的创业精神，绝不满足现状，快速反应，以"快"制胜。所以我首先对三花汽零提出要求，要求向特斯拉学习，学习它的快速反应和极致创新，紧跟全球行业顶尖客户与最前沿发展趋势，集中力量确保客户战略项目的成功开发和顺利推进，在过程中不断提升自我，实现超越。三花汽零也确实做到了这一要求，把不可能变成可能，使三花在新能源汽车热管理领域领先开发，走到了行业前列，热泵集成模块更是实现了首创开发。我接着提出了要求，**"在创新上，关键是要形成三花自己的特色、研究和技术亮点，把技术与产品研究深、研究透，然后把产业做深做强"**。

经济学家比较喜欢将创新定义为"创造性破坏"。"创造性破坏"破坏的是老组织、老方式、老市场、老技术、老产品，创造的是新组织、新方式、新市场、新技术、新产品。破坏只是方法，创造才是目的。

但是"破坏"一定是痛苦的，小破坏小痛苦，大破坏大痛苦。这也是为什么不少企业和企业家理念上知道要创新，实践中却不愿进行创新，特别是在企业经营正常、日子好过的时候。创新需要进行持续的变革，而变革不一定意味着马上有收益，却一定意味着更多的问题。避免问题最好的办法就是安于现状。

问题是，你不改变，潮流会推动你改变。如果潮流都推不动你，你就会沉下去，被潮流冲走。世界上有很多这样的企业，就是被潮流冲走的。有的企业甚至技术创新完成了，但是为了逃避新产品、新市场和新方式带来的痛苦，墨守成规，最终被潮流席卷而走。

最有名的是柯达，数码相机是它发明的，但胶卷市场利润空间太大了，丝毫没有动力去革自己的命。其他相机企业通过技术创新很快完成了市场创新，结果就是柯达破产了。柯达是死于没有技术能力吗？不是。柯达是死于成功路径依赖，死于思维僵化，死于畏惧创新。

回到三花自身。在新能源汽车变革就要来到的前夜，如果三花和其他行业企业一样，仍然满足于传统汽车部件行业的开发节奏和要求，不愿意跟随新客户的要求而作出改变，那我们也会错失行业变革的机遇，留在原来的行业位置艰难生存。

甚至可以追溯到更早的时期。2007年，三花收购了美国兰柯的四通换向阀业务后，成为全球四通换向阀绝对的老大，相当于柯达当时在相机、胶卷领域的地位。但我那时候感觉到了危机，认为必须创新，要"从成本领先走向技术领先"。成本领先就是我们此前的成功路径，如果我们坚持路径依赖，只依靠成本领先，就会在日后的竞争中越来越被动，柯达的例子就会是前车之鉴。

我比较喜欢那种把"创新"当作一种常态的行为。常态意味着它是持久的、一以贯之的，创新就要在理念与行为上同步，相互刺激、相辅相成。

三花的创新理念可能是与生俱来的，是市场倒逼出来的；三花的创新行为，可能也是市场倒逼出来的，是创新理念推动出来的。

我们的第一款技术创新产品，是1986年开始研制的新型热力膨胀阀。这款带MOP混合充注的新型热力膨胀阀，节能节材，填补了国内空白。

这是我们的第一次技术创新。这一创新行为的背后，是我们与上海交大合作进行了共同开发，研制小组既有上海交大的专家教授，也有三花的老师傅，我的理解是这是三花的研发组织创新，同时也是一种模式创新——没有技术和积累的三花如何搞研发？模式创新帮助解决了这个问题。

从此之后，三花开始了在技术创新、模式创新上的"双向奔赴"。沿着这样的创新路径，三花的创新理念与创新行为走在同一条路上。理念在上头飞，指引着方向，行为在地上跑，丈量着里程。

但是创新是有边界的，这一点我觉得特别重要。

作为理念的创新，我们期望的是符合市场需求的奇思妙想，而不是胡思乱想。奇思妙想是有目的的，胡思乱想是无目的的。创新是有目的的，目的就是提升，提升包括创造力、产品力、竞争力在内的各种能力，提升包括市场份额、价格、利润在内的各种价值，提升包括愿景、使命、价值观、文化、战略在内的思想体系……一切不是基于提升的创新，对于企业来说，都只是破坏，而不是创造性破坏。

作为行为的创新，也是有边界的，这个边界就是我们的产业发展路线图。三花的产业路线图，2010年之前主要是以制冷阀类为主，其间也进行过多个方向的探索；2010年到2020年这段时间是以新能源汽车热管理和商用制冷为产业发展主方向；接下来到2030年，目标是新能源汽车热管理和建筑能源热管理，再加上工控自动化，包括人形机器人、传感器和工业自控元器件；再到2040年、2050年，我们的产业路线就会在新的基础上继续延伸。

我看过一篇机器人分类的文章，转给了张亚波和史初良。机器人以后会分得很细，工业机器人、服务机器人、特种机器人等等，人形机器人是马斯克提的，以后肯定是个大趋势，我们的目标就是在人形机器人的潮流中成为弄潮儿，踏浪而行。

产业路线图画好了，要怎么发展？那就是围绕路线图进行创新，从理念到战略，从人才团队到具体做法要求，进行系统化创新。这些创新，从微观上讲是要与我们的产业发展契合，从宏观上讲，是要与国家大政方针、宏观经济契合的。对宏观经济、对市场趋势、对大形势有准确的分析，三花的产业路线图才有了实施的基础，战略规划也好，经营决策也好，才有了根基。

小商品、大市场、高科技、专业化。专注、领先、创新、超越。这是三花最根本的东西，是三花的战略定位与战略设计。

专注、领先、创新、超越这八个字里，领先和超越都是目的，专注与创新是理念，也是行为。其中，专注确保企业的下限，创新提升企业的上限。

2013年10月,吴敬琏先生肯定了三花对创新的执着投入。10多年过去了,三花没有辜负吴先生的期待,也相信秉承创新与企业家精神的三花和三花管理团队,在20年后、30年后,依旧不会辜负吴先生的期待,因为这是三花的使命。

第十章
我与三花的老师们

2005年12月，我作为浙江大学管理学院特聘导师给MBA班学员授课。我授课的主题是从"'成本领先'走向'技术领先'"，以三花作为样本，探讨了中国制造业如何提升竞争力。

在互动交流环节，一位学员提问说，如果只用一句话来概括你的成功经验、成功秘诀，你会用哪句话？他的问题引发了我的思考。

我思考了大概半分钟后回答说："如果用一句话来说的话，那恐怕是我一直在跟比我水平高的人打交道吧。"我讲了陈芝久老师的故事，讲了海尔的故事，讲了丹佛斯的故事，讲了山本薰的故事……

我用这些故事来说明，我之所以成为今天的我，三花之所以成为今天的三花，就是因为我们不断地给自己找到比自己水平高的老师，不断地学习提高所致。

后来的经历中，我也多次回想起那次授课，不停地思考那个问题，同时不断地印证当初的答案：学习，可能是三花核心能力中最具特色的一点。

三花的老师们

我也好，三花也好，中国的大多数第一代民营企业家也好，大都没接受过高等教育，有些人甚至就没怎么读过书。这是历史原因造成的时代特点。在那个贫困的年代里，生存是第一位的，读书的需求被生存给深深压制了。

在新昌的所有"泥腿子"中，我是幸运的。可能因为我比较聪明，又有一点儿戏曲方面的爱好和天赋，在农村里我被当作一个"文化人"。我当过几年代课老师，后来又重新回到课堂，读完了高中。在创业的时候，我已经算是我们当地社队企业中的"知识分子"了。

我以"能人"的身份参与了冷配厂（三花前身）的经营，又以"能人"的身份承包了冷配厂，开始了自己真正的创业历程，最终缔造了三花。我承包冷配厂的时候，冷配厂是无产品、无技术、无人才的"三无企业"。这样的"三无企业"要想活下去，发展起来，靠什么？

我们要解决的问题很多，产品、技术、人才、管理、市场……我虽然对这些问题的根源并非一无所知，也能想到解决的方法，但是我们的能力却不足以做到解决这些问题。这种情况下，我们该怎么办？

我思前想后，觉得只有一个办法：学习，给自己找老师，向比自己水平高的人请教，提升自己的能力，解决好企业的问题。

我是企业家。我一直觉得，企业家的外在表现是对资源进行最优配置达到创造最大价值的目的，而内在表现则是发现自己能力的最佳使用方式。也就是说，企业家必须学会自我觉醒，并在这个过程中不断学习、提升配置资源的能力。

40年来，给自己找老师这个习惯一直牢牢地"盘"在我身上。我几乎随时随地、每时每刻都能给自己找到老师。这些老师，都是比我水平高的，至少在某个领域比我水平高。

"三人行，必有我师焉。"这是孔夫子的话。我想孔夫子也是觉得，人皆有所长，也皆有所短，我们虚心请教，就一定可以从别人的所长中学到东西。

我走过的半生，有很多老师，曾经教过我的小学、初中、高中老师，我的伯乐陈伯铭师傅，我创业的启蒙老师董伯舒、技术路线老师陈芝久、市场经济老师吴敬琏、经验老师鲁冠球。当然，还有最重要的老师，改革开放，教会了我实践是检验真理的唯一标准、市场是检验企业的唯一标准，使我有信心在商业实践中"摸石头过河"，在探索中前进，在前进中探索；让我也学会了不管黑猫白猫，抓住老鼠就是好猫，使我明白了在企业经营实践中，一切战略、理念都要服务于企业的行为目标……

我也有许多外国老师，不二工机的山本薰是我的老师，三花与不二工机合

山本薰（左三）接待来三花考察的客户

资时我从他身上学到了很多管理方法。山本薰后来加盟三花，当了三花的老师，给三花培训出了很多优秀的营销和管理人才。

丹佛斯的梅兹·柯劳森、雍根·柯劳森是我的老师，从他们身上我看到了现代化的企业管理、产业王国的高度、全球化的经营和长远的目标，以及企业传承的策略与布置。

我前面提到的很多经济学家、管理学家是我的老师，从他们的书中我学到了"无形的手"、创新精神、管理实践和战略的定义。

特斯拉的马斯克也是我的老师，尽管舆论界一直对他充满争议，但他的雄心壮志、未来主义思维、第一性原理，他的努力和坚持，都深深打动了我。我也从他身上看到了企业家的冒险精神和创新精神，通过他的眼睛看到了未来的一角。

我们也有很多企业老师，从丰田身上我们学到了精益制造，从海尔身上我们学到了"日清日高"，从丹佛斯身上我们学到了专业化经营，从美国兰柯身上我们学到了品牌责任，从特斯拉身上我们学到了战略创新和极致快速……

只要我们愿意学习，老师就在我们身边。员工是老师，搭档是老师，客户是老师，供应商是老师，竞争对手是老师，标杆企业是老师，甚至当我去购物广场给孙子孙女挑礼物，售货员向我介绍我不熟悉的孩童玩具时，他也是我的老师。

学习对于我们这代人来说，既属于一种主动的意愿，也是一种被迫的行为。"主动"是作为企业家，要回归学习的本意，学而时习之，有所感悟就会不断在经营实践中求证、探索；"被迫"是因为企业实践犹如逆水行舟，必须不断提升进步，才能在竞争中走得更久更远。

我的老师很多，有的赫赫有名，有的默默无闻，却都在我人生的某个时刻给予了我重要的启发。我自己也做过老师，所以我也能理解，"学习的最好方法是，试着把你会的东西用起来，并且教给别人"。

从这点上来讲，我写本书，既是满足了我作为"老师"试图把我在企业实践中的所得教给三花年轻人的诉求，也达成了我"学习"的目的。通过回顾和总结40年的感悟得失，我对三花、对自己、对我们所处的时代和世界，也有了一些新的认知。这正是我在教的过程中学到的，从这个角度来说，企业家应该"愿为人师"。

三花如何去学习？

三花创业40年，能走到今天，是因为三花一直在持续进步，虽然中间也有插曲，但我们始终没偏离主题。

倪晓明有一次说，在三花文化当中，有一点很重要，就是一直要进步，一直要找更好的产品、更好地服务客户。进步正是通过持续的学习实现的，持续学习，持续成长。一个企业家比较需要的一个特质，就是能够带领队伍比较长时间持续进步。

倪晓明总结的三花式学习，主要是向客户学习、向优秀竞争对手学习、向行业标杆学习、向失败学习。他的"学习"思路很清晰。

三花40年来，有的方面学得挺好，有的方面有所疏忽，学得好的方面我们继续坚持，学得不好的方面我们慢慢补，通过创造性思维，开放引进老师把课补起来。有些课可以迅速补好，有些需要下苦功夫，只能老老实实做好一些规定动作，持续学习下去。

制造业只能如此。制造业即使遇到了"风口"，也只能通过产品来迎着风、抓住风。互联网跟我们不一样，它可以靠一个观念就抓住风，有些公司甚至可以自己造风。我们制造业不能在天上飘着，只能脚踏实地，在地上狠命吃土，狠命往前跑。

我们要做百年老店，就必须老老实实沉淀这些东西。你想得到什么就得付出什么，想建百年基业就要有吃百年苦的准备。

我接下来沿着倪晓明的"学习思路"来讲一下我和三花怎样给自己找老师来学习提高。

先说向客户学习。

在企业的经营实践中，客户应该是最好的老师了。为什么这么说呢？道理很简单：除了客户之外，还有什么老师可以给你钱、给你订单逼着你学习提升？只有客户。

三花的客户很多，所以客户老师也很多。我这里特别想讲一下海尔。我前面讲过，我们通过做小产品成为海尔的供应商，后来把目光瞄在了二位三通电磁阀上。

我们最终开发出了二位三通电磁阀，通过了海尔冰箱厂实机测试，替代进口产品成为海尔的核心供应商。三花也借此机会，完成了自己的第一次跨越。

二位三通电磁阀通过省级新产品鉴定后，工作人员合影

在给海尔供货的过程中，我们经常要面对海尔的严苛要求。我们的产品在海尔实机测试的时候，我甚至多次跑去海尔"挨训"。我的同事说，那时候我一点都不像一个企业的负责人，而是像一个犯了错的小学生，虚心接受老师批评。因为有严格的老师，我们的能力提升得非常快，也因此尝到了技术进步的甜头，收获了技术创新的"第一桶金"。

在海尔强制要求我们学习的同时，我们也主动地学习海尔的管理模式。张瑞敏当时在海尔开创了"日事日毕日清日高"的管理模式，这是中国企业的一种管理创新，张瑞敏也由此开始了他"管理大师"的历程。

在三花，我们也开始推行"日日清"，提升我们的管理水平。我们用全面质量管理要求，每天工作要碰头，进行小结，开展"日日清"工作，车间负责人亲自抓班组建设；班组长要工作当日解决问题，现场实行"日日清"，不要等问题成堆了再去抓。

我们与日本不二工机合资的整个过程虽然并不十分愉快，结果也令人失望，但我们还是学到了日本企业精益求精、持续改善的管理风格。

我们今天来看整个制造业，三花在整个产业链中既是供应商也是客户，既是学生也是老师。从全供应链的角度来看，三花面对下游时，是核心供应商；面对上游时，则是核心客户。客户会对我们提出严格的要求，我们同样也会对供应商提出严格要求。

反过来，供应商会不会成为我们的老师？一定会的，特别是在一些全球性产业链中，我们的有些供应商在产品质量和生产效率方面作了很多创新，我们在与他们合作的过程中，也会学习这些创新经验，提升自己的水平。

再说向优秀的竞争对手学习。

三花是一家市场化企业，竞争对手很多，在三花成长的过程中，竞争对手也在动态变化。一开始我们的竞争对手是水平接近的社队企业，后来我们的竞争对手就变成了国内同行中的佼佼者，再后来我们的竞争对手变成了美国兰柯、日本鹭宫和不二工机、丹麦丹佛斯这样的世界细分产业领军企业。竞争对手的改变，本质上是我们自己的改变。通过竞争，我们得以成长。从这点上看，以优秀竞争对手为师，的确是非常棒的策略。

美国兰柯曾经是三花的竞争对手。它是一位可敬的对手。在与兰柯竞争的十年当中，三花是以"学生"的身份参与竞争的。兰柯是四通换向阀的发明者，直到被三花并购，它的技术水平也始终处于全球的最高位置，三花的并购，标的不仅仅是它的四通换向阀业务，更是它的四通换向阀技术和专利的积淀，以及品牌的价值。

在并购兰柯之前，三花已经在市场上依靠成本领先取得了竞争优势。但我在2004年就提出要从"成本领先"走向"技术领先"，让三花之路能走得更远。而经营团队习惯了"成本领先"的经营思路，觉得既然能够带来利润，就这样继续做吧，"能挣到钱就是本事"，何必管它是成本领先还是技术领先挣来的呢？最后打破这一局面，契机就来自对兰柯四通换向阀业务的并购。

我们在并购过程中看到了兰柯对技术和品牌的发自内心的尊重。这让我感受到，要成为国际行业内真正的领导者，就必须做到技术领先。这一认识后来也逐渐被经营团队的其他成员所接受，技术领先战略才渐渐成为高层的共识。可以说，"技术领先"的直接老师，就是美国兰柯。

而我们也通过这样的转型，找到了技术领先与成本领先的更好结合，就是通过"技术领先"赢得产业先发优势，享受成长期的竞争红利，建立起更宽广的产业护城河；在竞争进入红海的时候再通过大批量制造的规模效应巩固提升"成本领先"，再次赢得竞争先手。总结起来，就是：你无我有，你有我优，你优我廉。

所以，回顾三花与竞争对手较量、向竞争对手学习的历程，我会特别感谢那些强大的竞争对手。我也反复说过，竞争对手决定了自己的竞争层次，跟强大的对手竞争才能提升竞技水平，才会拥有更大的格局、更开阔的视野，以及更多的市场机会。

归根结底，与竞争对手竞争的目的，不是为了战胜竞争对手，而是为了提升自己。所以《基业长青》里说，"高瞻远瞩公司最注重战胜自己，反而不把成功和击败对手当作最终目标。能够击败竞争对手是他们不断自问'如何自我改进，使明天做得比今天好'的附带结果。它们天天自问，把它当成规律的生活方式"①。接下来说向标杆学习。

每个行业都有自己的标杆企业，三花就是热管理行业的标杆。在通信领域，华为是标杆；在新能源汽车领域，特斯拉是标杆；在智能消费电子领域，苹果是标杆……向标杆学习，就是发现榜样的力量，找到自己的方向。

很多行业的标杆企业，都是三花的客户，譬如日本电装。也有一些行业的标杆，成为三花的竞争对手，譬如丹麦丹佛斯。还有一些行业标杆，与三花的合作和竞争关系都同时存在。

三花如何向标杆学习？一种方式是主动到标杆企业请教，这样的"学生"三花经常去做，现在已经形成了氛围和习惯。这种方式叫"走出去"。在2021年10月19日集团第三届科技创新大会上，我总结提出了新的学习方针："要对标华为、特斯拉、电装这样的国际行业顶尖企业，学习华为在研发上的前瞻和投入，学习电装把研发和产品质量做深做细的专注，学习特斯拉的战略性创新和'把不可能变成可能'的快速反应速度，为科技人员营造既充满激情挑战，又包含鼓励包容的良好创新环境"。

还有一种方式是"请进来"。

三花有不少重要的技术、营销和管理人才来自行业内的标杆企业，有的曾经在电装、法雷奥工作，有的曾经履职丹佛斯，有的有过华为重要岗位工作经验，有的曾是家电行业头部企业的研发人员……这些人员的引进，给三花带来

---

① 〔美〕吉姆·柯林斯，杰里·波勒斯：《基业长青》，中信出版社2006年版，第10页。

三花"走进华为高研班"学员在华为学习交流

的,不仅仅是自己的创造力,更带来标杆企业相应的专业体系。这些体系与三花磨合、融合之后,就变成了"三花"的一部分。

无论是"走出去"还是"请进来",核心的不是三花的动作,而是三花的意愿。我们都知道,学习的主动性是学习的关键概念,它强调在学习过程中的积极参与、自我驱动和目标导向性。

主动性的学习,会带着自我驱动、深层次理解、自我管控、主动解决问题和目标导向性特征,因此会建立学习优势,取得更好的效果。以我个人的理解,就是能够提高学习效率、提升知识延续性、提高解决问题能力、增强自我管理能力、激发创新思维和创造力。

我们可以理解为，这是主动进步的人和被动进步的人的差别。主动进步的人会为此努力，形成良性循环；被动进步的人，是被推着往前走的，那么对于推和动的双方，都是一种消耗行为。

三花对于标杆企业的学习，从企业行为上看，是主动性学习；具体到个人，一定会有被动行为，但我相信这是极少数。学习，是三花的核心能力，也是三花文化的重要组成部分。文化注定了个体的选择，这是我深信不疑的。

在三花向标杆企业学习的过程中，我也在向标杆企业家学习。任正非是我非常尊敬的企业家，很早之前，我就对他提出的"下一个倒下的是不是华为"这样的危机意识，以及"无人区"与"战略耐性"概念非常推崇。他在华为内部提倡创新的实战对抗，有点儿类似于军事演习，有红军、蓝军。胜利者得到奖励，失败者也赢得尊重。

作为三花中央研究院名誉院长和资深院长，任正非的这种观念也被我借用过来，用在了研究院的工作中。我时常鼓励他们要勇于创新，不惧失败。我们三花在研发方面，要勇敢，要包容失败，重要的是，"公司要具有理想"。

我再讲一下向失败学习。

任正非说，对未来的探索本来就没有"失败"这个名词。我们企业的经营实践，则随时随地可能遭遇失败。胜败乃兵家常事。向失败学习，在失败中获得经验、教训，找到成功的突破口和契机，才是失败所提供的真正价值。

很多优秀的企业家都有向失败学习的经验。我们现在看到华为，都是看到了华为伟岸高大的一面，却没有看到华为也曾在失败中蹒跚前行。

《科技日报》曾经报道，1992年，华为先上马了一个JK1000局用交换机项目，由于缺乏质控经验，JK1000防雷效果差，设备经常起火，并受到了新产品数字交换机的严重打击，在推出的第一天，这款被寄予厚望的产品就成为落伍之物，只卖出200多套。

这个失败的项目使华为损失过亿，耗干了辛苦攒下的家底。甚至到了给员工打白条发工资的地步。重压之下，任正非依旧坚持搞研发，四处借钱，将宝押在了"C&C08"数字交换机项目上。

在内部召开动员大会时，任正非站在 5 楼会议室的窗边沉静地对全体干部说："这次研发如果失败了，我只有从楼上跳下去，你们还可以另谋出路。"

《科技日报》的评价是，任正非的"跳楼"决心，深深地激起华为员工拼搏的激情。1994 年 8 月，C&C08 万门机在江苏邳州开局，经过两个月的上线调试，最终大获成功，横扫中国电信市场。1994 年一年的销售额就达到 8 亿元，此后每年翻倍增长，成为全球历史上销量最大的交换机。

整体上来说，真正成功的契机来自不断失败后的某次尝试。有时候我们可以把创新当作试错行为，错误都试过了，失败都经历过了，剩下的就是正确和胜利。有时候我们运气好，试了没几次就试对了；有时候可能试到最后才成功。大概率是我们要把错误试过一半，才可能找到成功的契机。

但是无论如何，华为的 C&C08 成功了，任正非没有跳楼，华为获得了跳跃式发展。

杭州的阿里巴巴集团内部有个观点很独特也很有道理。这个观点就是"学习失败"，"不耻失败，来日方长"。阿里巴巴的创始人曾说：所有失败是最佳的营养，企业越大，碰到的困难越大，我不断去思考别人在这个关键时刻是怎么跨过去的。三花历史上也经历过很多失败，有时候是研发的失败，譬如在四通换向阀开发的过程中，我们有很长一段时间始终解决不了产品的稳定性与一致性问题，客户隔三岔五找我们麻烦。

麻烦不可怕，可怕的是我们不能改进。我们后来通过技术攻关解决了这些问题，四通换向阀变成了三花完成第二次跨越式发展的核心产品，直到今天依旧在持续地为三花提供利润。

我们在发展路径上也曾犯过战略错误，经受过重大挫折。三花进行多元化尝试的时候，我们在自己不专业的领域进行了探索，南望集团、科特光电、沈阳都瑞、太阳能光热发电项目，方向都是好的，但因为不是自己的行业，都被时间验证为失败项目。

失败不可怕，对于企业经营来说，一时得失不重要，重要的是可持续发展。我们对失败项目进行了复盘反思，重新确立了"专注领先，创新超越"的理念，三花又回到了胜利的轨道上。

三花未来还会经历很多失败，有创新、有探索就会有失败。我们需要确立的是对失败的包容，不断从失败中获取胜利的线索，找到成功的契机。

企业经营实践与战争有类似之处，都是积累小胜形成大胜。我们要有胜利者的心态，建立起胜利者文化，这样才会有足够强大的心态，包容失败，以失败为师，从失败中学习，找到胜利的逻辑。

优秀的企业和企业家都是主动为自己寻找老师。所有能帮助自己提升能力的人，都是企业和企业家的老师。

我最近在看鲁冠球的传记。他也是我的老师。在我创业的历程中，我从他身上学到了很多，有管理方面的，有战略层面的，有视野上的，也有为人处世方面的。我觉得最重要的一点，是我从他身上看到了中国民营企业家的智慧，解决难题的智慧。

我们这代人是企业的创始人，遇到的每一个问题都是新问题。我们解决的每一个问题、采用的每一种方式、探索的每一条道路，都可以为后来者所借鉴。这时候，我们的选择就变得非常重要了。

第十一章
我的"活法"

1997年1月22日,鲁冠球给他儿子鲁伟鼎写了一封短信:

舍己为公,大公无私,公而忘私是先进的。
先公后私,公私兼顾是允许的。
先私后公,私字当头,是要批评教育的。
假公济私,损公肥私是要制止与打击的。
表面为公,暗自为私,是伪君子,是要防止的,千万不可重用。

这封信很多人都读过,理解各自不同,有人看出了用人之道,有人看出了父子情深,还有人看到了企业家精神,而我从这封信中看出的,是鲁冠球的人生智慧,是他的"活法"。

中国的民营企业家里,我觉得鲁冠球是最有智慧的人。他是工商界的"常青树",曾把自己的经营经验总结成九个字:有目标,沉住气,踏实干。

我至今还记得鲁冠球的苦心叮嘱。2008年9月6日,我们在交流企业经营的未来时,他特意叮嘱说,在复杂的环境下做企业,很多时候"能生存下来就是最大的本领",要有"如履薄冰""韬光养晦"的心态;只要方向正确,不走弯路,踏踏实实做,走慢点不要紧,"小可以变大"。

鲁冠球已经过世七年了,他的叮嘱我时刻牢记在心。他的人生智慧、他的"活法",也时常在启发着我。

我的"活法"

"活法"这个词在中国能够盛行,稻盛和夫功不可没。他的《活法》一书"毫无顾忌"地阐述了他在人生的真理、生活的意义、人生应有的状态这些重大问题上的基本思想。作为最杰出的企业家之一,稻盛和夫也通过《活法》讲述了每一个伟大的企业都有成功的配方,要学会如何驾驭本能,实现能力的快速提升。

我们这代民营企业家,不少人都受日本企业经营思想的影响。原因比较简单,日本企业比较早进入中国市场,尤其是家用电器企业,松下、东芝、索尼、日立等等。它们也是最早一批与中国企业进行合资的跨国公司,对中国企业的经营管理产生了深刻影响。

我们那代人对松下电器的创始人松下幸之助、索尼的创始人盛田昭夫、本田的创始人本田宗一郎,以及京瓷的创始人稻盛和夫可谓耳熟能详。这四个人并称日本的"经营四圣",我们对他们的经营哲学、创业思想也是推崇备至。在与不二工机合资后,我们三花更是以"学先进"的心态,努力学习,改善和提升了自身的管理水平。

这四个人里,稻盛和夫在中国的影响最为持久。他的《活法》《干法》一直在持续影响着中国企业家，任正非、张瑞敏、雷军等人都对其极为推崇。他创造的"阿米巴经营"，迄今依旧是中国企业行之有效的经营模式，就我所知，我们浙江很多民营企业都采用了"阿米巴经营"。

国学大师季羡林曾评价说："根据我七八十年来的观察，既是企业家又是哲学家，一身而二任的人，简直如凤毛麟角，有之自稻盛和夫先生始。"

2022年8月24日，稻盛和夫去世，中国工商界自发地进行了追思。

我对稻盛和夫非常推崇，张亚波更是受稻盛和夫影响。这可能与三花的属性有关。三花是一家制造业的"绿叶"公司，而稻盛和夫创立的京瓷也是为当时日本的一些比较重要的精密制造业或者家电制造业，比如松下、索尼这些公司提供产品加工原材料的。

我去查阅了京瓷现在的产品结构，也始终是"绿叶"理念，跟我们的"小商品、大市场、高科技、专业化"的定位与"专注领先，创新超越"的经营理念不谋而合。更重要的是京瓷"追求全体员工物质与精神两方面幸福的同时，为人类和社会的进步与发展作出贡献"的经营理念，直接为三花提供了一个榜样。

三花的理念是什么？就是我经常提的"专注领先，创新超越"，这正是我的"活法"，也是三花的"活法"。

我对"活法"的理解，都是来自字面，一种是"活着的法"，一种是"活的法"。前者探讨的是人之为人、人创立事业、努力奋斗的意义何在，后者探讨的是在剧烈变化的世界中如何用"活"的而非"死"的法保持自己的初心。套用我们对企业的理解，前者是价值观，后者是方法论。

稻盛和夫在《活法》中探讨过人生的最基本问题：人为什么活着？这样的问题属于最本初的哲学问题，我们这代创业者都曾思考过，我相信张亚波、张少波、王大勇、史初良、陈雨忠、倪晓明也都思考过，与我的孙辈年纪相仿的孩子们也会思考。我们生而为人，就会思考这样的问题。三花是一家公司，如果我们把它人格化，它也会思考这个问题。

"我们人生的意义是什么？人生的目的在哪里？对于这个人生最基本的问题，我认为必须从正面回答。我的答案是：提升心性，磨炼灵魂。"这是稻盛和夫的答案：

人的灵魂可以被磨炼，也可以被污染，人的精神可以变得高尚也可以变得卑微，这取决于我们的人生态度，就是我们准备怎样度过自己的人生。

有才无德就难免误入歧途，世上这样的人为数不少，我所在的实业界也一样，有些人唯利是图，一切以自我为中心，结果干起了违法舞弊的勾当。

有才能的人干坏事，这是为什么？有道是"才子为才所累"。有才智的人很容易迷信自己的才智而走错方向，他们可以发挥自己的才干而取得一时的成功，但只靠才干必然走向失败。

越是才华出众的人越需要人生的指针，依靠它才能沿着正确的方向前进。这指针就是我们所说的"理念"、"思想"和"哲学"。

如果缺乏这种"哲学"，人格不成熟，那么即使天资聪明，但因为"才高而德寡"，这种高才就不能用于正道，结果招致挫折。

企业领导者是这样，我们每个人的人生也是这样。

我们做企业也好，做人也好，都要回归到"最基本的原理原则"。这是稻盛和夫的大白话，也是我们从生活阅历中得出的"真理"。

我们这代创业者，大都从社会最底层开始，通过一步步努力，才拥有了今天的事业。在这个过程中，我们也遇到过很多困难，支撑我们坚持下来的，一方面是我们对改革开放、市场经济的信念，另一方面就是我们希望自己能对国家、对社会有所创造，希望以"创造者"的身份度过自己的一生。

三花是我所创建的事业，是我作为"创造者"的载体。我们有着基本的

"创造者"的觉悟。稻盛和夫曾经在一次演讲中说："我们这些企业人努力工作，追求效益，然后雇用众多员工，守护他们的家人，同时，还把一半以上的利润作为税金缴纳给国家，为国家的发展作出了一份贡献。所以，希望大家要有把事业做得更好的觉悟。"

"把事业做得更好"，我们就可以为社会创造更多的价值，而我们的人生就会得到更好的磨炼，心性就会获得更好的锻炼。

所以我把我对于"活法"的一些感悟罗列出来，分享给"三花人"，也分享给社会中的年轻人，希望大家都能成为自己的"创造者"。

我的第一个建议：要有理想，但不要成为一个"理想主义者"。我并不是说成为理想主义者不好，而是纯粹的"理想主义者"太好，需要付出太多，而这种付出是大多数人无法承受的重担。

譬如我们经营三花，是没办法像互联网公司那样，可以承受持续20年的亏损。我们的长期主义不是理想化的，而是实用化的，追求短期效益的同时追求长期主义。如果三花像互联网公司一样，今天就会不存在了。做人、做企业和生产标准化产品不同，不追求稳定性和一致性，而是追求独特性和适配性，适合自己的道路才是好的道路，适合自己的活法才是好的活法。

我的第二个建议：要正直，但不要迂直。正直是一种理念，迂直是行为状态。做人和做企业都不可能直道而行，"直率而不知权变"注定是行不通的，我们要用智慧达成目标。这个智慧就是权变，针对不同的问题采用不同的方法。

我一直说，万向的鲁冠球是有智慧的人。我印象中他最初创业提出要承包，承包后每年要上缴很多钱，他也可以分到几十万。当时的浙江，一般人家一年只能赚几百块，他却有三四十万元可以分。这还得了。乡政府领导年底很纠结，鲁冠球就主动去讲，这个钱现在虽然都分给我，但是我全部拿去买设备，不拿回家。

鲁冠球的这种做法，我认为是很有智慧的，一方面解决了领导的难题，另一方面相当于以空间换了时间。他用自己应得的钱买了设备，就是固定资产投资。后来改革深入，股权问题解决了，他的投资也都转化成了股权。这就是智慧，是权变，为了达成最终目标，在不违背原则的前提下，采用了各方都能接受的迂回策略。

我的第三个建议：可以冒险，但不能冒进。企业家精神中有几个核心要素，冒险精神就是其中之一。企业的经营实践本身就是冒险行为，现在主要是冒市场风险、技术趋势风险，我刚创业那会儿，还要冒政策风险、政治风险。我们愿意去为各种创新冒险，但我们也必须有风险意识、危机意识。

2019年，在新能源汽车业务发展最快的时候，客户项目经常"接到手发软"，来不及做，包括对战略客户的产品项目。我就开始警觉，如果满足于客户纷纷找上门来的热闹景象，盲目乐观，等到出现产品交付问题或质量事故，那就晚了。所以我马上召集会议，统一思想，不能冒进。我说："新能源汽车行业给我们带来新的发展机遇，使我们能够从二级供应商升级成为一级供应商，这是好事。但是反过来看，这对我们的产品质量管理也提出了更高的要求。如果我们不具备一级供应商的能力，产品批次质量出问题，那就会毁掉三花在汽零行业多年积累的品牌和信誉，多年的工作就白做了。"我提出要求："目前汽零业务的产品多、进度急、问题多，也进入了客户反馈交涉集中的阶段，确实压力很大，挑战很大。因此，就要对客户项目作出分类，抓住重点，有所取舍。"经过一段时间的调整，三花的新能源汽车热管理业务终于较快稳住阵脚，集中资源确保了战略客户项目的成功推进，避免了全面开花的冒进后果。

三花的企业性格受我个人性格影响比较大。我的性格偏好就是冒险但不冒进。冒险是我们愿意去探索，去寻找新的路径，但形成规模和产业，就需要反复论证，谨慎前行。并不是所有看得见的东西都能抓得着，我们要学会既能看得见，也能抓得牢。

我的第四个建议：始终保持乐观向上的心态。人生就是一场自我磨炼的实践，企业经营也是自我磨炼的实践。在这个过程中，我们要学会保持良好的心态，不被外物影响情绪，按照我们自己的逻辑往前走。

我们追求的目标，就是创造，为国家创造更多的利税和就业机会，为社会创造更大的价值，从而实现我们的人生意义。这是我们的终极目的。我们在创造的过程中会受到很多诱惑和干扰，这时候就需要我们有稳定、坚定的心境，不以物喜，不以己悲，坚守初心，砥砺前行。

我的第五个建议：始终要平衡好短期业绩与长期主义。制造企业不是互联网公司，靠一个故事就可以支撑很多年的发展。我们的品牌、信用都是建立在产品基础之上的。产品是我们的短期业绩，未来的产品就是我们的长期主义，为客户提供更好的服务、创造更大的价值，就是我们长期增长的源头。所以我们的日常工作，要平衡好短期与长期，要用"活的法"而不是"死的法"去看待短期与长期，在动态变化中实现平衡。

还是那句话，人生就是一场自我磨炼的实践，企业经营也是自我磨炼的实践。过程中的我们，是以提升和进步来确定方向的。

稻盛和夫在《活法》中写道："我们降临俗世，经受各种风浪的冲击，尝尽人间的苦乐，或幸福或悲伤，一直到呼吸停止之前，我们都不懈地、顽强地努力奋斗。这个人生的过程本身，就像是磨炼灵魂的砂纸。人们在磨炼中提升心性、蕴养精神，带着比降生时更高层次的灵魂离开人世。我认为这就是人生的目的，除此之外，人生再无别的目的。"

作为企业家的我，作为企业的三花，作为构成三花的最重要的三花人，我们真正的人生目的，同样也该如此。这是我们的"活法"。

什么是真正的财富？

既然谈到了"活法"，就不能不谈到"活法"中重要的环节：如何看待财富？

我原本不想谈论财富。现时代人的财富观有点片面，过于追求以金钱为标准的财富，胡润榜、福布斯榜评价中国富豪，也都是以动产作为统计的标的。但是因为写这本书，我不得不深思一个问题：我到底能为三花留下什么样的财富？这就迫使我不得不认真思考：什么是真正的财富？

在古代，财就是宝物的意思，后来出现了货币，财就成了以货币为主的高价值资源，所以古人有财货、财宝的说法；富在古代的本义是指家有酒器。一个人家里有酿酒的器具，就引申为家中富裕。财可以理解为有钱，富不是指有钱，而是代表更高层次的需求。

所以在西方，人们都遵循要事第一的原则——呼吸在吃饭之前，生命在财产之前，生存需要在社会接受之前，社会需要在审美之前。我们的祖先管仲也讲"仓廪实而知礼节，衣食足而知荣辱"。

我最近看到一篇文章，将"财富"划分成了六种类型——钱、知识、时间、健康、关系和经历。钱是货币财富；知识和时间可以满足人对求知和自由的需求，也是财富；健康是时间的表亲，是最基础的财富；关系是一个人的朋友圈，也是他的资源圈；经历是我们所拥有的体验，我们中国人通常叫"阅历"。

总结起来，可以满足不同层次需求的资源，就是财富；满足什么层次的需求，就决定了财富的层次。

社会上很多人将企业家视作富人，喜欢把货币财富作为对企业家的评价体系。这对企业家是不公平的，但这种观念却不容易矫正。货币财富简单粗暴，大家都易于接受，公开信息也多，更容易数字化，其他的财富，譬如谁的知识更多、阅历更丰富、朋友更知心、家庭更和谐等等，就没办法量化。

所以，胡润和福布斯的偷懒，给企业家们带来了极大的不公平。这种不公平在于，他们将企业家的"创造"行为矮化了，企业家们从价值的创造者变成了货币财富的创造者。对于企业家来说，货币财富只是结果，他们更看重的是创新的产品、为社会带来的价值、解决了多少就业、提供了多少利税、有谁对我的价值表示认可等等，货币财富在所有这些指标中并不是企业家最在意的指标。

譬如在三花，我最在意的是什么？我在意三花的长期主义、产品和技术的领先、管理的进步、团队的团结、创新精神、专注意识、文化的可靠性等等。我可能一下子没法说出最在意的那个是什么，但货币财富肯定不会是最优先的选项，它只是企业家在意的那些内涵所顺带产生的自然结果。

通过这个维度，我相信大部分人就可以理解企业家感兴趣的是"真正的财富"，而钱显然离"真正的财富"太远。

从不同的需求层次出发，结合我的创业历程和三花的发展轨迹，我来阐释一下"财富"在我身上的变化。

我前面讲过，我童年时生活在贫穷的环境中，受尽了贫穷的苦。所以那时候，我们对财富的理解，显然是基础层次的，是生理的需要，是吃喝拉撒睡的要求，像是文明的初始阶段。

那时候人们的安全需要也无法获得满足，时不时会出现一场运动，到处在"割资本主义尾巴"，生理上的风险和安全上的风险，构成了我们生活的大部分恐惧与焦虑。

这个阶段，我们也不是没有收获，感情联系的满足建立了起来，譬如家庭关系中的和睦、夫妻关系中的和谐，以及我们生活中出现了伙伴和朋友。这些都对一个人的成长产生了非常大的作用。

我真正的需求满足，是从感觉到被认可、被尊重开始的。1974年莒根公社农机厂急需一名业务员，公社书记王相铨看中了我，调我过去跑业务。这是我人生路上的转折点，也是我真正事业的起点。这让我感受到了尊重和尊严，尊重的需要被满足后，个人的能动性得以释放，我开始了自己作为"能人"的故事。

1984年，我从"能人"转型为创业者、企业家，对外部世界的认知发生了转变。创业满足了我对"知识和理解、好奇心、探索、意义和可预测性需求"的全部理解，尤其是1989年我第一次出国，完全重构了我的认知体系，直接影响到了三花的未来。

随着三花的发展越来越好，我对生活和美的理解也在发生改变，甚至在艺术上的审美能力也得到了提升，在戏曲和书法上也下了功夫。这也是企业家社交的需求。当你身边的人层次越来越高的时候，你就不得不建立起与他们相匹配的审美能力，形成审美上的共识。

但是，我的身份终究是企业家。企业家是创造者，只有通过"创造"，企业家的价值才能够得以实现。对企业家的评价，最终会着落在产品、技术、管理、就业、利税、理念诸个维度，而不是通过审美来进行评价，所以"追求实现自我价值"成为我最大的需求。我前面说的，我和三花努力学习，为自己寻找老师，提升自身能力，也正是为满足"自我实现的需要"所进行的努力。

至于"超越需求"，我想，这正是我前面提到的"活法"。我们追求什么样的"活法"、是否从第一性原理出发探寻到了"活着的意义"，就是我们是否满足了"超越需求"的指标。这些指标是否完成，并不取决于外部评价，而取决于我们的自我评价。

同样的准则也适用于财富的使用。我们这一代人，是跨度最大的一代人。从穷山沟里"饭都吃不着"的少年成为今天的企业家，我们受惠于这个时代，所以在企业的发展壮大过程中，只要有机会，我们都愿意通过公益，回报社会，希望能帮助到更多的人。

我在新昌县设立了"道才公益基金会"，是我与张亚波、张少波共同出资1000万元，用于巧英乡细心坑、雪头等村的老弱病残补助和困难子女读书补助，以及村级公益事业建设。我也设立了新昌调腔保护与发展基金，支持保护调腔这一全国硕果仅存，被专家公认为是"中国戏曲的活化石"，和熊猫一样宝贵的地方戏曲发展。

我最热衷的公益是支持教育。百年大计，教育为本。三花在上海交大、西安交大、浙江大学等名牌大学都设立了奖学金、奖教金，在新昌的澄潭中学我也设立了奖学基金。

我记得当初在西郊乡创业时，正好担任县、乡两级人大代表，听到老百姓最一致的呼声就是办学校，解决适龄孩子的读书问题。当时的我们还处于创业早期，公司资金并不宽裕，但我还是捐资新建了一所完整的西郊中学，帮助解决办校难题。2022年9月的教师节前夕，我在新昌出资1000万元设立了"三花奖教基金"，奖励新昌县的优秀教师。我觉得，善之本在教，教之本在师，我也曾是一名乡村民办教师，深知教书育人的不易，希望通过这样的活动，推动全社会更加尊重教师，广大教师更加热爱教书育人，更多人关心支持教育事业，使教育发展和经济发展能齐头并进。

2018年11月，在接受《浙江日报》记者采访时，我说出了自己真实的想法：

我也是从新昌最贫穷的山沟村里走出来的，明白贫穷的滋味。我们参加多种结对扶贫，成立基金给读不起书的孩子资助学费，给家乡农村的老人们和困难户一些照顾。这也是企业家的义务和责任，责无旁贷！

但是我始终坚持，作为一名企业家，最大的社会责任和公益担当是做好企业，做好产品，解决更多就业，缴纳更多利税，创造更大价值，成为ESG标兵，为世界贡献绿色环保和智能化控制的产品与技术。

三花没有讨论过财富的体系，我也没有形成关于财富的逻辑，但我和三花都有一个正向健康的"财富观"。

在三花,"财富观"是文化的一部分。三花人所理解的财富,首先是自我价值实现的财富,是精神层面的财富。我们获得了多少财富,取决于我们作为创造者创造出了多大的价值,我们所创造的价值越多、越大,我们的自我价值实现就越多、越大,财富的等级和级数就越高。

三花核心管理团队中的"四大天王",史初良、王大勇、陈雨忠、倪晓明,他们大学毕业后加入三花,最久的已有35年。这些年来,他们肯定也有外部的机会,可能也获得过更好的承诺,但是三花的事业却成为他们第一份也是最终的事业。

为什么?难道这仅仅是钱就能解决的问题吗?显然不是。我相信,一定是三花的事业让他们产生了创造价值、实现自我价值的幸福感和成就感,产生了超越需求的满足感。这对他们来说,其意义远超货币财富的数字。

三花发展到今天,早已告别了当初小微的社队企业,摇身一变,洋气和高大了起来。我有时候会感到忧虑,担心三花的年轻人会忘记我们曾在什么样的环境下创立了这份事业,担心他们会忘记了三花的创业精神。

后来我意识到,也许我的担忧是多余的。时代环境不同,人们的"需求"就会不同,对于创业精神的理解就会不同。我们时代的艰苦奋斗和今天的年轻人所理解的艰苦奋斗是不一样的,也不需要一样。我们作为前辈、长者,前面40年所进行的努力,不正是为了抬高他们"艰苦"的下限,让他们有着比我们更好的奋斗环境吗?

一代人有一代人的使命,我们这代人的使命就是完成"从0到1"的创造,在市场竞争中形成事业的从无到有。年轻人的使命是实现"从1到100"甚至"从100到100万",时代和潮流赋予了他们无限的可能性,他们需要的是尽情尽力地创造,创造出国家、社会、用户所需要的价值,创造出自我的价值。

稻盛和夫认为,他一生中的财富主要来自"热爱"和"执着"这两个词。三花是幸运的,有"热爱"和"执着",有健康的"财富观",有在管理、科技、人才三个维度的积累，有成体系的"常青树"文化，还有一个团结有力的管理团队、创新进取的各个产业公司与三花中央研究院、无数开拓奋进的创业者……

这是三花真正的财富，这种"创造者精神"的传承，是我作为三花的创始人所能拥有的最大的、最高层次的、真正的财富。

这一切，作为我抵达"真正的人生目的"的构成部分，同样也帮助形成了我的活法。

· |结　语| ·

我想为三花留下什么？

　　三花迄今已有 40 年的创业史，距离我们"百年三花"的目标还差 60 年。我相信三花会跨越这个周期，开启新的征程。这既是我作为创始人的期许，也是我对三花的信心。

　　我已经淡出三花经营管理一线多年，刻意地与三花保持着适度的距离，但是作为创始人，三花只要继续发展，我的痕迹就会刻在三花的身上、心中，留在下沙、梅渚和梅林山的展馆中。这是创始人的特殊待遇，也是独特的时代际遇所赋予的特权。

　　我希望当"百年三花"的目标实现后我依旧可以被人们记住，不只是作为创始人，不只是作为老前辈，更希望是给三花留下的一些东西，能够在"百年三花"身上继续产生正面的影响。

　　作为创始人，我一直会思考一些问题：

　　我给三花留下了什么？

结语　我想为三花留下什么？

我想为三花留下什么？

我能为三花留下什么？

创业 40 年，我给三花留下了什么？

"实"的层面，我为三花留下了一家优秀的企业，一个团结奋进、充满创新精神的管理团队，一群朝气蓬勃的奋斗者、创造者……

"虚"的层面，我为三花留下了一部创业史，年轻人可以从这部创业史中发现三花"从哪里来"。

我为三花留下了一棵"常青树"，年轻人可以从"常青树"上知道"我是谁"。

我还为三花留下了一张战略路线图，年轻人可以从这张图上找到三花"往哪里去"。

我想为三花留下什么？

我想为三花留下一种精神，这种精神是创业精神，是创新精神，是创造者精神。

在我的理解中，创业精神、创新精神、创造者精神的本质是相同的，它们都是我们所常说的企业家精神的构成。创业是创立一番事业，天下没有不经付出就有的收获，创立事业要付出的代价很多；创新就要革故鼎新，就要冒创新失败的风险；创造者同样要承受创造失败的代价，或是创造成果被掠夺和窃取的风险，或是价值没有得到认可的现实。

创业、创新、创造，最核心的东西是价值，与之相对应的代价就是风险、成本。有没有这些精神，能不能产生价值，取决于我们有没有眼光，愿不愿意为此去付出这些成本、承担这些风险。三花应该有这种洞察未来的智慧，和不惧风暴、砥砺前行的魄力与勇气。

三花创业 40 年，取得了很大的成绩，创造出了很高的价值，国家、社会、客户，也都给予了我们极大的认可。我们有些同事难免会因此而自得、自满。我希望三花能够"建立某种永不满足的机制"，对抗这种自满。这种机制的核心，应该就是创业精神。也就是说，只有永远保持创业精神，才会永不自满，永远前进。

2022 年 1 月 22 日，我在控股集团的年度经营大会暨经营管理奖颁奖大会上提出了一个问题："怎样保持创业精神，看准机遇和挑战，快速反应抢机遇，苦练内功打基础，不断提升三花的核心竞争力，实现三花的高质量发展？"在发言中，我对创业精神、我这些年的系统化思考进行了比较详细的阐述。

创业精神的核心，就是永不满足现状，永远提出新的目标。像华为、特斯拉这样的大企业，发展规模已经那么大了，仍然在不断提出创新的战略发展想法。就在不久前，又有一家大企业发布了新的发展战略，在工业技术和新能源汽车领域，要通过创新产品的开发，向"海陆空"全领域应用扩展，以科技领先带动新一轮的高质量增长。这家企业比我们三花要大得多，是全球行业领先者，规模体量巨大，还会提出这样激进和挑战的发展目标，就像一家初创企业一样充满激情，并且取得了相当务实的进展与成就。这也给了我们很深刻的启发，甚至刺激！

我觉得，这些企业之所以能够取得不断的进步与发展，关键还是主要领导团队的思想开拓，始终保持创业进取的心态，能够冷静分析时代与市场的变化，结合自己的实际，勇敢确立和全力追求未来的发展目标！这就是创业精神，就是企业家精神。这一点非常重要！我们可以从这些优秀企业身上学习到的宝贵经验就是：

第一，思想不能停步，要永远追求进步，向前发展，否则，如果满足现状，在现有的条件基础上求稳定，那其实公司经营就会开始走下坡路了，就会逐渐被竞争对手追上和超越。控股集团和各业务单元的经营团队尤其要引起注意和警觉，因为主要领导团队的思想精神状态，能够影响和决定一家企业干部队伍的思想精神状态，从而决定企业的发展未来。

第二，发展方向要找准，要具备广阔的市场视野，同时符合我们实际可行的能力，然后围绕"管理、科技、人才"三个要素，突出重点，组织实施，以创业的精神去拼搏拓展，持续取得进步！

我想为三花留下一个平台，实现从"三花怒放"走向"百花齐放"。

一花独放不是春，百花齐放春满园。这是我一直的观点。在三花创业历程中，我曾不止一次表达过：三花要成为一个事业平台，一个"张道才"是不够的，要让三花出现更多的"张道才"，更多的创造者。我想告诉所有三花人的是，三花是大家共同创新、创业和创造的事业平台，我们有理想有追求的经营管理者，都要通过三花事业平台成为创造者，实现自己的创造者价值。

这些"创造者"，可以是经营管理人员，可以是科技研发人员，也可以是外部引进的优秀人才。我是在改革开放中成长为创业者的，改革开放的核心就是发挥了亿万人民的积极性，解放生产力，发展生产力，让整个中国欣欣向荣。三花也要搞自己的"改革开放"，对内不断优化机制，对外不断开放和学习，发挥每一个人的积极性和创造力，让更多人能够立志创造自己的事业，在三花走上创造者之路，实现创造者价值。

我始终相信，人是不断变化成长的，不同的时期会有不同的思想，一开始可能三花对很多人来说只是份工作；后来成长起来，有了更大的视野，就会建立自己的事业理想，想把职业做成事业，实现更好的自我价值；再后来就会追求精神层面的、超越需求的满足，为国家、为社会创造更大价值。

三花愿意为大家提供这样的平台，我们也要朝这个方向努力，让创新、创业、创造的平台成为三花的未来之路。三花的管理团队要思考的是，怎样更好地激发人的积极性与创造力，让更多的人在三花得到成长，创造价值，体验成就，实现自我，通过三花绽放，开出更多的花海。这是我一直在思考的问题。三花从我创业开始，已经经历了两代创业者。传承要想延续，基业要想长青，就需要探索未来。一个人走是孤独的，一群人走，没有路都能踩出一条路来。

我想为三花留下一条路径，这条路是探索者之路，是创造者之路。

探索者探路，在企业里就是看未来。

三花的理念是专注领先，创新超越。我们不能把理念看低了，看窄了，要有更大的格局、更开阔的视野。专注可以从一时一事的小专注转向一生一世的大专注，领先可以变成持续领先、长期领先甚至永远领先，创新要永不停歇，超越更要超越自我。

我思考提出的"专注领先，创新超越"，是我一生创业的精练总结。现在的管理团队、未来的管理团队，会不会思考出这"八字方针"的更多场景和内涵，比我现在的思考还要丰富和深刻，甚至于思考发展出更多的八字、十六字？我想应该会的吧。因为他们要经历更波澜壮阔的全球市场风浪，他们也更习惯于变化和挑战，更理解"想要成功，你必须站在变化的前面"。他们这一代的能力比我们更强，也更能够"把自己的意愿化为有形的机制"，以制度化、体系化的建构和打造，使三花这条探索者之路、创造者之路，走的人越来越多，路越来越宽，地基越来越坚实。这，也是我所希望和期待的。

我想为三花留下一份传承，这是一份超越血脉的传承，是根植于三花文化中的传承。

在浙江大学管理学院做特聘导师的时候，我读到过一篇 EMBA 论文，《民营企业第二代接班问题研究》。尽管对企业和人物名称进行了一些技术处理，但我一眼便看出这篇论文的主要研究标的正是三花。

论文对全球的接班问题进行了梳理，作出了类型化总结，同时以三花作为案例进行剖析。当时三花的确正处于论文中所描述的"第二代接班"的关键时期，我也在有意地对张亚波和管理团队进行培养。这是事实。我深知第二代创业者的难处，因为企业的要求跟原来不一样了，高出了很多。

对于论文的结论，我没有意外之处。我所意外的是作者的关注视角——"展望：三代以后又如何？"在二代接班问题还没有得到普遍解决的时候，作者开始关注三代问题：

> 在民营企业第二代接班正拉开大幕的时候就讨论"三代以后又如何"的问题，多少显得有些遥远。但在第二代接班过程中决策者们所面临的约束条件及其突破努力，同样存在于第三代乃至第 N 代的接班问题中。只是，由于第三代以后生活条件的优越——他们是真正的"含着金钥匙出生的一代"——企业家才能和创新偏好可能更为稀缺，从而对"接班的根本约束条件"的突破更加困难。

同时引发我兴趣的，还有作者的结论：

> 本文认为，民营企业第二代接班的本质，在于第一代创业者到第二代继承者的企业家才能的接续，而企业家才能作为一种特殊的人力资本，并不具有遗传上的必然性，因此民营企业第二代接班面临的根本约束条件是：有企业家才能的不一定有资格成为接班人，有资格成为接班人的不一定有企业家才能。

这是三花创业 20 年左右时发生的事。又一个 20 年过去了，张亚波带领的整个管理团队完成了三花的又一次创业,他们干得比我们那代人出色。他们的视野、格局、学养都比我们那代人层次高出很多,他们理论体系的构建、管理工具的使用、企业文化的缔造,也比我们那代人要立体和饱满。

10多年前,张亚波接受《浙商》杂志采访时说了一句话:"你们总认为接班就应该带来变革,哪来那么多变革啊?"

"企业的成长与人生是一样的,都是一个修炼的过程。在企业中,我会弱化个人的东西。未来的企业应该靠战略去引导,靠流程和团队去经营和管理,只有这样企业才可持续发展,才会更值得人尊重。"

张亚波对三花传承的理解非常深刻。他是三花传承的核心人物,现在也是三花管理团队的核心,但他从来没有将血缘传承当作三花传承的必选项。我非常认同他的观念。

我在国家发改委温州"续写创新史、建功新时代"现场会的发言材料中提出:

企业要发展好,一靠产品,二靠人才,特别是依靠领军带头的人才,这是我创业奋斗的最深刻体悟之一。企业的传承规划应该是企业长期战略规划中最重要、最核心的部分。所以我在创业过程中,一直比较注重人才特别是全面经营人才的培养与成长,还在自己为主负责经营的时候,就有意识地培养年轻优秀人才进入经营班子。而随着我的年龄逐渐增长,年轻的经营团队成员逐渐成长,就越来越担起企业经营管理的各方面重任了。

2014年,我将集团的经营重任交给以张亚波带领的新一代经营团队,并将"专注领先,创新超越"这样八个字交给他们。"专注领先"是我创业经验的总结,就是专注主业经营,把自己的事情做到世界上最好、最极致、最领先;"创新超越"是对他们提的新要求,就是希望经营团队通过努力创新,超越三花过

结语　我想为三花留下什么？

张道才（右）、张亚波（左）父子在2024年度经营计划大会上

去30年的发展成果，实现三花事业不断向前发展。

现在，三花新一代经营团队已经全面负责三花的经营管理有10年了，在复杂变化、风高浪急的全球市场与地缘政治环境下，带领企业继续取得了快速和高质量的发展，"创新超越"初见成效。他们各自负责业务单元的经营管理则更有20年以上的时间了，早已经充分成长起来，在战略上、经营管理上非常成熟，在经营理念、企业文化与价值观上默契一致，作风务实进取，国际化视野开阔，心胸格局宽广，相互间信任包容。这是我感到非常欣慰的情况。

我经常说，创业至今，相比三花这家企业取得的产品与产业发展成果而言，我最看重的，还是培养造就了这样一批优秀的经营管理人才；如果说过去30年通过创业，我打造了三花事业平台，这个时代和三花平台也成就了我一生事业的话，那么我希望三花平台在未来30年，能够成就一批像我这样的人，成就更多的"张道才"。

无论是我还是张亚波，我们看重的传承，首先是对三花事业的热爱与忠诚，其次是能力。我们认为，三花的传承应该是超越血缘、超越血脉的传承，是文化意义上的传承。企业经营中有没有血脉亲情？当然是有的。但是企业是一个超越血脉关系的组织，有自己的运行规律。企业的经营实践，是以创造价值为目的，谁更具企业家精神、谁能更好配置企业经营实践的资源实现最优的创造结果，谁就更有机会成为新一代创业核心。

不可否认，在民营企业中，血脉关系是稍有优势的。家庭中共同的语境、相互之间的坦诚，容易使沟通交流、学习提高变得相对轻松，观念的理解和接纳也相对容易，事业传承的障碍相对较小。

但这些都只是必要条件，而非充分条件。现任管理团队成员、后备干部，甚至是"空降兵"都可以通过各方努力解决这些问题，扫清障碍。

充分条件是什么？

我觉得第一就是核心理念的传承、理解、认可、接纳、发扬。企业的核心理念是不变的，譬如说"专注领先，创新超越"是我们的理念，这时候来了个雄才大略的人，非要搞多元化，那即使这个人是天才中的天才，也不适合三花。

三花需要的是创造性地发扬"专注领先"的人，是带领三花实现"创新超越"的人，是沿着这个探索方向为三花找到未来之路的人。

所以，三花的传承，归根结底是精神的传承，是超越血脉的核心理念的传承。这种传承不必是父传子、子传孙，而是创造者精神的代际传承。当然，如果子孙有意愿、有能力、有担当，谁又会拒绝这个最优选项呢？

所以，三花的年轻人要努力，要创新创造。你们中的任何一个人，都可能是未来三花平台的领导者。因为三花已经有几十家企业，每家企业都可以去发挥才能，做得更好、更有价值。

结语 我想为三花留下什么？

我想为三花留下一个故事。在这个故事里，人们会知道一个人如何成为弄潮儿。一个时代如何造就了一批弄潮儿，以及一个国家如何将一个时代变成了潮流。

我们这代创业者，深深受惠于改革开放，可以说是改革开放造就的一代人。在时代的大潮中，我们乘势而起，顺应潮流，发挥出了自己的创造者精神，依靠自己的奋斗拼搏，还有足够好的运气，有了今天的事业，被形容为时代的"弄潮儿"。

所以，我们必须深刻地理解到，弄潮儿必须身在潮流中，改革开放就是大潮，没有改革开放就没有我们这代人的故事；弄潮儿要有冒险精神、拼搏精神，要敢于弄潮，敢于与潮流共舞；弄潮儿还要有智慧，要顺应潮流，不被潮流吞没。

我喜欢讲鲁冠球的故事，他的传记名字叫《领潮》，弄潮儿的领头者引领弄潮，很贴切。

作为弄潮儿，我们目睹了一批民营企业家从潮流中走出来，创立了自己的事业，成为弄潮儿。改革开放不是一个1978年喊出的口号，而是形成了一个大时代。在这个时代中，弄潮儿就如同鱼群一样，纷纷跃出水面。

我们的中国梦还在继续。我们看到了一个国家将改革开放时代变成了永不停歇的巨流、大潮。通过改革开放，中国从参与全球化发展到引领全球化，成为全球化时代的领头的弄潮儿；坚持改革开放，中国未来会引领更大的潮流，我们会形成一个更宏伟绚丽的中国梦。这是我坚信不疑的。

我还想为三花留下一份忠告。那就是在充满不确定性的年代里，在剧烈的变革当中，我们要永怀信念、居安思危，用企业家精神，用创造者精神，不停地去探索和创造。

乔治·索罗斯有句名言："我什么也不害怕，也不害怕丢钱，但我害怕不确定性。"他认为这个世界最大的风险来自不确定性。

我们这些企业家也担心不确定性，但我们担心的不是市场的不确定性，而是非市场因素的不确定性。市场是一只"无形的手"，永远充满了不确定性，但市场自有规律，可以根据最基本的供求关系和成本收益原则进行自我调整，企业家就是在市场的不确定中寻找确定、重建确定的人。

最大的不确定来自非市场因素这只"有形的手"。譬如突然出现的贸易争端、超越市场逻辑的逆全球化、民粹主义在越来越多地方的抬头、地缘政治的冲突扩散等等，这些不确定是市场无法自我调整的，也是企业家感到无力之处。

当然，即使在最不利的市场变化中，也有可能存在着新的商业机会。比如，俄乌冲突出乎几乎所有人的意料，对全球经济都产生了比较大的影响，包括对全球粮食与能源安全的冲击，包括对欧洲推进碳达峰碳中和的时间表和路线图的影响，但是，有些确定的机会还是从不确定性中产生了。因为俄乌战争，俄罗斯供应欧洲的天然气下降甚至中断了，德国等欧洲大国为了减少对俄罗斯天然气的依赖，也采取了一些应对措施，电的使用比例提升了。三花抓住了这个短暂的市场缝隙，在欧洲市场推广微通道产品业务和热泵技术，效果就比较好。

但是，这毕竟只是"小"的商机。我们必须意识到，这个世界的常态是什么，大的确定性和不确定性是什么。在这个基础上，我们再抓住不确定带来的机会，同时也必须防范不确定性带来的风险。我前段时间一直在内部反复强调要专注和聚焦，更要稳健与规范，就是对风险的提前防控：

经营者一定要识天时，才能顺时势，知进退。宏观趋势就是"天时"。今天全球形势越来越充满不确定性，在一定时期内难以改变，所以我们就要有清醒的头脑，认清形势，珍惜发展成果，更加专注聚焦，立足稳健而不是扩张的基调，把已经投入的项目做精做强，把产业做深做透，做到最好、最极致，专注于效率的提升和效益的创造，增强竞争力。

结语 我想为三花留下什么?

同时,企业经营,要考虑眼前,也要关注长远,对于代表市场未来发展趋势、具备价值、看准了的高科技产品项目,比如人形机器人、传感器、工控自动化等领域的项目,我们仍然要加强投资开发。研发不能停,关键人才引进和培养不能停,对市场的未来洞察不能停。等到不确定的时期过去,我们就有足够强壮的力量,来更好地发展自己。

企业的经营实践,永远都是在确定中寻找不确定,在不确定中寻找确定,永远都是在寻求确定与不确定的平衡。我们可以把企业经营当作一个人生游戏来看待,它最大的乐趣就在于,我们发现了别人没发现的东西,我们创造了别人没创造的东西。

三花是我们共同的事业,也是我们共同的理想,更是我们共同创造、实现自我价值的载体。

通过三花,我走上了创造者之路,创造是我们这代人的使命;经由三花,我学会了探索创造者之路,这是三花给我的荣耀。我想为三花留下的,正是三花所给予我的。

· |附 录| ·

张道才创业与经营思想精粹

  企业靠产品，产品靠人才。要提高企业素质，必须重视知识人才。企业之间的竞争，说到底是技术的竞争、人才的竞争。第一步聘请技术师傅和自身培养相结合，第二步以师带徒，派人出去培训深造和自身提高相结合，第三步与大专院校建立厂、校科研协作关系，第四步开办职工学校，请顾问，借智慧，取人之长、补己之短，不断开发新产品，使企业永兴不衰。

——1986 年《依靠智力投资 走科技办厂之路》

  越是在困难的时候，越要有拼搏精神，来带动或启发我的下属，把我所定的方针、目标、任务、措施，使他们共感兴趣，有一个共同的进取精神来拼搏奋斗！那事业就必定会成功，理想也必定能实现。

——1986 年给徐丹之老师的回信

企业的发展，根本一条就是我们抓住了以科技办厂，靠科技进步的灵魂获得了立足之地。 我们厂发展的历史，使我们理解并且懂得了"科学技术就是生产力"这一至理名言的全部含义，将围绕这一中心开展各项工作，求得更大发展进步。

——1988年《发挥优势，开展联合，以科技办厂，走科技进步之路》

企业要打破大锅饭，调动全员积极性，按劳分配，多劳多得，奖要奖得"眼红"，罚要罚得"心疼"。

——1990《"目标成本"承包经济责任制结硕果》

在过去几年，企业实现了较快发展，是因为我们实施了一条比较超前的思路，即以国内外市场为依托，加强各项管理为基础，以科技进步为先导，提高产品质量为主线，在提高经济效益和企业素质上下功夫，开展多种形式的横向联合，走出了一条"科技兴厂、管理稳厂"的发展道路。

——1992年《驾科技之船，乘管理之风，激流勇进》

观"天时"，察"地利"，把"人和"，形成战略思想：小产品、大市场、高起点、专业化、大生产，实行小型企业巨人化。

企业要在瞬息万变的市场中求生存和发展，是不可能按既定模式去实现的，必须审时度势，不过分看重一时一事的得失，以战略的眼光去经营，尽可能以最小的投入，求得最大的利润。

——1993年《审时度势 战略经营求发展》

我们企业生存在市场之中，生产经营活动就是为了市场的需要。 市场需要什么样的产品，需要多少，什么时候需要，我们就要千方百计地去满足，厂内的困难我们可以主动地去克服，市场的需要不满足，就会被市场抛弃，失去了市场，我们企业就失去了生存的条件。

——1994 年《奋战二季度，确保产销资金回笼》

浙江三花集团战略发展思路：以专业化为方向，重"点"突破；实现从制冷配件到制冷设备的产业调整，跨越成"线"；向国际化多元化经营公司发展，自成一"面"。作为一个企业经营者，应该对企业发展有一个中长期规划，思想上的超前性并不排斥在具体经营中脚踏实地，量力而行。

——1994 年《立体拓展：重"点"突破，跨越成"线"，自成一"面"》

企业参与市场竞争，主要是产品的竞争；而产品的竞争，实质是科技的竞争。依靠科技关键在于人才，智力投资、人才开发始终是科技兴厂之本。而引进人才，培养人才，关键是用好人才，充分开发人才的潜能。

——1994 年《依靠科技进步 赢得企业腾飞》

二次创业的含义，就是管理更要上水平，产品更要上档次，企业更要上规模，与国际接轨。企业发展到今天，要求我们中层以上干部、牢固树立市场经济观念、竞争意识，有自我危机感，要加强学习，更新知识，振兴三花，走向世界！

——1994 年《振兴三花 二次创业》

三花精神的精髓是一个"精"字，三花人对任何工作，都要好中求好，永不满足，敢于争创一流，不但要争国内一流，而且要争国际一流。三花作风集中反映一个"快"字，"迅速"就是"快"，"立即"也是"快"，对事物的反应要快，对用户的反馈要快，拿出相应的对策措施要快。"快"要与"好"结合，既要有速度，又要有质量，要好中求快，以高效率创造高效益。

——1996年《关于筹建浙江三花集团有限责任公司的报告》

吴教授您提出"什么是中国最大的市场"的理论课题。我从农村开始创业，有很深刻的实践体会，就是改革开放以解放思想、实事求是的政策，极大地调动广大人民群众的积极性，把原来大量农村剩余劳动转移到城市，并引进了国际先进技术和资金，推动了城市化和工业化的进程，实现了生产力的提高。在这一过程中，广大农村人口原来的生活以自给自足为主，是没有什么消费的，也就没有什么市场，但从农村转移到城市后，在衣食住行各方面都产生庞大的基础性需求，一端形成消费，另一端刺激生产，并随着经济发展、生活水平提高而不断升级，就形成了这个"最大的市场"。**这个市场及其变化趋势，以及怎样去满足，是我们经营企业所需要思考的最大、最重要、最基础的课题。**

——1998年与吴敬琏教授在浙江调研时的交流，及2013年接待吴敬琏教授考察三花时的交流

在质量贯标方面，我们要全面推进和落实指导质量工作的"八字方针"即"巩固、完善、提高、延伸"，因为贯标、认证不是目的，而是提高公司的整体素质和管理水平，提高产品实物质量。**企业管理没有终点，公司不断超越自我**，虚心向企业管理做得好的企业请教，结合海尔等企业的先进生产管理经验，不断提升自己的管理水平。

——1998年《风险共担、利益共享、同心同德、共同努力》

第二次创业（1995—2004）要创新、发展与提高，首先是"练内功、打基础、抓管理、促提高"，狠抓ISO9000贯标，通过后还要坚持"巩固、完善、提高、延伸"的"八字方针"，狠抓10年不动摇。要适应市场经济客观规律，

一切让客户满意,把销售营业部办到客户家门口,贯彻"精益求精、追求卓越"的三花精神和"迅速反应、立即行动"的三花作风,"外部抓市场,内部抓现场,现场服从市场"的工作要求。坚持"以人为本,科技兴厂",在内部形成人才竞争机制,让人才特别是年青人能迅速地冒出来。

——2002年《"二次创业"——持续跳跃式发展之路》

只有技术和品牌的领先,才能赢得国际同行发自内心的尊重和敬佩。所以三花必须从"成本领先"向"技术领先"实现跨越,从"产品竞争优势"走向"品牌、技术竞争优势",再形成"标准制定优势",即**"产品技术化,技术专利化,专利标准化,标准全球化"**,真正打造三花"全球制冷、空调控制部件王国"。

——2007年《收购国际老牌行业巨头与三花集团的战略转型》

产品质量是企业的生命。市场竞争已经从正反两方面印证了这个道理:不论多么辉煌知名的企业,只要产品质量出了问题,失去了客户的信任,那打击就是致命的。那怎样踏踏实实做到产品质量的提高?我把它归纳为三点,就是**产品设计定型后,"提高工艺装备能力,提高质量管理水平,提高人员全面素质"**。这个三提高战略,就是三花的产品质量公式;三方面有一个不到位,要说质量过硬那是不真实的。

——2007年《以质量创品牌 以品牌促发展》

"专"是"强"的实现基础,"强"是"专"的努力方向;而"强"的具体内涵,首先就是"技术领先"。同时,我们要做强,但并不排斥做大,在"强"的基础上,我们要抓住时机,自然做"大"。**强大、强大,"强"在"大"的前面,"大"是"强"的自然发展。**而百年三花,真正立足的还是这个"强"。

——2011年《通过专注、领先的技术 引领世界行业发展潮流》

对于制造业企业来讲，质量管理在公司经营中永远处于最重要的基础地位。不论处于什么发展阶段，我们要始终围绕一个主题，即质量是第一位重要的因素。这也是市场经济对企业经营的根本要求，一旦产品质量出现问题，越是大规模的企业，垮起来越快、越彻底。

——2012年关于加强产业集团质量管理工作的讲话

我深入思考三花创业30年所走过的路程，总结起来就是体现了这四个字：专注，领先！30年来三花在实业经营上把产品和产业做得非常专注，客户也非常认可，体现了专注领先的三花之路！同时，只有创新才能取得持续发展。因此**我们要时刻记住"创新、超越"，不断寻找问题、提高自己、追求进步，做到每天有进步，每月前进一小步，每年总结下来跨出一大步，超越竞争对手，超越自我，走到世界的最前沿！**

——在三花控股集团2014上半年度生产经营大会上的讲话

企业创新的关键在于人才。三花创新要做到全球领先，就要"搭好发展平台，建好激励机制，营造好创新文化"，引进、培养和造就全球行业内最优秀的人才群体。

——在三花控股集团2017上半年度经营大会上的讲话

中国改革开放40多年，三花从小到大从弱到强，发展成功的总结，就是"方向+灵魂"，或者说"战略+战术"两个层面：

第一，企业要持续发展，就一定要找到适合自己、有足够空间的发展方向，这就是企业的战略。

第二，企业战略方向确定之后，就需要通过管理、科技、人才的有效战术措施，保障战略落地。这是三花的灵魂。在不同的发展阶段，"管理、科技、人才"的具体内涵和重点各有不同，关键是要符合企业实际，确保战略目标实现。

——2019年在三花控股科技创新·高质量发展大会暨成立35周年庆典的讲话

我作为创业一代的人，是从市场经济实践中成长起来的，到研究院来和大家交流。你们都是高学历的精英人才，我要向大家学习很多东西，特别是行业技术前沿的发展情况、趋势和深度，吸收新知识，判断行业发展的未来，为企业决策提供依据，也能参与讨论，鼓励大家。

你们要向我学习的东西恐怕也很多，首先是创业创新的精神，顽强奋斗和拼搏的意志，这应该是值得大家学习的。其次是永不满足现状的精神，你们也永远不能满足现状，要永远追求新技术的发展，事业的未来发展，这是永远没有止境的。

——2020年与三花中央研究院技术研发团队的交流

企业真正要找到一个有很大未来市场、可持续发展的产品，是很不容易的。根据三花的实践经验，**要找"冷门中的热门，热门中的冷门"的产品来分析和发展，成功可能性就会大一些**。这是战略之上的内涵，是"战略的战略"。

——在三花控股集团2022年度经营大会暨经营管理奖颁奖大会上的讲话

小商品、大市场、专业化、高科技，是我在20世纪90年代提出的，"常青树"文化也是实践中的总结。当时市场经济要求反应快，解决问题快，就是迅速反应，立即行动。对产品质量，要求精益求精，追求卓越，**这些都是在实践中一个阶段一个阶段做出来的，总结出来的，不是凭空想象的**。

——2023年接受采访

创业精神的核心，就是永不满足现状，永远提出新的目标。

——2023 年接受采访

企业家的核心能力有两点，一是他有胸怀，有战略，不断会去思考未来的市场，做出产品、产业方向的定位；二是有组织能力，能够用人之长。这是核心。

——2023 年接受采访

我们企业成功的原因，一个核心是大方向即定位做对了，通过管理、科技、人才的把握，走了条正路。还有一个就是每个时期的产品战略做对了，我是做市场出身的，对产品定位的敏感度比较高。

——2023 年接受采访

我每走一步，成功也好，失败也好，比较冷静，善于总结。我对市场经济的认知，就是在一步一步的磨难当中产生。有些人可能会得意，或者比较安于现状，我可能这点还比较好，一直在总结：走对了的话，下面该怎么走？走错了怎么矫正？这个还是蛮关键的。40 年走下来，再苦再累也好，经历波折也好，看准的东西比较牢固，有韧劲。

——2023 年接受采访

我们做企业的最高目的就是市场与客户，这是我们核心的核心。为了客户满意度，为市场的未来发展，这是企业经营要研究的核心的核心。

——2023 年接受采访

公司追求长期可持续、高质量的发展，而不是短期的"英雄"，因此要认清发展目标与发展趋势，一步一个脚印，务实和长远地发展，最终成为全球行业领军企业，引领行业发展潮流。

——2023 年接受采访

创业到现在，我最看重的，是培养造就了一批经营管理人才。这比把企业做成功，产品做成功更重要。

——2023 年接受采访

越是形势复杂，企业家越要头脑清醒，不要人云亦云。……经验告诉我们，越是困难的时候越要注意保持定力，保持信心。在很多人都不看好的时候，把未来谋划清楚；在很多人都说不行的时候，找准方向，勇敢地去做起来。

能力越大，责任越大，这是企业家应有的理想、信仰和情怀。

——2018 年 10 月 22 日《浙江日报》1 版刊文《张道才：勿为浮云遮望眼》

图书在版编目（CIP）数据

创造者之路：张道才述 / 张道才，迟宇宙著．
北京：红旗出版社，2024．12．-- ISBN 978-7-5051
-5446-9

Ⅰ．I25

中国国家版本馆CIP数据核字第2024X9H846号

书　　名	创造者之路：张道才述
	CHUANGZAOZHE ZHI LU：ZHANG DAOCAI SHU
著　　者	张道才　迟宇宙

出 版 人	蔡李章	策划编辑	丁　鋆
责任编辑	丁　鋆	封面摄影	杨柳青
责任校对	吕丹妮	封面设计	戴　影　高　明
责任印务	金　硕		
出版发行	红旗出版社		
地　　址	北京市沙滩北街2号	邮政编码	100727
	杭州市体育场路178号	邮政编码	310039
编 辑 部	0571-85310806	发 行 部	0571-85311330
E - mail	hqcbs@8531.cn		
法律顾问	北京盈科（杭州）律师事务所　钱　航　董　晓		
图文排版	浙江新华图文制作有限公司		
印　　刷	浙江新华印刷技术有限公司		
开　　本	710毫米×1000毫米　1/16		
字　　数	258千字	印　　张	17.5　彩插4页
版　　次	2024年12月第1版	印　　次	2024年12月第1次印刷
ISBN 978-7-5051-5446-9		定　　价	68.00元